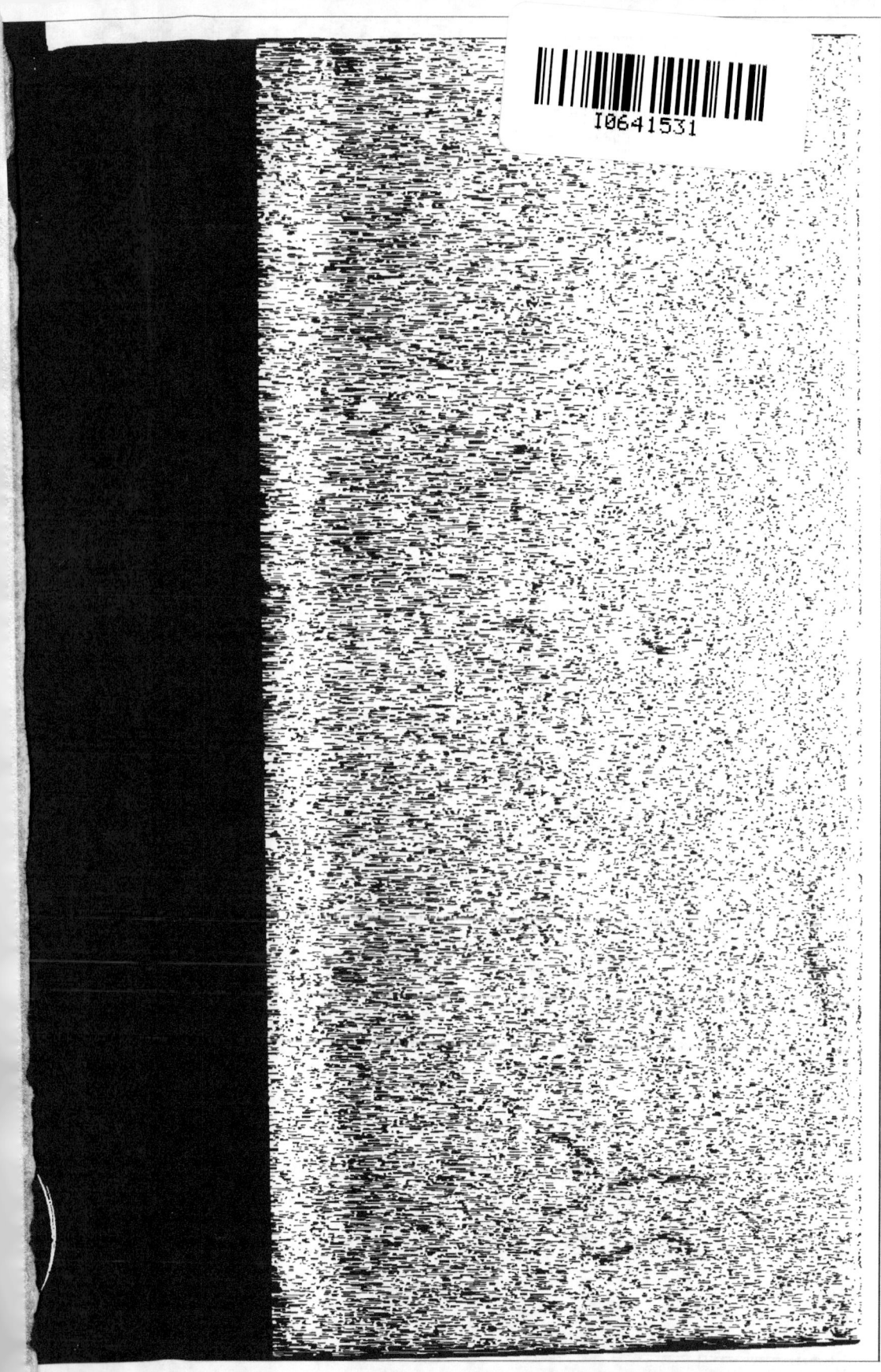

CHRONIQUE

INDISCRÈTE

DU DIX-NEUVIÈME SIÈCLE.

IMPRIMERIE MOREAU,
rue Montmartre, n. 39.

CHRONIQUE

INDISCRÈTE

DU DIX-NEUVIÈME SIÈCLE.

ESQUISSES CONTEMPORAINES,

EXTRAITES DE LA CORRESPONDANCE DU PRINCE DE ***.

Par MM. Lahalle, Regnault-Warin et Roquefort.

(Barbier.)

Paris,

CHEZ LES MARCHANDS DE NOUVEAUTES.

1825.

AVANT-PROPOS.

———

Depuis le milieu du dix-huitième siècle, époque où des princes éclairés ne dédaignèrent pas de s'entretenir familièrement avec de grands hommes, et plus souvent encore avec des hommes d'esprit, il n'est pas de petit souverain qui n'ait voulu avoir son correspondant à Paris, et il n'est pas de griffonneur à dix sous la page, qui ne se soit cru un petit Voltaire, ou, pour le moins, un Grimm ou un La Harpe. En Allemagne, chaque petit prince ; en Russie, chaque grand seigneur reçoit donc périodiquement sa gazette manuscrite, où sont consignés pêle-mêle, et trop souvent sans esprit, les faits politiques, les anecdotes littéraires, voire même les faits et gestes de nos grands hommes du jour.

Le prince allemand ***** recevait, depuis vingt ans, une correspondance de ce genre, quand la mort vint l'enlever à ses nombreux amis.

L'homme de lettres qu'il avait chargé de ce travail, se hâta d'offrir ses services à son héritier, sans oublier de réclamer six mois d'honoraires arriérés, et une gratification depuis long-temps promise. La réponse ne se fit pas long-temps attendre ; l'héritier refusa les services, et au lieu d'honoraires et de gratification, il renvoya au pauvre écrivain un ballot de ses épitres qui, disait-il, n'étaient nullement à son usage. Cette réponse fut un coup de mort pour le pauvre correspondant, qui, depuis vingt ans, s'était habitué à végéter paresseusement avec les cent et quelques ducats que lui procuraient ses *nouvelles à la main ;* il alla rejoindre son patron dans l'autre monde, et légua à ses amis ses nombreuses paperasses.

Cet homme n'était pas sans esprit. Dans sa jeunesse, les feuilles publiques avaient été le théâtre de sa gloire ; mais dans son âge mûr, il avait trop aimé le *far niente*, pour enregistrer dans quelqu'ouvrage important le résultat de ses observations et le fruit de ses talens. Sa correspondance était le seul travail auquel il se livrait, et il n'attendait que la mort d'un parent éloigné qui devait lui laisser ce qu'il appelait un *morceau de pain*, pour briser sa plume et renverser son écritoire.

La correspondance du prince de ***** attira l'attention de ses légataires ; écrite souvent avec négligence quoiqu'avec clarté, elle était excessivement piquante par les faits et anecdotes qui y étaient consignés. La tournure d'esprit du personnage auquel elle était adressée lui avait donné une direction toute différente de celles qui sont connues jusqu'à ce jour ; la littérature y tenait peu de place, mais les littérateurs y figuraient grandement ; la politique surtout, dans les dernières années, y était nulle ; mais les hommes du monde, les comédiens, les grands de toutes les époques y étaient en robe de chambre ; enfin tout ce qui était scandale y tenait le premier rang : c'était la source où puisait le prince *** pour former une Chronique qu'il lisait en petit comité à ses favorisés, quand l'excès de bonne chère et de bon vin le forçait à rester dans ses petits appartemens.

Quoique cette correspondance durât depuis long-temps, elle est peu volumineuse par elle-même ; d'ailleurs, une note trouvée dans les liasses qui la composent, indique qu'à l'époque de 1813 le château de *** ayant été visité par un état-major fran-

çais , tout ce qui , dans la correspondance ,
concernait Napoléon et les siens , avait été
enlevé *par ordre :* aussi a-t-on trouvé peu
de lettres dont la date fût antérieure à la
Restauration.

L'épistolier du prince de *** se fit quelquefois suppléer , et toujours ses remplaçans
étaient gens d'esprit. Il avait aussi une habitude qui favorisait sa paresse , mais aussi
qui enrichissait la collection du prince ; c'é-
tait de faire transcrire et d'envoyer tous les
mémoires , factums ; anecdotes , etc. , qui
circulaient manuscrits dans la société.

En mourant , l'écrivain auquel on doit
l'ouvrage que nous publions , laissa quelques
dettes; pour les acquitter, ses amis songèrent
à tirer parti de ses manuscrits ; ils firent un
choix de sa correspondance, et la livrèrent à
l'impression : telle est l'origine du livre qu'ils
offrent au public.

Les hommes qui ont joué un rôle , soit politique, soit littéraire, depuis trente ans, étant l'objet de cette correspondance, on a dû apporter une scrupuleuse attention pour élaguer tout ce qui frisait la calomnie ; on s'est permis quelquefois de la médisance ; mais elle est toujours innocente, et nous espérons que personne n'aura sérieusement à se plaindre de *l'indiscrétion* de cette Chronique. Il est vrai que souvent on y a dit qu'un tel était un sot ; mais la vérité est permise quand elle ne blesse que l'esprit ; c'est seulement lorsqu'elle fouille dans la vie privée qu'elle ne doit pas paraître sans voile.

CHRONIQUE

INDISCRÈTE

DU DIX-NEUVIÈME SIÈCLE.

~~~~~~~~~~~~~~~~~~~~~~~~~~~~~~~~~~~~~~

LETTRE PREMIÈRE*.

Paris, 15 juin 1810.

De l'ancienne noblesse française. — Écuyers, pages et
chambellans de Napoléon. — Nombre des postulans.

Monseigneur,

Vous êtes dans une bien grande erreur quand
vous croyez que toute l'ancienne noblesse de
France, réfugiée derrière les créneaux de la

---

* Nous ferons observer ici aux personnes qui ne se
seraient pas donné la peine de lire notre préface, que

I

féodalité, vit retirée dans ses châteaux d'où elle regarde avec mépris les modernes courtisans qui renouvellent et singent les scènes de *l'œil de bœuf*. Oui certes, il est quelques-uns de ses membres qui, en citant ceux de leurs aïeux qui figurèrent à Rosback ou à Malplaquet, jettent un regard de pitié sur ces nouveaux nobles qui n'ont que Marengo ou Austerlitz à présenter ; mais c'est un bien petit nombre, et encore n'est-ce que ces petits hobereaux qui se croient du sang des demi-dieux, parce que de temps immémorial ils ont eu le droit de placer un pigeon sur leur colombier. Quant à la haute noblesse, elle s'est montrée bien différente. Les Tuileries sont devenues son Versailles : pas de couloir, pas d'antichambre où on ne la rencontre, et ceci me rappelle la colère d'un ami de Napoléon, mauvais courtisan et bon guerrier, qui, revenant de l'armée, faire sa cour à son souverain, fut étonné de voir son introducteur saluer des gens chamarrés

cette lettre, quoique numérotée première, est bien loin d'être la première lettre de la correspondance du prince de ★★★, puisque cette correspondance durait en 1810 depuis plusieurs années. Nous avons expliqué la cause des lacunes et omissions. Les numéros qui se trouvent en tête de chaque lettre ne sont donc ici que pour l'ordre.

de toutes les couleurs, et qu'il nommait Turenne, Louvois ou Brancas. Arrivé dans le cabinet de Napoléon, son premier mouvement fut donné à la colère. « Comment, sire, vous abandonnez donc vos vieux compagnons de gloire ! pour parvenir jusqu'à Votre Majesté je n'ai rencontré que des émigrés, quand je m'attendais à n'y voir que des manchots ou des jambes de bois ! —Calmez-vous, mon vieil ami, répondit Napoléon en souriant, et ressouvenez-vous que ce sont mes antichambres que vous venez de traverser. Vous vous fâchez de n'y voir que d'anciens nobles ; et pourquoi, dites-moi, refuserais-je leurs services, puisqu'il n'y a qu'eux qui savent bien servir. »

Un de mes amis, qui travaille à un secrétariat qui reçoit fréquemment de bien plattes suppliques, me disait dernièrement qu'on comptait, dans les cartons du grand-maréchal du palais, plus de deux mille demandes faites par l'élite de la noblesse française. L'un veut être écuyer, celui-ci chambellan ; cet autre demande une place chez les princesses pour sa femme, ou l'honneur d'être page pour son fils. Sur quelques signes d'incrédulité qui percèrent malgré moi, il me promit de me remettre une liste des nobles attachés à la domesticité impériale, et de

I.

ceux qui postulent pour obtenir cet honneur.
Il a tenu parole, et parmi quelques centaines
de noms historiques, noyés au milieu de près de
trois mille noms évidemment féodaux, je choisis
et vous transmets une petite liste qui servira à
fixer votre opinion.

Parmi les nobles employés au service des autels, Napoléon ou les siens traînent à leur suite
un La Rochefoucauld, un La Contamine, un
Rohan, un Broglie et un Osmond.

Au service de l'antichambre, c'est-à-dire au
nombre des chambellans et des pages, ou parmi
ceux qui aspirent à l'être, on compte trois
Montesquiou, deux Talleyrand, un Aubusson
de la Feuillade, d'Arberg, de Croy, d'Angosse,
de Contades, de Mun, de Choiseuil, de Nico-
laï, de Louvois, de Pange, de la Vieuville, de
Turenne, de Noailles, de Brancas, de Gon-
tault - Biron, de Lus - Saluces, de Chabot, de
Beauveau, de Chabrillant, de Montmorency, de
Monbadon, de Dreux-Brézé, de Ségur, etc., etc.

On remarque dans le service des écuries, de
la porte ou de la chasse, c'est-à-dire parmi les
écuyers, les maîtres des cérémonies ou les ve-
neurs, des Cramayel, des Turgot, des Monaco,
des Bongars, des Ségur, des Saluces, des Ca-
raman, etc. Enfin je vous citerai encore les noms

de Lauriston, Juigné, Bouillé, Brignoles, Jaucourt, Arjuzon, Turgot, Mailly, Monaco, Fontanges, Clermont-Tonnère, etc., etc.

Vous voyez, monseigneur, que les *noms historiques* ne manqueront pas à la cour des Tuileries, et qu'avant peu, en ouvrant l'Almanach impérial, on croira prendre l'Annuaire de la cour de Versailles.

Je suis avec respect, etc.

~~~~~~

LETTRE II.

Paris, 14 juillet 1810.

Conduite honorable de l'acteur Fleury, cause de ses premiers succès. — Dugazon, son aventure avec M. de Cazes.

MONSEIGNEUR,

Je sais que vous aimez beaucoup Fleury, et je crois vous être agréable en vous racontant une aventure qui lui fait beaucoup d'honneur.

Fleury débuta dans la carrière théâtrale à Nanci, sa patrie, où son père était directeur des théâtres du roi Stanislas. De là il passa à Reims, et fut ensuite engagé à Versailles, dans la troupe de mademoiselle Montansier, alors directrice des théâtres de la cour. Comme tous les acteurs de son temps, Fleury jouait également dans les emplois tragiques et comiques.

Il était assez joli garçon, et surtout passait pour être fort spirituel et très-aimable en société, ce qui lui valut les bonnes grâces de madame la comtesse de C***, bonne fortune, capable d'enorgueillir le *cabotin* * le moins pénétré de son mérite. Cette charmante comtesse se rendait au théâtre, en chaise à porteurs, toutes les fois que Fleury jouait, et elle s'en allait escortée par son favori qu'un domestique suivait toujours.

Un soir, huit gardes-du-corps, à la suite d'un dîner copieux, s'étaient rendus au spectacle pour voir la petite pièce; à la sortie, dans une rue détournée, ils aperçurent Fleury qui accompagnait une chaise à porteurs et le reconnurent. « Eh! parbleu, c'est Fleury, dit l'un d'eux en l'abordant; comment! tu es en bonne fortune! nous voulons connaître l'objet de tes amours et tu vas faire arrêter. » Pensant que c'était une plaisanterie, Fleury ne fit aucune attention à la demande indiscrète de ces jeunes militaires. « Hé bien, Fleury, ne nous as-tu pas entendus? Ne t'avons-nous pas demandé à

---

* Expression triviale dont on se sert pour désigner un mauvais acteur qui court les théâtres de province.

(*Note des Éditeurs.*)

voir l'objet de tes tendres amours? — Messieurs, j'ai pris votre proposition pour une plaisanterie; et maintenant que vous y mettez du sérieux, j'ai l'honneur de vous prévenir que vous ne verrez pas la dame que j'accompagne. — Comment, Fleury, tu veux être le Don-Quichotte d'une nouvelle Dulcinée! tu veux donc te mesurer avec nous? — Messieurs, je ne suis point un Don-Quichotte, et je ne tirerai l'épée que lorsque vous m'y aurez forcé. » A ces mots, il se colle contre la porte de la chaise, dont les porteurs s'enfuient à toutes jambes, et bientôt il est forcé de mettre l'épée à la main pour repousser l'attaque des huit gardes qui se mettent en mesure d'ouvrir la chaise. Son domestique tenait d'une main un paquet contenant un costume tragique, et de l'autre le sabre d'Achille; moins lâche que les porteurs, animé par le péril que courait son maître, il se range à ses côtés, et sans s'occuper de la manière dont on tient une arme défensive, il asséna sur la tête du premier assaillant, un coup si violent avec la poignée, qu'il le renversa à ses pieds; de son côté, Fleury mit trois adversaires hors de combat, et les autres, chez lesquels sans doute les fumées du champagne commençaient à se dissiper, se sauvèrent en toute hâte. Fleury, et son fidèle domestique s'attelèrent alors à la chaise, dont les porteurs s'étaient enfuis, et ramenèrent la tremblante comtesse en son hôtel. L'affaire fit grand bruit à Versailles. Parmi les blessés, étaient deux jeunes gens appartenant à une grande famille. Le capitaine des gardes-du-corps fit venir Fleury pour connaître le nom des quatre jeunes gens qui n'avaient point été blessés, lui offrit une somme considérable pour tenir l'affaire secrète et ne jamais nommer les coupables. Fleury répondit qu'il ignorait ce dont on voulait lui parler; qu'à la vérité il avait eu une affaire d'honneur avec plusieurs individus; qu'il ne les connaissait nullement, et qu'il reconnaissait trop de loyauté à MM. les gardes, pour présumer que huit d'entre eux auraient eu assez de lâcheté pour en attaquer un seul. Le capitaine revenant avec ténacité à la charge, lui fit les offres les plus séduisantes; mais Fleury persista dans ses premières réponses. Si le corps du délit était public, la suite de l'affaire ne l'était pas. La compagnie de service tremblait que les coupables étant connus le dé-shonneur rejaillît sur elle, et une grande cabale fut montée contre l'acteur. Fleury devait jouer, le soir, le rôle du marquis dans *le Cercle;* on se promit de le siffler à toute outrance, et à la sortie de lui faire un mauvais parti. Fleury n'ignora aucun de ces détails; il n'en fut nullement troublé, et parut sur la scène avec le projet de faire voir à ses ennemis qu'ils ne le prendraient pas au dépourvu.

Dans le rôle qu'il remplissait, il y a une scène où il s'asseoit sur un canapé, et où il tire un sac à ouvrage de sa poche; au lieu de montrer, comme c'est l'usage, des aiguilles à faire du filet ou de la tapisserie, il tira deux pistolets qu'il montra au parterre, puis reprit un point de tapisserie qu'il se mit à broder.

Cependant sa conversation avec le commandant circulait dans la salle, et bientôt tous les projets hostiles se convertirent en applaudissemens : à la sortie du spectacle, il fut entouré de gardes-du-corps qui vinrent le féliciter et le forcèrent à souper avec eux. Fleury, qui jusqu'alors avait toujours été sifflé et vu avec une sorte de déplaisir, fut dès ce moment trouvé passable. Bientôt après un travail assidu, soutenu par les encouragemens du public, fit de Fleury un acteur excellent, et rival de Mollé.

Puisque j'ai commencé à vous entretenir de nos héros tragi-comiques, je dois continuer et terminer de même.

Mademoiselle Lefèvre, depuis madame Dugazon eut des débuts très-brillans à la comédie italienne. Fort aimable, elle eut beaucoup d'amans. Dugazon était au nombre des soupirans; il lui offrit sa main qu'elle accepta.

Parmi le peuple de ses adorateurs se trouvait M. de Cazes, maître des requêtes et fils d'un fermier-général. Epris de madame et ami de monsieur, notre maître des requêtes présenta le couple à sa famille qui l'accueillit de la manière la plus affable.

Dugazon, qui était un des meilleurs mystificateurs de son temps, improvisait pour amuser ses amis, avec une facilité étonnante, des scènes fort plaisantes, et secondé par le jeune de Cazes, il donnait très-souvent aux convives du fermier-général le spectacle le plus réjouissant qu'on pût trouver dans un salon de financier.

Des bavards s'avisèrent un jour de conter à Dugazon que M. de Cazes était intimement lié avec sa femme, et que même il en recevait des lettres et possédait son portrait.

Dugazon, qui ne manquait ni d'honneur ni de bravoure, se rendit un matin de très-bonne heure chez celui qu'on supposait son rival, entra dans la chambre sans se faire annoncer, et lui ordonna, le pistolet au poing, de lui remettre sur-le-champ le portrait et les lettres de madame Dugazon.

Réveillé en sursaut, M. de Cazes, sans trop savoir ce qu'il faisait, remit un portrait et des lettres. Dugazon sortit plus satisfait de lui-même que du résultat de son expédition. Cependant M. de Cazes, revenu de la stupeur qui suit un brusque réveil, et furieux de ce qui venait de se passer, sort de sa chambre en criant : *Au voleur! arrêtez le coquin!* Dugazon sans s'émouvoir, et en descendant tranquillement, se retourne et lui répond : *Bravo! bravo! c'est très-bien! ce serait à s'y méprendre si vos gens n'avaient pas l'habitude de nous voir jouer ensemble. Tous autres y seraient pris,* et il sortit en faisant un profond salut. Dugazon était déjà dans la rue, quand M. de Cazes finit par faire entendre à ses domestiques, qui prenaient cette scène pour une répétition, ce qui venait de se passer.

Je suis, etc.

LETTRE III.

Paris, 3 août 1810.

Abdication de Louis, roi de Hollande. — Son chien *Tiel* — Les souliers du prince Lebrun. — Les bas du comte F..... de N....

MONSEIGNEUR,

Vous connaissez les événemens qui viennent de se passer en Hollande, et l'abdication du roi Louis a dû causer dans vos contrées une bien singulière sensation. Je m'abstiendrai de ré- flexions à ce sujet, fort inutiles pour vous et peu amusantes pour moi ; je me bornerai à vous transmettre une anecdote fort piquante qui vient de m'être racontée par un témoin oculaire.

Au moment où les démêlés de Louis et de Napoléon devenaient de jour en jour plus en- venimés, et qu'on redoutait un coup d'état de la part du maréchal duc de Regio, qui comman-

dait les troupes françaises en Hollande, le cocher de M. de ...., ambassadeur de l'empereur, fut vivement maltraité par des bourgeois
d'Amsterdam, qui, dans l'expansion de leur
colère, n'épargnèrent pas les Français. Cette
affaire, vraie querelle de cabaret, devint une
affaire d'état; l'ambassadeur annonça hautement
qu'il en écrirait à Paris, et on craignit que cet
incident n'eût un résultat désavantageux pour
la Hollande. Le roi, à ce moment, se trouvait
à son château de plaisance; quelques-uns de ses
conseillers, prévoyant ce que les plaintes de
l'ambassadeur pourraient amener de fâcheux,
déterminèrent le monarque à se rendre en hâte
à Amsterdam, à voir l'ambassadeur et à en obtenir qu'il ne fît pas connaître à sa cour ce qui
était arrivé à son cocher, promettant satisfaction. Bonne ou mauvaise, une fois la détermi-
nation prise, il s'agissait de l'exécuter promptement et avant le départ des dépêches de
l'ambassade. Des ordres sont donnés, le roi
annonce son départ à ses courtisans, et bientôt
douze voitures de la cour reçoivent le roi et sa
suite, étonnée d'un si brusque déménagement.

Au moment où l'on fermait la portière de Sa
Majesté, elle s'aperçut que son chien favori,
Tiel, ne la suivait pas. Sur-le-champ grande ru-

meur, le départ est suspendu, vingt valets de pieds sont en campagne, et le roi attend avec impatience, sans descendre de voiture, le retour du déserteur. Vaines recherches : salons, bosquets, écuries, cuisines, sont inutilement visités; pas de *Tiel;* trois quarts d'heure se passent, et toute la cour emballée, impatientée et fatiguée, murmure contre le favori. Enfin un piqueur arrive essoufflé; le grand-écuyer vole à sa rencontre. *Est-il trouvé?* est son premier mot. *Tiel* en effet était retrouvé; mais hélas! dans quelle position..... en *criminelle conversation* avec la chienne d'un pêcheur. Le grand-écuyer se trouva assez embarrassé pour donner cette nouvelle au roi, que deux grandes dames accompagnaient; enfin, à force de circonlocutions, il se fit comprendre; et Louis, après cinq minutes de réflexion, donna des ordres pour que le courrier Collinet restât en arrière, afin de ramener le galant *Tiel.* Une heure avait été perdue, et quand on arriva à Amsterdam, les dépêches de l'ambassadeur venaient de partir.

Puisque j'ai commencé à vous entretenir du prince français qui a gouverné la Hollande, je ne puis mieux terminer qu'en vous parlant de l'homme estimable qui vient d'être nommé pour l'organiser en province française, M. Lebrun, prince de Plaisance, archi-trésorier de l'empire.

C'est sous un rapport ridicule que je vais vous parler de ce grand dignitaire qui est en même temps grand littérateur; mais on ne peut pas toujours voir les hommes huchés sur leurs échasses, il faut de temps en temps les voir en pantoufles pour ne pas nous croire si petits. Au surplus, c'est en souliers que je vais vous peindre le traducteur d'Homère.

M. Lebrun est fort économe; depuis qu'il est grand-dignitaire, il se voit constamment obligé d'être en tenue de cérémonie, et dans cette tenue il faut absolument la culotte courte et les bas de soie blancs. M. Lebrun remarqua avec peine, au bout de quelque temps, que les bords de ses souliers, laissant une trace noire sur ses bas, il se voyait obligé chaque jour de changer ceux-ci, sans qu'ils fussent du reste hors d'état de service. L'extrême économie du prince lui fit envisager cette nécessité de changer de bas quotidiennement, comme une dépense inutile, et il se promit bien de chercher un moyen de les supprimer.

Un jour que, fatigué de ses travaux législatifs et littéraires, il laissait vaguer ses pensées, il fut tout-à-coup frappé par une idée lumineuse.

Il sonne, et un domestique reçoit l'ordre d'aller chercher son cordonnier. Celui - ci arrivé, le prince se fit prendre mesure : 1°. pour une paire de souliers très-décolletée et à quartier très-bas ; 2°. pour une paire dont les quartiers étaient plus élevés ; 3°. pour une autre paire emboîtant totalement le pied et couvert de larges boucles. Au moyen de ces trois degrés, le prince, cachant successivement les raies noires qui le désespéraient, parvint à ne salir que deux paires de bas par semaine.

M. Lebrun n'est pas le seul homme d'état auquel sa chaussure ait causé un moment d'ennui. M. F... de Nant... a toujours eu une horreur invincible pour les détails de toilette, et surtout pour ceux de la chaussure. A une épo que où il était seul à Paris, et où il vivait en quelque sorte en garçon, il ne possédait jamais qu'une paire de bas ; à mesure qu'elle se salissait ou qu'elle se trouait, il rentrait dans ses souliers les parties à cacher, et continuait ce manége jusqu'à ce que l'accumulation des plis et bourrelets lui blessassent le pied. Alors il se décidait à entrer chez un bonnetier, achetait une paire de bas, demandait la permission de changer dans un coin de la boutique ou de l'arrière-boutique, opération qu'il faisait souvent

2

dans son remise ou dans son fiacre, après quoi il se débarrassait des vieux bas dont il faisait toujours un petit paquet bien symétriquement arrangé. Ma lettre, monseigneur, roule peut-être sur des sujets bien ignobles, mais ils sont plaisans, et si vous riez vous m'aurez pardonné.

Je suis, etc.

‿‿‿‿‿‿‿‿‿‿‿‿‿‿‿‿‿‿‿‿‿‿‿‿‿‿‿‿‿‿‿‿‿‿‿

LETTRE IV.

Paris, 6 décembre 1813.

Madame Fanny Beauharnais. — M. Ginguené et le poète
Lebrun. — Châteaubriand. — Scoppa.

MONSEIGNEUR,

Vous devez me croire mort ; voilà plus d'un
mois que j'ai cessé de vous entretenir des *on dit*
parisiens, et, habitué comme vous l'êtes à mes
bavardages, mon silence a dû vous paraître
bien long. J'ai été malade, et aujourd'hui encore c'est dans mon lit que je compose cette
épître. Un petit griffonneur, que je décore du
titre de secrétaire, cherche mes notes et me tient
l'écritoire, et je vous avoue que je ne trouve
pas la position commode, et que ma plume serait souvent inactive si j'étais condamné à toujours établir mon bureau sur mon lit.

2.

On cite beaucoup de gens de lettres, cependant, auxquels cette position a paru agréable, et un de mes amis qui m'a visité ce matin, et auquel je comptais mon embarras, m'a appris que madame Fanny de Beauharnais, à laquelle nous devons quelques charmans opuscules, les composa tous dans son lit. Ce qui était singulier dans son habitude, c'est qu'elle faisait tenir son écritoire par sa femme-de-chambre, et que celle-ci était forcée de se tenir debout, lors même que sa maîtresse venait à s'endormir. Comme madame de Beauharnais s'endormait souvent, et que le sommeil est communicatif, il arriva plus d'une fois que la bouteille au noir s'échappa de la main de la suivante, qui sur-le-champ recevait son congé.

M. Ginguené sera aujourd'hui le sujet de ma conversation. Meilleur littérateur que bon diplomate, il a, sous ce rapport, beaucoup d'analogie avec un de ses anciens amis, noble vicomte, qui depuis quelques années déserte le temple des Muses pour se traîner à la suite de Plutus et de l'Ambition. Je voudrais bien que, pour le punir, Apollon frappât sa muse de stérilité.

Ginguené fut un franc républicain ; il était au nombre de ces âmes honnêtes qui croyaient voir dans cette forme de gouvernement le bonheur du peuple et l'abaissement de certains grands qui sont souvent bien petits. Nommé ambassadeur à Turin, il voulut conserver à la cour du monarque sarde les formes acerbes de sa république ; il avait demandé plusieurs fois à présenter sa femme à la cour, mais il insistait pour qu'elle ne fût pas vêtue de l'habit de cérémonie : cette permission lui fut long-temps refusée. Effrayée des victoires et des progrès de l'armée française, la cour consentit enfin à l'admission *de la citoyenne* Ginguené, *avec le pet-en-l'air, le tâtez-y et le boute-en-train* *. Dans l'enchantement de cette présentation, l'ambassadeur dépêcha un courrier extraordinaire au directoire pour lui faire part de cette grande nouvelle. Le courrier, qui se crut porteur de dépêches importantes, fit une diligence extrême et arriva au Luxembourg à deux heures du matin. Tout reposait en silence, et les Directeurs jouissaient du sommeil profond que procurent les plaisirs de Comus et de Bacchus. Le secrétaire Lagarde est éveillé : il fait prévenir les cinq Directeurs qu'un courrier extraordinaire

---

* Noms donnés aux principaux vêtemens adoptés par les femmes, à l'époque de la république.

de l'ambassadeur de la république à Turin vient d'arriver, et qu'il est sans doute chargé de communications importantes. Bien est force de se lever; chacun se rend en grondant à la salle du conseil, et la dépêche est ouverte. Elle commençait par ces mots : Victoire ! victoire ! ce qui acheva d'éveiller nos endormis. Malheureusement, à la suite de ces deux mots si souvent répétés à l'époque dont il est question, on lisait : « La citoyenne Ginguené a été reçue à la cour » *du tyran sarde* avec les habits d'une citoyenne » française et le ruban tricolore en écharpe. » Le reste de la lettre était à l'avenant. Peu de temps après cette équipée, les Directeurs, qui n'oublièrent pas leur sommeil interrompu, rappelèrent l'ambassadeur, et au moyen d'une querelle d'allemand, appuyée par le droit du plus fort, ils réunirent le Piémont à la république.

Ginguené avait la plus haute estime pour les tàlens du poète Lebrun. Son respect pour le mérite du Pindare moderne allait au-delà de l'imagination ; il le déifia en prose et en vers : témoin son *Ode à Lebrun* qui est déjà oubliée, ce qui n'est pas un mince avantage pour les amateurs de beaux vers.

Il le soigna pendant sa dernière maladie, et madame Ginguené voulut aussi partager ses soins. Leurs larmes coulèrent abondamment à la mort du poète, et leur douleur fut aussi vive que profonde. Ginguené, voulant rendre un dernier hommage à son ami, demanda à la veuve Lebrun, autrefois sa cuisinière, d'être l'éditeur des ouvrages de l'immortel. Il l'obtint, et se hâta de faire transporter chez lui toute la défroque littéraire du défunt. Muni de ces pièces, Ginguené chargea son secrétaire de faire le dépouillement des divers morceaux qu'elles renfermaient; de les classer, et surtout de mettre à part, dans des chemises séparées, toutes les épigrammes contre les hommes vivans, de même que celles qui étaient dirigées contre ses anciens amis, tels que Marmontel, La Harpe et autres, et qu'il voulait consacrer à l'oubli. Le secrétaire se conforma aux intentions de son patron, et bientôt il lui apporta les liasses où étaient renfermées les épigrammes destinées à ne pas voir le jour.

Ginguené s'en empara, en lut quelques-unes, et bientôt sa figure, déjà longue et blême, s'allongea davantage en voyant une chemise sur laquelle était écrit : *M. Ginguené et sa femme.* *Voyez,* dit-il à son secrétaire, *voyez, monsieur......, et voilà un homme que je portais aux nues, dont je vantais sans cesse le talent;*

*il m'accable sous le poids de ses traits acérés,
et il porte l'outrage jusqu'à frapper des mêmes
coups cette bonne madame Ginguené qui, pendant sa maladie, le soigna avec une tendresse
filiale.....*

Ces épigrammes étaient relatives à la présentation de madame Ginguené en *pet-en-l'air*, à
la cour de Turin.

M. Ginguené fut intimement lié avec Châteaubriand. Tous deux Bretons, l'un naquit à
Fougères, l'autre à Rennes. Ils firent leurs études dans le collége de cette dernière ville. Des
rapports de caractère établirent entre eux une
amitié qui ne fit que s'accroître avec l'âge. Les
deux condisciples virent du même œil les événemens de la révolution, et partagèrent les
mêmes opinions. Tous deux furent républicains.
Châteaubriand, menacé d'être emprisonné, alla
chercher un refuge en Angleterre, et composa,
dans la bibliothèque de M. Burke, son célèbre
Essai sur les Révolutions. Pendant son absence, Ginguené, qui de son côté avait été renfermé au Luxembourg, dévora, plutôt qu'il ne
lut, l'œuvre de son ami.

A l'époque où la Vendée fut pacifiée, quand
les émigrés purent rentrer au sein de leurs familles, Châteaubriand revint en France. L'amitié

n'avait rien perdu de ses droits, et l'une de ses premières visites fut consacrée à Ginguené. Celui-ci était à déjeuner, et il invita son ami à prendre place. La conversation s'engagea ; Ginguené félicita son ancien camarade sur son *admirable ouvrage*, dont la lecture lui avait procuré un plaisir indicible ; le félicita sur son amour pour le gouvernement républicain, dont il l'invita à soutenir les droits menacés*.

« Un moment, mon ami, lui dit Châteaubriand ;
» ma façon de penser était très-bonne, mais elle
» n'est plus en harmonie avec les nouvelles in-
» stitutions, et nous ne sommes pas assez ver-
» tueux pour pouvoir vivre en république. Le
» premier consul vient de s'emparer du timon
» des affaires, et par ses actions laisse pressentir
» des projets monarchiques ; par ses soins, n'en
» doutons pas, la religion va se rétablir, et nous
» devons suivre son impulsion. J'ai chanté, il
» est vrai, la liberté ; mais ce n'est pas une li-
» berté sans frein que je veux.
» D'ailleurs, mon ami, nous avons une car-

---

* Cette entrevue eut lieu à l'époque où le consul se disposait à vêtir la pourpre impériale.

(*Note des Éditeurs.*)

» rière à suivre, et ce n'est pas en frondant que
» nous parviendrons aux emplois et aux ri-
» chesses. Républicain vertueux et intègre, tu
» mourras dans la misère ; et moi, je ferai tout
» ce que je pourrai pour l'éviter. »

Après une discussion fort animée, les deux
amis se séparèrent en jurant de ne plus se revoir, et ils ont tenu parole.

Avant de clore ma lettre, je vous parlerai
d'un savant Italien qui, par son enthousiasme
pour la langue française, forma un contraste
avec le bon M. Ginguené qui n'eut qu'un regret :
celui de n'être pas le compatriote du Dante ou
de l'Arioste. Ce savant, M. Scopa, né en Sicile, avait long-temps donné à Rome des leçons
de langue française. A force de travail, il était
parvenu à connaître parfaitement tous nos auteurs. Ses talens lui ayant attiré des protecteurs,
on lui conseilla d'abandonner l'ancienne maîtresse du monde, pour aller habiter la moderne
Babylone. Arrivé à Paris, il songea à exécuter
le dessein qu'il avait conçu depuis long-temps,
de prouver que la langue française était aussi
harmonieuse, aussi euphonique que la langue
italienne ; et pour le prouver, il composa trois
énormes volumes. Satisfaite de son travail, l'a-
cadémie française lui fit obtenir, par l'interven-

n du ministre de l'intérieur, un encoura-
ment de 3,000 francs.

Jaloux de connaître M. Ginguené qui, en
rance, tenait le sceptre de la littérature ita-
enne, Scopa désira faire hommage de son
avail à l'illustre auteur de l'*Histoire littéraire
l'Italie*; et lié avec un ami de ce dernier,
le pria de vouloir bien solliciter pour lui un
oment d'audience; ce qui fut promptement
cordé.

Scopa, qui avait déjà envoyé son ouvrage,
présenta donc chez Ginguené.

Après les salutations d'usage, la conversa-
n s'engagea et tomba sur le travail du Sicilien.
inguené hasarda d'abord quelques objections;
là, il passa aux critiques, et la dispute de-
nt si vive, que les deux illustres se quittèrent
rt mécontens l'un de l'autre, et brouillés de
anière à ne jamais se revoir.

La chose la plus plaisante dans cette quelle, était de voir Ginguené, écrivain français,
utenir les prérogatives de la langue et de la
rérature italiennes, contre Scopa, Sicilien et
fenseur de la langue et de la littérature fran-
ises.

Parmi les propos tenus par Scopa, un témoin
la discussion rapporte les phrases suivantes :

Mousou Ginguené, vous n'avež pas le sens commun. — Comment? dit Ginguené.—Ze me trompe, ze veux dire raison, car l'académie française ma dounné ouna récompense. — Ce sont des bétes, reprend Ginguené avec viva- cité, que vos académiciens français, des sots qui n'ont pas le sens commun...... Oser sou- tenir que la poésie française est supérieure à la poésie italienne, c'est le comble de l'igno- rance et de la stupidité.

J'ai l'honneur, etc.

LETTRE V.

Paris, 4 janvier 1814.

1. Coupigny et madame Saint-A***. — La comédie française à Erfurth. — Mademoiselle B*** et le partisan Schiller. — L'acteur P*** et la femme d'un général. — M. Daudet.

Monseigneur,

Un accès de paresse me tient aujourd'hui; et comme chez nous autres gens d'esprit, ce que le vulgaire traite de paresse n'est autre chose qu'un repos nécessaire demandé par notre génie inspirateur, vous me permettrez de laisser le mien en repos. Vous serez assez indulgent pour vous contenter d'un choix d'anecdotes prises dans mes tablettes théâtrales : mon secrétaire vous dira le reste.

Je suis etc.

P. S. Je ne sais si cette lettre vous parviendra ni où elle vous trouvera ; mais comme j'er suis convenu avec M. le comte....., je l'adressi à M. Reicheimbach, à Bâle, dans l'espéranc(qu'elle vous trouvera quelque part. Cependant; pardonnez-moi ma franchise, j'aimerai mieux que ce fût sur l'Elbe ou l'Oder que sui le Rhin.

Madame Saint - Au***, une de nos meilleures et de nos plus aimables actrices, fui long-temps intimement liée avec M. Delamare, homme fort riche et propriétaire de l'hôtel Boulainvillers ; durant cette liaison, elle eut deux enfans, entre autres la jeune Alex***. et la médisance alla son train. Le poète Coupigny était un des habitués du salon de madame Saint-Au***, et se réjouissait de voir arriver l'époque des débuts de la petite Alex***, qu'il aimait beaucoup. Le jour où l'on donna la première représentation de *Cendrillon*, Coupigny ne manqua pas de se procurer un billet d'orchestre, donna toute son attention au débuts de sa jeune protégée, applaudit à ses premiers essais, et parlant à un de ses amis, il dit : « Je suis fort content des encouragemens prodigués à Alex***, mais je suis fâché d'entendre ces *bravos* multipliés. Cette enfant n'est encore qu'une copie de sa mère, et semble nous la retracer; il est à craindre qu'elle se croie un talent inné, qu'elle néglige de travailler, et, dès-lors, elle ne pourrait jamais devenir *elle.* » Un ami de madame Saint-Au*** était présent à la conversation et alla sur-le-champ en rendre compte, en dénaturant le fait et en faisant passer cette opinion sage, pour le plus grand blasphème. Madame Saint-Au*** devint furieuse et jura de se venger. C'était bien là le premier mouvement d'une mère, et surtout d'une femme. On prévint Coupigny de ce qui se passait. Ce poète joint à un talent aimable beaucoup de sang-froid, de la vivacité, de la repartie, et un esprit satirique qui enlève souvent le morceau. Il va trouver madame Saint-Au***, la salue, la complimente sur le succès de sa fille. Madame Saint-Au***, qui avait sa vengeance en tête, lui répondit d'un ton aigre : « Ah! je vois » où vous voulez en venir, dit Coupigny, vous » voulez me faire une querelle; entrons au » foyer, parce que vous allez crier et vouloir » me donner tort, tandis que moi je voudrais » avoir raison. »

En effet, ils se rendent derrière le théâtre; Coupigny lui répète l'observation qu'il avait faite sur le talent de la débutante. Dans sa colère, madame Saint-Au*** criait beaucoup et ne voulait rien entendre. Attiré par les cris de sa femme, Saint-Au*** accourt en demandant si on l'insulte, et s'enquiert du motif de la discussion. « Il s'agit, Monsieur, du talent de mademoiselle Alex***, lui répond Coupigny, et vous savez que vous n'êtes pour rien là-dedans; en conséquence, je vous serai obligé de nous laisser terminer tranquillement notre querelle. » A ces mots, un rire inextinguible s'empara de tous les assistans, et comme il n'y a jamais à lutter contre un ridicule, même donné à tort, le couple prudemment se hâta de disparaître.

— Napoléon, au faîte de la gloire, traitait les souverains à l'exemple des Romains. Pour leur donner une idée de la splendeur qui environnait son trône, il marchait souvent entouré de tout ce qui en faisait l'ornement. Les plaisirs n'étaient jamais négligés; et dans son voyage à Erfurt, il se fit suivre par l'élite des acteurs du théâtre Français, de la rue de Richelieu. Talma avait amené sa femme dans l'espoir de la réconcilier avec le monarque qui, on ne sait trop pourquoi, ne pouvait la souffrir, tandis qu'il comblait son époux des marques de sa faveur. Talma ne réussit pas; car Napoléon ayant vu paraître sur la scène l'objet de son injuste prévention, fut très-mécontent, et ordonna, à son préfet du palais, de signifier à madame Talma l'ordre de ne plus reparaître sur le théâtre Français.

Erfurt est une très-petite ville où les femmes étaient rares. Tous les étrangers qui en étaient privés depuis long-temps, examinèrent avec plaisir les charmes de nos Françaises. L'abstinence à laquelle ils étaient depuis long-temps forcés, leur fit trouver des charmes à D*** et même à mademoiselle P***. Quant à B***, c'était à qui serait admis à l'honneur du boudoir, et la foule de ses admirateurs était immense. Sa demeure était comme l'hôtel d'un ministre, et chacun attendait son tour. Lorsqu'elle ne jouait pas, elle se rendait au théâtre pour se faire admirer de ses nombreux adorateurs et du peuple d'amans qu'elle avait rendus heureux. Malheureusement quelques gestes trop expressifs, des œillades trop multipliées furent aperçus par Napoléon. Il se fâcha et fit défendre à la princesse tragique de reparaître dans la salle. Au retour en France, chacun ou plutôt chacune revint bien pourvue d'or; et les diamans qui couvraient nos actrices pouvaient faire compter les faveurs accordées aux enfans du nord.

Mademoiselle B*** fut la mieux partagée. Quelques affaires de *cœur* la firent rester au-delà du Rhin ; et quand elle retourna en France, elle eut le malheur de rencontrer le fameux partisan Schiller, qui la dévalisa, et qui, après lui avoir fait une grande peur, finit par lui faire prononcer ces mots : *Ah! cher voleur!* Schiller, néanmoins, la débarrassa d'une somme évaluée à 600,000 fr.

C'est cette même actrice qui, ayant reçu d'une duchesse impériale une lettre qui ne lui plaisait guère, et signée de son prénom suivi du nom du duché de son mari, parodiant cette signature, répondit et signa, *Iphigénie, d'Aulide*. La pauvre maréchale D*** eût bien voulu pouvoir se venger ; mais comment punir un trait d'esprit? il aurait fallu du génie, et la vengeance resta là.

— La femme d'un officier supérieur employé à Naples, se promenant à Kiaia, près Castel-Nuove, rencontra un acteur qui, aujourd'hui, est l'ornement de nos boulevards. La conversation se lia promptement ; l'acteur était bel homme, et en peu de jours il fut amant heureux. Au bout de quelque temps, P*** demanda à la dame son écrin pour se parer convenablement dans le rôle du *Glorieux*. Les

diamans lui furent confiés, et au lieu de retourner à leur propriétaire, ils passèrent entre les
mains d'une ex-limonadière de la porte Saint-
Martin, que P*** avait amenée de Paris. Celle-
ci s'en empara, et affecta de les étaler aux premières loges du théâtre *del Pundo*, surtout
quand elle apercevait sa malheureuse rivale,
doublement désappointée. Celle-ci, indignée,
et sentant combien elle allait être compromise,
son mari, qui était absent, devant bientôt revenir; celle-ci, dis-je, après de nombreuses et
vaines réclamations, prit conseil d'un ami qui
trouva un expédient dont le succès fut prompt.
P*** reçut une lettre par laquelle on le préve-
nait que, si l'écrin n'était pas sur-le-champ
rendu, on le ferait rosser par deux grenadiers,
dût-on acheter les services de ceux-ci au prix
de faveurs dont il s'était rendu indigne. La
lettre fit son effet; madame ..... reçut ses diamans, et sentit qu'un faux pas peut compromettre le plus bel avenir.

—Il ne faut pas que M. Daudet échappe à la
réputation que lui a méritée sa bêtise.

Cet homme, qui fut directeur de spectacles
dans plusieurs villes du midi, était renommé
par ses réponses bizarres, et, semblable en cela
à tant de personnages de nos jours, il n'était

3.

jamais plus sot que lorsqu'il voulait avoir de l'esprit. Il était directeur à Toulouse en 1787; et à la rentrée de Pâques, il présenta une troupe assez bien composée en acteurs et surtout en chanteurs. A la sortie du spectacle, Daudet alla se placer près de la porte d'entrée, pour écouter ce qui pourrait être dit au sujet de sa troupe, laquelle avait obtenu beaucoup de succès. La femme de l'intendant, qui l'aperçut, lui dit : « M. Daudet, votre troupe est charmante; en vérité, elle est digne de Paris. » Le directeur fit une grande salutation, et lui répondit : « Madame, je suis enchanté qu'une femme publique comme vous me fasse l'honneur de trouver bonne la troupe que j'ai choisie. »

Il était question de monter l'opéra d'*Orphée et Euridice;* et comme il manquait la décoration de l'enfer, le machiniste lui en demanda une. « Mon ami, lui dit-il, sers-toi de la prison; j'y ai été mis plusieurs fois, et c'est bien le plus grand de tous les enfers. » Malgré toutes les objections qui lui furent faites, Daudet ne voulut jamais en démordre, et l'opéra fut joué sans la décoration des enfers.

Daudet avait joué la comédie, et avait été en concurrence avec un de ses confrères qui jouait parfaitement les *Volanges.*

Ce dernier avait obtenu des applaudissemens
mérités dans plusieurs pièces à travestissement,
et surtout dans le proverbe : *On fait ce qu'on
peut et non pas ce qu'on veut*, pièce à tiroirs,
où l'acteur principal joue huit rôles différens.
Un matin, que tous deux répétaient une pièce
nouvelle, dont la représentation devait avoir
lieu le soir même, Daudet ayant lu dans son
rôle trois ou quatre fois ah, ah, ah, ah, signe
qui indique le rire, se mit à prononcer : ah....,
ah...., ah...., ah...., à des intervalles séparés.
L'acteur, son rival, lui demanda s'il rirait ainsi
à la représentation ? « Certainement, dit Daudet,
je dirai ce qui est écrit dans mon rôle. — En
conséquence, tu riras comme un sot. — Hé
bien, moi je ne sais pas me contrefaire. Par
cette réponse, Daudet fut persuadé qu'il avait
dit une grosse injure à son confrère. »

J'ai l'honneur, etc.

LETTRE VI.

15 avril 1814.

Louis XV. — Le duc de Fitz-James et un marchand de coco.

MONSEIGNEUR,

Je pense que, rentré dans votre château, vous soignez votre convalescence. Je vois avec plaisir, par la lettre datée de Bâle, dont vous m'avez honoré, que la France et les Français vous intéressent toujours. Quoique ce soit la main d'un Français qui ait mis vos jours en danger, vous n'avez pas pris notre nation en haine, et je suis sûr que vous l'estimerez bientôt, plus que jamais, maintenant que vous avez appris à la connaître dans ses foyers. Je vais donc reprendre cette correspondance depuis si longtemps interrompue, et les Bourbons, nos nou-

veaux souverains, seront cette fois l'objet de
mon bavardage *. Louis XV, leur grand-père,
fut un roi qui fit un peu de bien, et qui laissa
faire beaucoup de mal ; mais, comme individu,
ce fut le meilleur homme du monde.

Parmi les grands seigneurs admis à son intimité, était le duc de Fitz-James, petit-fils de
Jacques II, bon courtisan et grand chasseur ;
c'était le seigneur de la cour qui avait la plus
belle meute et les chiens les mieux dressés.

Son talent, ses connaissances et ses plaisirs se bornaient et se concentraient dans la
connaissance des chiens : leurs maladies, les
moyens de les guérir, et leur éducation composaient toute son étude et employaient tout
son temps.

Non moins amateur de la chasse que le duc,
Louis XV estimait beaucoup sa meute, que
souvent il admettait à l'honneur de chasser
avec les siennes, et il poussait, je dirais pres-

---

* Les éditeurs ont fait à cette lettre et à la suivante
beaucoup de suppressions, et toutes les lettres de mai et
juin ont aussi été entièrement supprimées. Le motif qui
les a engagés à ces retranchemens est qu'elles renfermaient des faits et des détails, précieux à l'époque où ils
furent écrits, et trop connus aujourd'hui ; ils se rappellent qu'ils ont promis du neuf au public.

que son estime pour elle, jusqu'à connaître parfaitement les qualités et le nom de chacun des individus qui la composaient.

Un des sujets les plus distingués de la meute du duc tomba malade ; celui-ci ordonna à l'un de ses piqueurs de le conduire à Paris et de le confier aux soins du docteur *Lyonnet*, célèbre pour la guérison des animaux. M. de Fitz-James recommanda de prendre un cabriolet de l'hôtel pour ne pas fatiguer le malade. Le piqueur avait une maîtresse ; il prévint celle-ci de son message, et l'invita à l'accompagner pour dissiper l'ennui du voyage : ils partent, et rencontrent en chemin Louis XV, qui revenait de la chasse. Ami du sexe, ce monarque lorgna la jeune personne, et en se retournant pour la voir encore, aperçut le malheureux chien attaché derrière la voiture, qu'il s'efforçait de suivre.

Il y eut jeu, dans la soirée, à la cour, et le roi, apercevant le duc à l'une des tables, lui adressa la parole en ces termes :

Dites-moi, M. le duc, est-ce que *Tayau*, votre excellent chien, serait malade ? je l'ai aperçu derrière un cabriolet décoré de vos armes, sur la route de Paris ; votre piqueur, par parenthèse, avait à ses côtés une femme charmante, jolie comme les Amours , un vrai morceau de roi. J'ai vraiment envié le bonheur de ce maraud-là. — Sire, oserai-je demander à votre majesté si mon chien était dans le cabriolet ou s'il suivait par derrière ? — La belle demande ! il était attaché derrière , et remplacé par une fille qui vaut tous les chiens passés et futurs. »

De retour à son hôtel , le duc demanda si le piqueur qu'il avait envoyé à Paris était revenu, et, sur l'affirmative, ordonna qu'on le fît monter. « As-tu été à Paris? — Oui, monseigneur. — As-tu conduit mon chien chez Lyonnet; mon chien était-il dans la voiture ? — Oui, Monseigneur. — Il était dans la voiture ? — Oui, Monseigneur. — Eh bien , coquin, déments donc le roi; il t'a rencontré en revenant de la chasse; tu étais dans le cabriolet à côté de ta maîtresse, et Tayau suivait attaché par derrière. Tu savais combien je tenais à cet animal; et pour avoir transgressé mes ordres, pour m'avoir trompé et démenti le roi ; demain tu quitteras la livrée, et je te chasse sans certificat. »

Le pauvre piqueur quitta en effet l'hôtel. Il chercha vainement une place; mais faute de certificat il attendit vainement et mangea tout son pécule. Se voyant bientôt dans la misère, il se

fit marchand de tisanne ; il commençait déjà à se
faire connaître, et il avait bon nombre de pra-
tiques, lorsqu'un jour, qu'il était à la grille du
Dragon, le roi vint à passer, et fit arrêter sa
calèche pour satisfaire un léger besoin. En descendant de voiture, Louis XV passa devant le
piqueur qui, le regardant avec dédain et le
toisant de la tête aux pieds, dit à mi-voix :
Bavard ! vilain bavard ! exécrable bavard !

Le roi, tout surpris, chercha dans sa tête si
c'était bien lui qui pouvait être l'objet d'une
semblable sortie ; il acheva son affaire et revint
pour monter en voiture. En repassant devant le
piqueur, il lui entend proférer les mêmes expressions. « Je ne me suis pas trompé, se dit
le roi, c'est bien à moi que ce drôle-là en veut.
Par quel hasard peut-il y avoir quelque chose
de commun entre moi et un misérable marchand
de coco. » Cette idée intrigua le monarque, qui
ne cessa de réfléchir à la bizarrerie de l'aventure ; enfin il se rappela le piqueur du duc de
Fitz-James, lui trouva une grande ressemblance
avec l'homme à l'apostrophe, et dès-lors tout
lui parut expliqué ; il ne douta plus que son
insolent ne fût le pauvre diable que sans doute
il avait fait chasser.

Cependant, pour s'en éclaircir positivement,

il demanda au duc, la première fois qu'il le vit, ce que pouvait être devenu certain homme qu'il avait chargé de conduire, à Paris, un de ses chiens malade. « Je l'ignore, sire ; je l'ai chassé de chez moi comme un misérable qui avait osé démentir votre majesté, et ne sais nullement ce qu'il est devenu. — Hé bien, M. le duc, il faut que vous le repreniez à votre service. — Moi, sire ; jamais ! — Vous m'avez exposé à un joli affront ; je sais où il est et ce qu'il est devenu : il est marchand de tisanne et m'a traité aujour-d'hui de bavard, de vilain bavard, d'exécrable bavard, cela à deux reprises différentes. — Veuil-lez, sire, m'apprendre où je pourrai le trouver, car je veux le faire mourir sous le bâton, s'é-cria le duc furieux. — Pas du tout, répliqua le roi, je ne veux pas m'exposer à un affront en-core plus sanglant, et puisque vous ne voulez pas le reprendre, je me vois forcé à l'employer moi-même. »

Louis XV fit venir l'inspecteur-général de ses bâtimens, et lui demanda s'il y avait quelque place vacante. « Sire, lui dit-il, il se trouve en ce moment deux places de garde-bosquet. — Eh bien j'en retiens une pour certain marchand de tisanne, autrefois piqueur de M. le duc de Fitz-James ; vous le chercherez dans Versailles, le mettrez en fonctions dans le plus bref délai, et viendrez me rendre compte de ce que vous aurez fait. »

Après des peines infinies, on trouva enfin le pauvre diable qui, sur l'injonction de venir au château, craignit de recevoir le châtiment de son audace. Cependant, sur l'assurance qu'il reçut qu'en endossant la livrée il était attaché au château, il s'y rendit.

Sitôt que Louis XV fut prévenu qu'il était entré en fonctions, il se rendit aux bosquets dont la garde lui était confiée. En l'apercevant, le piqueur baissa les yeux, et aurait bien voulu se soustraire aux regards de sa majesté. Louis XV le rassura bientôt, et lui dit : « Tu vois, mon ami, que les bavards sont toujours bonnes gens. Je suis bonhomme, et pour te le prouver, voilà vingt-cinq louis que je te donne pour te faire oublier tes chagrins. Mais ne recommence pas, car une autre fois tu pourrais bien ne pas t'en trouver aussi bon marchand. »

J'ai l'honneur, etc.

~~~~~~

LETTRE VII.

Paris, 25 avril 1814.

Louis XV et Coupigny, ou la feuille des bénéfices. — La danse de corde ou le pari.

MONSEIGNEUR,

. . . .

. . . .

. . . .

Je reviens à Louis XV, car, si je n'aime pas beaucoup le roi, j'aime assez l'homme ; et quand j'apprends certains faits de sa vie privée, j'oublie facilement certains actes de sa vie publique.

Ce prince comptait depuis long-temps, au nombre de ses valets de chambre, un nommé Coupigny, qu'il aimait beaucoup. Ce dernier avait la repartie fine, et ses bons mots amusaient singulièrement le monarque, auquel les affaires déplaisaient beaucoup. Dans un de ses momens de gaîté, le roi, s'adressant à son valet de chambre, lui parla en ces termes : « Comment se fait-il, mon cher Coupigny, que depuis long-temps attaché à mon service, tu n'aies pas encore sollicité une grâce ? — Sire, répondit le serviteur, je suis trop récompensé si votre majesté est contente de mon service. J'ai cependant un frère qui étudie, et dès qu'il aura reçu les ordres, j'aurai l'honneur de solliciter votre majesté en sa faveur. » Au bout de quelque temps, le jeune homme fut tonsuré. Coupigny présenta un placet au roi, et sollicita pour son frère un bénéfice de cent louis à mille écus. « Va porter ton placet, de ma part, à l'évêque d'Orléans ; dis-lui, ajouta Louis XV, que je m'intéresse à ton frère, et qu'il faut qu'il le fasse passer dans un prochain travail. »

Enchanté, Coupigny se transporta chez le distributeur des bénéfices, lui expliqua l'objet de sa demande et l'intérêt que le roi daignait y prendre. On lui fit toutes les promesses imaginables ; et chaque fois qu'il y avait travail, Coupigny allait voir si son frère se trouvait porté sur la liste des heureux privilégiés. Trois ou quatre mois se passèrent sans résultat. Le roi se faisant habiller, demanda enfin à Coupigny pourquoi il n'était pas venu le remercier, et si c'était que son frère n'était pas pourvu de son bénéfice. « Sire, je connais trop bien mes devoirs pour ne l'avoir pas fait dans le cas où j'aurais obtenu l'effet de ma demande. — Retourne de ma part vers M. d'Orléans, dit Louis, et répète-lui que je m'intéresse singulièrement à ton frère, que je veux absolument le voir placé. » Nouvelle demande et nouvelle promesse ; et au bout de quelques mois, Coupigny, fatigué, cessa de réclamer.

Un jour qu'il ôtait les bottes du roi qui revenait de la chasse, le prince lui demanda : « Hé bien, ton frère a-t-il enfin obtenu l'effet de sa demande ? — Non, sire, reprit l'autre avec un peu d'humeur, et sans doute c'est parce qu'il est protégé par vous ; j'aimerais mille fois mieux avoir la protection de monseigneur d'Orléans ; avec celle-là, au moins, j'aurais atteint mon but, et avec la vôtre je n'obtiendrai rien. — C'est ce que nous verrons, reprit le monarque. »

Il y eut, à quelques jours de là, travail pour les matières ecclésiastiques. L'évêque d'Orléans en présenta le résultat à signer au roi, qui, pour la première fois, peut-être, lut les noms des titulaires. Le premier inscrit sur la liste, était un jeune gentilhomme protégé par quelque com-

tesse ou marquise ; mais cette fois, Louis XV,
sans égard pour les grands noms, prit la plume,
effaça le nom du titulaire, et y substitua de sa
main royale le nom de l'abbé de Coupigny. Le
bénéfice était de cent mille livres de rente.

Rentré dans ses appartemens pour faire sa
toilette, le monarque dit à Coupigny : « Va
voir, animal, va voir, si ma protection n'est
bonne à rien ; ton frère est pourvu d'un bénéfice de cent mille livres de rente. — Sire, je
vous en remercie, dit Coupigny ; mais si je ne
vous avais pas un peu fâché, mon frère n'aurait
rien obtenu. » . . . .

. . . .

. . . .

A cette époque où les princes de la maison
de Bourbon, trop jeunes pour songer aux
intérêts de l'Etat, n'étaient encore occupés
que de leurs plaisirs, l'un d'eux qui, depuis,
s'est fait aimer par son caractère aimable, et
ses reparties dignes du bon Henri ; l'un d'eux,
dis-je, eut une légère, mais très-gaie discussion avec le duc d'Orléans, à l'occasion de la
danse de corde. Le premier soutenait que
cet art était très-difficile, et l'autre, au contraire, voulait qu'il fût très-aisé. « Tenez, mon
cousin, dit le comte D****, je parie mille

louis que dans huit jours je danse sur la corde.»
Le duc d'Orléans accepta le pari. Le comte
D**** fit venir à Versailles *le Petit Diable*,
fameux sauteur de chez Nicollet, et là, dans
un des bosquets du parc, armé d'un balancier
depuis le matin jusqu'au soir il s'exerça sur
une corde dressée à cet effet. Cette étude, à
laquelle son caractère enjoué, et son âge encore peu avancé lui faisait attacher beaucoup
d'importance, et qu'il voulait tenir secrète,
devint la nouvelle de la cour, par un incident
imprévu. Le fils d'un inspecteur des bâtimens
du roi, chargé de faire une commission par
ses parens, traversa les bosquets, dont il avait
la clé, pour se rendre à l'endroit désigné. Il
pénètre, sans s'en douter, dans le bosquet où
le prince prenait ses ébats. Aussitôt qu'il est
aperçu, le comte D**** lui crie : Misérable,
que viens-tu faire ici? qui es-tu? où vas-tu?.....
L'enfant, pétrifié, ne répondit rien, et resta
un moment tranquille spectateur de la danse
du prince ; mais sitôt qu'il fut revenu de l'é-
tourdissement qu'il avait éprouvé à l'apostrophe imprévue du comte D****, il prit la fuite à
toutes jambes, remplit sa commission, et à son
retour raconta ce qu'il avait vu. Pendant toute la
soirée, M. le comte D**** reçut des compli-

4

mens sur ses heureuses dispositions à devenir rival du Petit-Diable. Il se consola, en gagnant son pari ; car il réussit parfaitement. Le duc d'Orléans s'avoua battu et paya.

~~~~~~

LETTRE VIII.

Paris, 17 août 1814.

Le comte de Lauraguais et mademoiselle Arnoult. — Son fils, colonel, tué à Wagram. — Le prince d'Aremberg et sa femme. — La princesse de Lubkowitz.

MONSEIGNEUR,

Il y a de ces caractères aimables, de ces tours d'esprit piquans dont on ne se lasse jamais, et dont on parle toujours avec plaisir. Telle est Sophie Arnoult qui a souvent été le sujet de mes causeries, et sur laquelle je vous ai envoyé un volume d'*ana* fort intéressant. Voici quelques détails qui me paraissent curieux et qui la concernent. Je pense que vous me saurez gré de ne les avoir pas mis dans le sac aux paparasses.

Tout le monde connaît ce gentilhomme ai-

4.

mable appelé duc de Lauraguais, et dont le
nom est encore plus répandu à cause de son
originalité que par quelques services rendus
aux arts et à l'industrie.

Chacun sait la réponse que lui fit Louis XV
après son voyage d'Angleterre, et enfin personne n'ignore son aventure avec le prince
d'Hénin, et ses amours avec Sophie Arnoult,
sur l'origine desquels voici des détails qui sont,
je crois, connus de fort peu de gens.

En montant sur le théâtre de l'Opéra, Sophie
était novice, et il est à croire que sa virginité
lui pesait furieusement. On désirait un ami, et
on ne savait où le prendre ; car sa mère, toujours à ses côtés, ne la quittait pas plus que son
ombre. La beauté de Sophie, ses regards qui,
sans qu'elle s'en doutât, sollicitaient un libéra-
teur, avaient mis en campagne beaucoup d'a-
mateurs ; mais tous avaient été découragés par
la vigilante surveillance de cette mère *cruelle
et barbare*.

M. de Lauragais se mit aussi sur les rangs. Il
cherchait tous les moyens pour s'approcher de
l'objet de son amour, et en rôdant autour de la
maison où elle logeait, il y aperçut un écriteau
qui indiquait une chambre à louer : c'était justement chez le père de Sophie, honnête marchand

d'étoffes. Il monte, demande à voir la chambre,
et s'annonce comme un jeune étudiant dont la
famille réside en province et qui arrive pour
faire ses cours à Paris. Il s'applaudit de demeurer chez de si braves gens, et pour donner plus
de poids à ses discours, il offre de payer six
mois d'avance, ainsi que sa pension si l'on veut
bien l'agréer. La figure du jeune homme prévint favorablement les parens de Sophie, qui
introduisirent, comme on dit, le loup dans la
bergerie. Pendant les premiers jours de son ins-
tallation, le prétendu étudiant sembla n'être
occupé que de ses livres. Sa seule distraction
était d'aller le soir au spectacle pour se former
le goût et connaître les grands poètes. Enfin,
la familiarité s'établit, et il commença à parler
à Sophie.

La mère n'avait aucun soupçon sur lui, qui,
profitant de ce qu'on le laissait souvent seul avec
l'objet de son amour, sut d'abord se faire aimer,
puis n'hésita plus à se faire connaître et à avouer
son stratagème.

Sophie ne demandait pas mieux que d'être
libre, et l'offre qu'il lui fit de lui donner une
petite maison, des gens et un équipage lui
tourna la tête; elle consentit à quitter sa mère
sans lui faire ses adieux.

Les deux amans s'étant concertés décidèrent qu'à la fin d'Armide, au moment où l'enchanteresse embrase son palais, Sophie sortirait à droite, au lieu de prendre à gauche, comme c'était l'ordinaire : ce qui fut ponctuellement exécuté. Un domestique l'attendait, et il la conduisit promptement à la voiture du duc qui l'attendait avec la plus grande impatience.

Tel fut le début de Sophie dans la carrière des intrigues amoureuses. Elle eut plusieurs enfans; son troisième fils, nommé Constant Dioville de Brancas, devenu colonel de cuirassiers, fut tué à la bataille de Wagram.

Puisque j'ai commencé à vous entretenir de .M. de Lauraguais, il faut que je continue.

M. de Lauraguais avait marié sa fille au duc d'Aremberg. Lorsque Bruxelles appartint à la France, son petit-fils vint servir Napoléon, qui, pour se l'attacher davantage, lui fit épouser une demoiselle Tacher de la Pagerie, nièce de Joséphine. Pendant que son mari se couvrait de gloire, la jeune duchesse faisait faire du chemin à son honneur, et sa conduite fut autant au-dessus de ce que certaines gens appellent préjugés, que son impérial oncle fut au-dessus de ses contemporains, et ce n'est pas peu dire.

M. de Lauraguais, ayant appris la conduite de sa petite-fille, pouffa de rire et s'écria : « Tant mieux ! C'est bien fait ! Comment aussi un d'Aremberg, qui est issu des Brancas-Lauraguais s'est-il avisé d'épouser une Tacher de la Pagerie. C'est bien fait, cela lui apprendra à avoir voulu s'encanailler ! » et sur l'observation qui lui fut faite que cette dame était parente de Joséphine et noble, il répondit : « Dans quel armorial a-t-on vu des gens comme ça. » Le duc d'Aremberg fut obligé de divorcer, et a épousé depuis une princesse Lubkowitz.

Je suis avec respect, etc.

~~~~~~

LETTRE IX.

Paris, 14 septembre 1815.

Napoléon fait traduire Strabon. — De la bibliothèque du roi. — M. Barbier, bibliothécaire du conseil d'Etat. — Le savant Van-Thol.

MONSEIGNEUR,

Une grande discussion qui vient de s'élever entre d'illustres savans, sur la situation d'une bourgade grecque, dont l'existence n'est établie que par des conjectures et l'interprétation forcée de quelques passages d'auteurs anciens, cette discussion, dis-je, m'a donné le désir de lire Strabon, et je m'en suis procuré un exemplaire dans une de nos bibliothèques publiques. L'exemplaire qui me fut remis, portait une note manuscrite qui m'a paru curieuse, et que j'ai transcrite pour vous l'envoyer : le fait qu'elle consigne mérite l'attention.

« Napoléon étant premier consul, eut le désir de vérifier quelques passages de ce géographe ; il le fit demander à M. Rippault, son bibliothécaire. Rippault lui apporta l'ouvrage désiré, et lui remit l'édition en 2 vol. in-folio, en grec, avec la version latine et des notes en la même langue. En ouvrant le livre, Napoléon se fâcha et demanda pourquoi on y avait pas joint la traduction française. — Général, c'est qu'il n'en existe qu'une, qui est imparfaite. — Il me semble cependant que cet auteur est souvent consulté..... Sur-le-champ Napoléon donna l'ordre au ministre de l'intérieur, d'écrire à l'Institut pour faire traduire l'ouvrage du géographe grec. La troisième classe fut chargée de ce travail, et nomma, à cet effet, une commission composée de MM. Laporte, Dutheil, Gosselin, auxquels on adjoignit le savant M. Coraï.

A l'occasion des démarches que j'ai eu à faire pour me procurer cet ouvrage, j'ai pu me convaincre de la complaisance de MM. les conservateurs des différentes bibliothèques de Paris ; je ne parlerai pas dans le même sens de l'ordre qu'ils ont établi. Partout, ouvrages incomplets ; partout, éditions souvent peu estimées ; partout, absence des ouvrages proprement dits nouveaux, même à la bibliothèque royale ; et cependant chaque ouvrage qui paraît, paie un tribut de cinq exemplaires à l'autorité : ne pourrait-il donc pas y en avoir un pour le magasin littéraire et scientifique de la rue Richelieu ; mais le chapitre des gaspillages est là.

Je vais continuer les notices biographiques * des savans qui s'efforcent d'illustrer notre France. Je m'occuperai aujourd'hui de M. Barbier ; je le fais avec d'autant plus de plaisir que je lui dois une réparation. D'après ce qu'on m'en avait dit, je m'étais imaginé qu'à l'égoïsme d'un moine, il joignait la dureté d'un geolier ; j'ai reconnu par moi-même le contraire ; il prête les livres de la bibliothèque du conseil d'état avec une complaisance, un désintéressement sans exemple.

* Ces notices ont commencé, à ce qu'il paraît, dans la partie de la correspondance qui fut enlevée en 1813. l. 4.

Suite des Notices biographiques sur quelques savans.

BARBIER (ANT. ALEX.)

Prêtre avant la révolution, comme tant d'autres il quitta le froc, et probablement ce fut avec joie. Ce qui est certain, c'est qu'ayant épousé une femme aimable qui, dit-on, avait été religieuse, il résulta de cette union une kyrielle d'enfans, ce qui semblerait prouver qu'ils n'étaient faits ni l'un ni l'autre pour le célibat.

Placé d'abord dans les dépôts littéraires, puis membre de la commission temporaire des arts, il devint bibliothécaire du conseil d'état après la révolution du 18 brumaire, et resta à ce poste sous l'empire, après la restauration, durant et après les Cent jours. S'étant occupé à faire un catalogue de la riche bibliothèque confiée à ses soins, il consulta dans plusieurs cas difficiles, un de ses amis qui avait été son confrère au dépôt littéraire; c'était Van-Thol, hollandais, homme très instruit, et qui, depuis plus de trente ans, s'occupait de la recherche des *anonymes* et *pseudonymes*. M. Barbier ayant donc

engagé Van-Thol à l'aider de ses conseils dans
la rédaction du catalogue et à lui fournir des
renseignemens sur tous les ouvrages sans nom,
Van-Thol lui confia généreusement une grande
partie de son travail. Aussi, le savant français,
dans la préface de son Catalogue des livres de
la bibliothèque du Conseil d'état, a-t-il traité
favorablement le bibliographe hollandais.

L'appétit vient en mangeant. Aidé du travail
de son confrère, M. Barbier conçut le dessein
de faire le Dictionnaire des anonymes et des
pseudonymes, et fit entrer dans ce dernier ouvrage toutes les recherches de son ami, sans
daigner même le citer. Van-Thol * était mort,
aussi n'y eut-il pas de réclamations.

---

* Van-Thol était bègue autant qu'on peut l'être : il
avait des peines incroyables à articuler. Cependant, quand
il était pressé de communiquer sa pensée, il posait son
doigt sur l'œil gauche, et aussitôt la faculté d'articuler
lui venait ; c'était alors un flux aussi rapide qu'abondant
de paroles. C'était, du reste, un savant crasseux, habillé
à l'antique et des plus bizarres.

LETTRE X.

Le baron de Thiers. — Mademoiselle de Montmorency. —
Orosmane, cuisinier. — M. de Béthune-Pologne.

MONSEIGNEUR,

. . . .
. . . .
. . . . ⋆ .

La mort vient d'enlever à la société de Paris
un des hommes les plus originaux qu'on ait
vu depuis long-temps : il mérite votre attention; c'est le baron de Thiers.

Il était fils du fameux Crozat, si connu par
ses richesses, son goût pour les arts, et son
bonheur dans les affaires. Propriétaire du châ-

⋆ On n'a retrouvé qu'une partie de cette lettre; le
fragment restant était sans date, c'est la place où il était
dans la correspondance générale qui a servi à son classement.

teau de Tugny, près Rhétel-Mazarin, lorsqu'il s'y rendait, il était toujours accompagné de plusieurs centaines de personnes ; maîtres, valets et femmes de chambre, tout ce monde trouvait bonne table et logement commode, les uns au château, et les autres dans un vaste bâtiment, appelé Grand - Commun. Jamais commensaux ne furent traités plus grandement.

Amateur des beaux-arts, il entretenait dans divers villages, dont il était seigneur, des maîtres d'école, de musique et de danse. Pendant sa résidence à Tugny, on donnait spectacle trois fois la semaine. On y jouait tragédie, comédie, opéra-comique et ballets. Ses acteurs étaient pris, soit parmi ses gens, soit parmi ses vassaux ; pendant l'hiver il accordait dix sous par jour aux jeunes paysans et paysannes qui venaient prendre des leçons : on y montait les ballets, et on y exerçait les chœurs.

A l'exception des loges, destinées à ses commensaux, l'entrée du parterre était accordée indistinctement à tout le monde, et les bourgeois de Rhétel se faisaient un plaisir d'assister aux représentations qu'il donnait.

Un jour que l'on jouait *Zaïre*, Orosmane se

fit beaucoup attendre ; l'impatience gagnait les spectateurs : « Messieurs, dit le baron, dé sa loge qui était sur le théâtre, je vous demande bien pardon pour Orosmane ; mais cet acteur est mon cuisinier, et il est allé voir l'état des broches. »

Il eut la fantaisie de se marier, et voulut s'unir à une demoiselle de bonne famille, bien élevée et sans fortune. Ses amis lui déterrèrent une demoiselle de Montmorency, qui trouva les propositions à son gré, et les accepta. Elle en fit part à ses nobles parens, qui se convoquèrent en assemblée de famille, dans laquelle, bien entendu, on tonna contre la parente, qui voulait *encanailler* le noble sang des Montmorency, dont la source remonte à la première race, et dont la noblesse est plus ancienne que celle des rois de France. Après avoir entendu toutes leurs vociférations, la demoiselle s'exprima en ces termes :

« Je n'ai point le désir de me faire religieuse, je veux vivre dans le monde ; pour y vivre honorablement il me faut 20,000 francs, et je n'en ai que 6,000 de revenu, voyez, entre vous, à me faire cette somme : à ce prix je renonce à l'établissement proposé. »

Les parens indiquèrent une deuxième et

troisième assemblée, dans lesquelles on parla beaucoup, et où on ne conclut à rien. Rendue alors, elle-même, mademoiselle de Montmorency épousa le baron de Thiers. Les noces se firent avec la plus grande magnificence, et au retour de la belle saison ils se rendirent à Tugny.

Le baron avait demandé à sa femme des renseignemens sur ses biens ; il s'aperçut qu'elle avait pour intendant, dans sa petite terre de Normandie, un fripon qui, au lieu de faire les affaires de sa maîtresse, faisait les siennes propres ; il le fit chasser, le remplaça par un homme de confiance, et acheta toutes les terres qui avaient été détachées de la propriété. Ayant fait abattre le château, on en construisit un sur un nouveau plan, qu'on meubla magnifiquement : tout fut fait à l'insu de sa femme.

Madame de Thiers venait d'accoucher d'une fille, lorsque son mari lui fit faire le voyage de Thiers en Auvergne. En revenant à Paris il lui fit parcourir plusieurs provinces, et lui proposa de passer par la Normandie, pour voir son bien. « Je vous demande pardon, lui répondit-elle, mais dispensez-moi de cette dernière visite : mon bien est dans un état déplorable, et le château est si délabré, que je doute que nous et nos gens puissions y trouver asile.

—C'est égal, Madame, si nous n'y trouvons pas asile, nos chevaux nous mèneront plus loin. — Bon gré mal gré il fallut y consentir.

Etant arrivés près du village de......., le baron envoya un exprès au château, pour prévenir de son arrivée et de celle de sa femme. Les préparatifs étaient faits, l'on n'attendait plus que l'arrivée des maîtres. Les rôles étaient distribués, et sitôt qu'on aperçut les voitures, le bailli et tous les paysans vinrent prendre leur poste. L'un fit le compliment, les filles présentèrent des bouquets, les garçons tirèrent des coups de fusils; douze filles furent dotées et mariées à cette occasion; on répandit d'abondantes aumônes, et la jeune femme obtint, d'un plébéien anobli, beaucoup plus que de sa noble famille. Le baron de Thiers avait réuni trente mille livres de rente à la terre de sa femme.

Le baron pria sa femme de lui faire les honneurs de chez elle; il approuvait tout, trouvait l'ameublement exquis, et s'étonnait du refus de sa femme de l'y conduire. On peut juger combien celle-ci fut sensible à tant de délicatesse.

. . . .

. . . .

Mademoiselle de Thiers, leur fille, épousa

5

le . duc de Béthune - Pologne , et lui apporta toutes ses richesses. Un jour qu'ils avaient grande société dans leur salon , le duc , croyant faire un compliment agréable , dit à sa femme : « Savez - vous , Madame , que pour vous j'ai manqué le trône de Pologne ? — Je l'ignore , Monsieur , dit-elle , mais ce dont je suis certaine , c'est que sans moi vous n'auriez peut-être pas de culottes au ..... »

Je suis , etc.

LETTRE XI.

Paris, 17 février 1816.

Pétrone et Marchéna. — Catulle et Eischtaedt. — Le voyage
de Meibomius. — Le souper de l'abbé Margon.

MONSEIGNEUR,

Malade depuis quelques jours, je n'ai pu
faire récolte, et je suis en disette d'anecdotes
et de nouveautés; il faut pourtant que je vous
paie mon tribut, et je vais vous conter ce qu'un
de mes amis, le savant R..... qui a passé quelques heures à mon chevet, grâce à la précaution que j'avais eue de faire placer une bouteille
de chablis sur ma table de nuit, m'a appris sur
un M. de Marchéna qui a mystifié un de vos
savans. Vous me trouverez peut-être bien hardi
de prendre pour objet de raillerie votre docte
compatriote; mais vous me pardonnerez, car
c'est la fièvre qui me donne cette audace.

5.

M. Marchéna, Espagnol et savant littérateur,
était, en 1800, attaché à l'armée du Rhin. Dans
le loisir des quartiers d'hiver, à Bâle, il s'était
amusé à faire une chanson un peu leste; un
officier supérieur lui ayant fait quelques reproches, Marchéna répondit en plaisantant que
c'était la traduction d'un passage de Pétrone,
et s'offrit à en fournir la preuve. En effet, quoique dépourvu de livres comme on l'est ordinairement à l'armée, il apporta, deux jours
après, le prétendu fragment qu'il avait composé
avec une rapidité et une facilité extraordinaires.
Pour continuer la plaisanterie, il le fit imprimer sous le titre : *Fragmentum Petronii, ex
Bibliothecæ S. Galli antiquissimo Mss excerp-
tum, nunc primum in lucem editum ; Gallicè
vertis ac notis perpetuis illustravit Lalleman-
dus S. theologiæ doctor*.

Marchéna avait choisi un passage de Pétrone,
où personne n'avait encore soupçonné qu'il y
eût une lacune. Il y inséra son récit qui s'y
trouve parfaitement à sa place, et sans lequel il
n'y a pas de liaison entre ce qui précède et ce
qui suit. Cet Espagnol saisit avec tant de perfec-
tion l'esprit et la manière de Pétrone, que plusieurs savans s'y trompèrent. La sensation que
ce fragment avait produite parmi les érudits de

Paris et d'Allemagne donna occasion au gouvernement helvétique, à qui l'on avait demandé des renseignemens, de faire une espèce d'enquête juridique sur son authenticité. Un des plus respectables critiques de l'Allemagne déclara, dans un journal fort accrédité, qu'on ne pouvait douter de l'authenticité de ce fragment intéressant, et quoiqu'il se soit rétracté par la suite, ayant été averti de sa méprise par ses collaborateurs, le triomphe de M. Marchéna n'en parut pas moins complet. Si le savant de Jéna avait fait attention au ton de plaisanterie qui règne dans la préface et dans les notes, sa pénétration n'aurait pas été ainsi mise en·défaut.

Par un autre motif, Marchéna voulut, quelque temps après, renouveler la même plaisanterie sur Catulle, et prétendit que dans un manuscrit d'Herculanum on avait trouvé une quarantaine de vers inédits de ce poète. Eischtaedt, professeur à l'Université d'Jéna, répondit à cette plaisanterie, par une autre assez piquante. Il annonça que la bibliothèque de Jéna possédait un manuscrit très-ancien, dans lequel se trouvaient les mêmes vers de Catulle, annoncés par M. Marchéna; il ajoutait que ce manuscrit contenait un assez grand nombre de variantes, et que les fautes de prosodie qui sont dans

celui d'Herculanum, fautes qu'il attribuait au co-
piste, étaient corrigées dans le manuscrit de
Jéna, qui contenait vingt vers de plus que l'autre,
et que ces vingt vers annonçaient le pacificateur
de l'univers. Continuant sur le même ton,
M. Eischtaedt rétablit le texte dans toute sa pureté, en changeant ou plutôt en corrigeant neuf
vers de *Catulle-Marchéna*, et vengea ainsi très-
plaisamment la crédulité de son confrère.

Les ouvrages de Pétrone ont donné lieu à
plusieurs anecdotes dont je vais rapporter les
moins connues.

Tout incomplet qu'est Pétrone, cet auteur
l'était bien davantage avant la découverte de
l'imprimerie. Ce fut Pierre Pithou qui, le premier, a ajouté quelque chose au premier manuscrit découvert. En 1663, on trouva à Traw
(*Tragurium in Dalmatiâ*), un nouveau fragment contenant le Souper de Trimalcion. Tout
le monde sait quel bruit ce morceau fit dans la
république des lettres; il en fut de même lorsque l'abbé Nodot publia, en 1668, de nouveaux fragmens dont on a contesté et dont on
conteste encore l'authenticité.

Meibomius ayant lu, dans un itinéraire d'I-
talie, le passage suivant :

Petronius Bononiæ asservatur, egoque

ipsum meis oculis non sine admiratione vidi,
crut que le manuscrit de Pétrone existait en
entier à Bologne, et partit exprès de Lubeck
pour aller voir cette merveille. Aussitôt son
arrivée, il se rend chez le médecin Caponi,
qu'il connaissait de réputation, lui montre le
passage qu'il avait eu soin de marquer dans son
livre, et lui demande si ce fait est véritable?
« Très-véritable, répond le docteur, et si vous
voulez venir avec moi, je crois avoir assez de
crédit pour faire en sorte que votre curiosité
soit à l'instant satisfaite. Meibomius, au comble
de la joie, suit son guide, qui, l'ayant conduit à la porte de la principale église de la ville,
le prie d'entrer en lui disant que c'est là qu'il
verra ce qu'il cherche. — Comment, s'écrie
Meibomius, est-il possible qu'on ait choisi un
pareil lieu pour y déposer un livre si infâme?—
Que voulez-vous dire, interrompt le docteur,
avec votre livre infâme? C'est ici l'église de
Saint-Pétrone, où l'on garde son corps entier,
comme votre auteur en fait foi, et comme vous
allez le voir dans l'instant; le sacristain étant
de mes amis, je n'ai qu'à lui parler, et il vous
le montrera aussitôt.» Meibomius, revenant alors
comme d'un profond sommeil, reconnaît son
erreur, et sur-le-champ reprend la poste, sans

vouloir rester un instant de plus à Bologne.

Je terminerai ces anecdotes sur Pétrone, en rapportant que l'abbé de Margon, mort en 1760, eut un jour la fantaisie de donner un repas dans le genre du souper de Trimalcion. Il avait reçu une gratification de trente mille francs ; il imagina d'employer cette somme pour un souper qu'il pria le duc d'Orléans de lui laisser donner à Saint-Cloud ; il en fit la disposition, Pétrone à la main, et exécuta, avec toute la régularité possible, le repas de Trimalcion. On surmonta toutes les difficultés à force de dépenses. Le Régent eut la curiosité d'aller surprendre les convives, et il avoua qu'il n'avait jamais rien vu de si original.

J'ai l'honneur, etc.

LETTRE XII.

Paris, 11 mai 1817.

Les distractions du comte R... de S.-J.-d'A... — Junot et
mademoiselle V. — Billets de faire part.

MONSEIGNEUR,

Tout est préparé pour votre séjour ici, et
c'est aux nombreuses démarches que j'ai été
obligé de faire pour mettre tout en ordre que
vous devez attribuer la langueur qui règne depuis quelque temps dans notre correspondance.

Au surplus, à côté du mal se trouve ce bien,
et le temps que j'ai employé aux démarches que
vous m'aviez indiquées n'a pas tout-à-fait été
perdu pour votre chronique, puisque j'ai pu,
en les faisant, m'ouvrir deux ou trois sources
qui, j'espère, seront abondantes.

En allant vous louer une loge aux Français,

je me suis aperçu qu'on avait fait une innovation qui semble prouver que messieurs de la comédie française, qui si souvent font banqueroute au public par des *relâches* impromptu, veulent se mettre à l'abri de la représaille ; en un mot, il faut aujourd'hui payer d'avance la location des loges, et on prétend justifier cette rigueur par le fait suivant, qui pourtant est un peu vieux pour la circonstance, et qui me paraît invraisemblable quoiqu'attesté par des vivans.

Le conseiller d'Etat R... de Saint-J... d'A... occupait une loge depuis cinq années, sans avoir jamais rien payé. Dans une assemblée générale de sociétaires, le caissier, en rendant ses comptes, porta au nombre des créances de l'administration ce que M. le conseiller devait pour la location de sa loge. Le comité, qui ne voulait rien perdre, ordonna sur-le-champ au caissier de se présenter chez son excellence et de lui remettre sa quittance afin qu'il acquittât sa dette.

Le lendemain le caissier se présente chez M. le comte R... A peine celui-ci a-t-il parcouru le papier qu'on lui présente, qu'il dit à l'envoyé de MM. les comédiens qu'il est trop occupé pour terminer de suite cette bagatelle ;

il le renvoie à la semaine suivante, et en même temps serre la quittance dans un des tiroirs de son bureau.

La semaine se passe, et le caissier se présente : porte close. Un mois, deux mois, quatre mois se passent, et toujours porte close; enfin monseigneur est visible, et l'on pénètre jusque dans son cabinet.

Le caissier rappelle le motif de sa visite. « Mon ami, lui dit le comte, ne vous trompez-vous pas en me réclamant la location de ma loge; je devais en effet cinq années; mais je les ai payées. » Et un secrétaire reçoit l'ordre de chercher la quittance dans les cartons. Une quittance est en effet apportée. « Vous voyez, monsieur, que vous êtes payé. — Mais, monseigneur...? — Eh bien! quoi... vous ne voulez pas sans doute me faire croire que vous êtes assez sot pour remettre une quittance avant d'être nanti de la somme qu'elle stipule. » Et sur-le-champ le pauvre caissier fut congédié. Quelques-uns des sociétaires du Théâtre-Français, ceux sans doute qui endossent fréquemment la casaque de Frontin ou de Mascarille, ont prétendu que c'était une escroquerie; mais les membres distingués qui jouent le grand monde ont assuré, en courtisans habiles, que c'était une distraction fort explicable chez un aussi grand homme d'Etat que M. le comte R... de Saint-J... d'A...

Ma visite au temple des Muses dramatiques m'a initié à un secret non moins piquant ; quoiqu'il sorte des coulisses, il n'est encore connu que d'un très-petit cercle ; et si le résultat en est parvenu jusqu'aux oreilles du public, la cause n'en est pas encore le secret de la comédie.

Le gouverneur de Paris, Junot, épousa une descendante des Comnène, héritière d'un grand nom et d'une mince fortune. Le jour de ses noces Napoléon, qui malgré sa nullité et ses écarts voulait en faire quelque chose, lui fit un beau sermon sur la nécessité de tenir une conduite régulière et d'obtenir de la considération. Le ton sévère du protecteur fit une impression marquée sur Junot, qui depuis cette époque fut réellement d'une conduite plus régulière. Il échoua cependant par un grand scandale ; mais il n'a rien moins fallu qu'un démon pour le mettre en défaut.

Pour se délasser des tête-à-têtes de l'hymen, Junot s'enfermait fréquemment dans le boudoir de mademoiselle V..., mais toujours accompagné du mystère. Cependant il ne put cacher ses assiduités à tous les yeux, et bientôt aucune des

prêtresses de Thalie n'ignora que Junot était
l'entreteneur de mademoiselle V... Depuis long-
temps mademoiselle M..., qui ambitionnait d'a-
voir un duc pour amant, ne vit pas sans dépit
que *sa camarade* en avait su séduire un ; mais
cachant son dépit, elle devint fort assidue auprès de mademoiselle V..., espérant lui enlever
Junot à force de manége et de coquetterie. Vain
espoir ; Junot était constant, et l'heureuse V...
allait être mère. On dut alors songer à la vengeance.

Le gouverneur de Paris, afin de conserver
les apparences dont il avait su couvrir son intrigue, sollicita du préfet du palais un congé
pour V..., et la logea dans une jolie campagne,
où, en jouissant exclusivement de sa maîtresse,
il l'enlevait aux caquets et aux scandales. M...
avait épié la conduite de V... Elle connaissait
sa retraite, et s'y présenta sous prétexte de s'informer de sa santé. Les visites continuèrent jusqu'au moment où Lucine vint apporter ses soins
à la prêtresse de Melpomène. De ce moment
M... cessa ses visites, et madame Junot reçut
cinquante billets de faire part ainsi conçus :

« Mademoiselle V... a l'honneur de vous prévenir qu'elle est heureusement accouchée d'un

garçon. La mère et l'enfant se portent bien.
De la part du général Junot, duc d'Abrantès. »

Quelques centaines de ces billets furent ré-
pandus dans la plus haute société.

J'ai l'honneur, etc.

LETTRE XIII.

Paris, 17 novembre 1818.

De la Note secrète. — Les Prussiens à Eaubonne, ou la mésaventure de M. de la Chab...

MONSEIGNEUR,

Il est grand bruit en ce moment d'une *note secrète* qu'un parti, ou pour mieux dire qu'une faction, composée de gentilshommes anti-français, a présenté au congrès rassemblé à Aix-la-Chapelle pour demander que les membres de la Sainte Alliance, loin de retirer leurs troupes de notre territoire, en envoient de nouvelles pour occuper toutes nos places fortes, voire même Paris. Quelle infamie ! quelle lâcheté ! vous, monseigneur, qui avez montré tant de patriotisme il y a quelques années pour secouer le joug que Napoléon avait imposé à votre pays ; vous dont le sang a arrosé le sol natal, je suis bien certain que vous faites chorus avec moi, et je suis tout fier de penser qu'un membre illustre d'une des plus anciennes familles aristocratiques de l'Europe applaudira aux sentimens d'un pauvre petit roturier qui a pour mot d'ordre : *vive la France*, et pour ralliement : *pas d'étrangers*.

Si ces pauvres imbéciles, qui feignent d'avoir peur des révolutionnaires, race éteinte en France, et qui ne demandent les baïonnettes étrangères que pour renverser cette sage liberté que notre roi a consacrée dans sa charte ; si, dis-je, ces pauvres gens avaient un peu de mémoire, ils ne demanderaient pas la présence de l'étranger. On m'a raconté quelques aventures tragiques qui leur sont arrivées en 1814 et 1815, et en voici une qui n'est peut-être que comique ; d'ailleurs elle concerne un de nos littérateurs, et c'est un motif de plus pour vous la faire connaître.

M. de la Chabeaus..., lequel a épousé la vieille marquise de Nales..., qui, en lui apportant une assez jolie fortune, le rendit beau-père d'une aimable personne qui est devenue célèbre par les soins qu'elle eut pour sa mère pen-

dant le règne de la terreur, M. de la Chabeaus...
désirait avec ardeur le retour des Bourbons.
Ses vœux furent comblés en 1814. L'année suivante il vit arriver avec effroi Napoléon ; il se
renferma dans son castel d'Eaubonne, vallée
de Montmorency, et attendit patiemment que
la Providence vînt au secours des princes choisis par son cœur.

Après la défaite de Waterloo, les Prussiens,
marchant sur Paris, furent dirigés du côté
d'Eaubonne pour se rendre à Saint-Denis. La
Chabeaus..., dont le zèle se réveilla, alla à leur
rencontre au-dessus de Saint-Leu. Il était porteur d'un drapeau blanc, et suivi de plusieurs
amis de la légitimité qui criaient *vive le roi*
à tue-tête ; il fut néanmoins assez mal accueilli par les Prussiens ; mais pour l'instant il
en fut quitte pour quelques coups de crosse de
fusil. Sachant que les troupes devaient faire
halte près de son domicile, La Chabeaus... se
hâta de donner l'ordre chez lui de préparer un
déjeuné pour le corps d'officiers. L'ennemi, en
effet, poursuivit sa marche, et arriva à Eaubonne. La Chabeaus... fit son invitation en
grande cérémonie, et les officiers consentirent
à aller se rafraîchir. Tandis qu'au salon on se

6

livrait à la joie et que chacun se restaurait, les soldats allaient et venaient dans la maison : c'é- taient *des amis*, on était sans défiance.

Cependant la Chabeaus... entend tout-à-coup un certain bruit dans la chambre au-dessus de la salle à manger ; il prie madame ***, sa belle- fille d'aller voir ce qui se passait. Madame ***, en arrivant, aperçoit des soldats, qui, n'ayant pu forcer le secrétaire, en avaient ôté le mar- bre, et l'avaient ouvert à coup de crosse. Tous les papiers de son beau - père étaient épars sur le plancher. La vue de cette dame réveilla dans les soldats je ne sais quel démon, et sou- dain. . . . .

. . . .

Etonné du temps que sa belle - fille mettait à revenir, M. de la Chabeaus... prie sa femme d'aller voir ce qu'elle était devenue. Elle monte, et nouvelle victime, la bonne vieille dame . . .

. . . . *   . . .

Enfin, impatienté de ne voir revenir per-

* Cette lettre était déchirée et en très-mauvais état ; on avait même biffé quelques lignes qui étaient tout-à-fait illisibles. Il est probable que le haut personnage auquel cette correspondance a été adressée, par une confrater- nité allemande bien légitime, avait eu le dessein d'anéan- tir toute cette épître.

sonne, M. de la Chabeaus... monte à son tour. En entrant, qu'aperçoit-il ? son secrétaire forcé, ses papiers, ses chers manuscrits jetés çà et là sur le plancher; mais au comble d'horreur........

A un premier mouvement d'horreur succède une juste indignation. Le chevalier français se montre, les soldats se dispersent contens d'avoir recueilli un peu d'or, et les dames regagnent leur chambre. La Chabeaus..., furieux, porte ses plaintes aux officiers. « Comment, messieurs; moi, fidèle serviteur de mon roi; moi qui ai vu en vous des libérateurs de notre belle France; moi qui vous ai fêtés comme des amis, je suis volé et offensé dans ce que j'ai de plus cher, et vous êtes tranquilles.....

« Monsieur, lui répondirent les officiers, nos soldats sont tellement irrités, que nous n'oserions même leur faire des représentations. Ce qui vous arrive est très-malheureux sans doute, nous en sommes fort affligés; mais il nous est impossible de pouvoir apporter le moindre remède à vos maux. Adieu, M. de la Chabeaus..., nous sommes reconnaissans de votre aimable invitation. »

Ce n'est pas votre régiment, monseigneur, qui se serait conduit ainsi, et je sais la diffé-

6.

rencé qui existe entre les braves que vous com-
mandiez et ces avides enfans de la Sprée. Ah!
Frédéric! aurais-tu souffert impunément tant
d'infamies! aurais-tu laissé tes soldats piller tes
alliés au moment où tu te proclamais leur sau-
veur et l'appui de leur roi. . . . .
Je ne sais pourquoi quelque chose me résonne
aux oreilles, et semble me dire : Oui! oui!

    Je suis, etc.

~~~~~~

LETTRE XIV.

Paris, 21 mars 1819.

Pugnani et un jeune peintre, ou l'image de Frédéric. — Le comte Dubois, préfet de police. — Gaveaux et Berton.

MONSEIGNEUR,

Les concerts spirituels ont remplacé les spectacles, et les danseurs de l'Opéra font, je crois, une retraite, car depuis quelques jours il n'y a eu ni scandales ni caquets ; ce qui est certain, c'est que j'ai vu hier une de nos Phriné modernes, en long voile virginal, s'engouffrer dans un des vastes confessionaux de notre église métropolitaine : à tous péchés miséricorde.

Je suis entraîné par le torrent, et votre provision de scandales sera maigre cette semaine. Je me bornerai à deux ou trois anecdotes bien chastes et recueillies au dernier concert où j'ai assisté.

Pugnani, célèbre violon à Turin, était maître de chapelle du duc de Savoie. C'était un homme de très-grand talent, mais d'un amour-propre ridicule; sa figure était très-plaisante et surtout remarquable par les vastes dimensions de son nez, que ses élèves surnommaient *l'éteignoir du cierge pascal*.

Dans la maison qu'il habitait, demeurait un jeune peintre auquel Pugnani en voulait beaucoup, parce qu'il avait fait plusieurs fois sa caricature. Il l'avait représenté un jour conduisant son orchestre, et tous ses musiciens étaient abrités sous son vaste nez, comme sous un immense parasol. Pour faire enrager ce pauvre musicien, notre peintre le peignit une autre fois dans le fond d'un vaste pot-de-chambre, et pour le faire bien endiabler, il déposa le vase nocturne sur l'escalier. Ce fut le premier objet que rencontra Pugnani en rentrant chez lui.

Désirant se venger, le musicien manda chez le juge le jeune artiste, et se plaignit du peu d'égards qu'on avait pour ses talens. Il demanda qu'il fût puni et sévèrement admonesté pour l'avoir peint au fond d'un pot-de-chambre.

Après que Pugnani eut exposé ses griefs, le juge demanda à l'artiste ce qu'il avait à répondre. Sans se déconcerter, celui-ci tira de sa poche un mouchoir dont le fond représentait la tête du grand Frédéric. Après l'avoir étalé aux yeux du juge, il lui dit : « Monsieur, quand je me permets de me moucher et de cracher sur la face du grand Frédéric, il me semble que je peux bien pisser sur la figure de M. Pugnani. » Le juge rit et renvoya les deux plaignans.

Voici une autre anecdote moins piquante peut-être, mais c'est sans doute parce qu'elle repose sur une chose raisonnable, et je vous avoue que, pour ma part, je voudrais que ce ne fût pas une plaisanterie.

Le conseiller d'Etat Dubois, étant préfet de police, réunissait fort souvent à sa campagne un choix d'amis ; on ne s'occupait dans cette société que de littérature, de sciences, d'arts et de théâtre. Le comte Dubois oubliait alors totalement la charge du magistrat, et on trouvait chez le maître de la maison toute l'aménité de l'homme instruit et de l'homme aimable. Un jeune littérateur, grand amateur de musique, et pour lequel Dubois avait les plus grands égards, lui demanda, le jour de sa fête, de lui donner un emploi qu'il lui ferait connaître plus tard. Le préfet avait tant de confiance dans le jeune pétitionnaire, qu'il lui accorda sa demande sans savoir quel en était l'objet. « M. le comte, lui dit alors celui-ci, les orgues de Barbarie sont en très-grand nombre dans la capitale, la plupart sont faux et mal notés, ils écorchent les oreilles des amateurs. Je solliciterai donc auprès de vous la place d'inspecteur des orgues de Barbarie, et ferai payer des amendes à ceux qui ne les auront pas fait accorder. Cette mesure apprendra au peuple à chanter d'une manière plus juste et ne coûtera rien au gouvernement. — Et quels émolumens faut-il attacher à la place? demanda le préfet en riant. — Aucun; tout instrument qui n'aura pas été accordé entraînera pour le propriétaire une amende dont je formerai mes émolumens. » On rit de la demande, et l'inspecteur ne fut pas installé.

Terminons par une gasconade.

Gaveaux, chanteur du théâtre Feydeau et compositeur agréable, eut une maladie terrible, à la suite de laquelle il perdit d'abord la voix, et ensuite la raison. Le compositeur Berton l'ayant rencontré au théâtre, lui demanda des nouvelles de sa santé. Gaveaux, qui était né à Toulouse et qui avait conservé l'accent gascon, répondit à son confrère : *Cer ami, zé vais*

mieux, ma zai qué la louette m'est tombée.
— Cela se peut, répondit Berton ; mais tu con-
viendras qu'elle n'était pas *toute rôtie*.

Je suis, etc.

LETTRE XV.

Paris, 25 février 1820.

M. Decazes et les ultra. — *Madame*, mère de Napoléon. — Hortense. — Le Porteur d'eau économique.

MONSEIGNEUR,

Nous sommes ici dans les grandes affaires. Pour la douze ou quinzième fois, depuis six ans, nous avons un nouveau ministère. Puisque cela vous arrive si souvent, me direz-vous, cela n'est pas une si grande affaire. — Cela est vrai; mais ce qui est pour nous grand sujet de causerie et d'étonnement, c'est que le duc Decazes, cet immobile accapareur de portefeuilles, de faveurs, de titres et d'argent est enfin tombé. Il quitte le ministère.

Decazes est le fils d'un huissier de Libourne. Aujourd'hui il est l'allié du roi de Danemarck. Que doivent dire vos hobereaux à trente-six quartiers? Un roi, souffrir qu'une de ses alliées au quarantième ou au cinquantième degré épouse un roturier! Je parierais que si le bon Frédéric VI s'avisait de voyager dans vos contrées plus d'une herse de castel se fermerait devant lui : votre noblesse penserait déroger en le recevant.

M. Decazes, duc de Glucksberg, après avoir été petit employé à 12 ou 1,500 francs, devint secrétaire des commandemens de Madame mère. Il n'était pas aimé de Napoléon ; sous son règne cependant il devint membre de la cour royale, grâce à son mariage avec la fille du comte Muraire. Depuis sa prospérité, il a eu des ennemis nombreux, surtout parmi ce que nous appelons les *ultrà*. Ces braves gens ont fouillé dans la vie privée de celui qu'ils appellent insolemment le *favori*, et ont formé une chronique scandaleuse, dont voilà les plus ridicules et les plus invraisemblables imputations.

« Decazes cumula, avec la charge de secrétaire des commandemens de *Madame mère*, celle de confident intime ; en un mot il fut, sinon le successeur immédiat, du moins un des successeurs du père Bonaparte. Il ne borna pas là ses exploits amoureux, il fut au mieux avec Hortense, qui même faillit avoir un poupon de

ses œuvres ; mais qui en fut débarrassée par
une fausse couche qui la mit sur le bord du
tombeau. On aurait pensé que beau-père, beau-
frère, et peut-être rival de Napoléon, Decazes
eût conservé un tendre souvenir pour la famille
Bonaparte. Point du tout, en courtisan con-
sommé, il se jeta à corps perdu dans la restauration, et y gagna un fort beau lot. »

Toutes ces charitables imputations, dont je
vous supprime les trois quarts pour ne pas vous
assommer de contes absurdes, sont aussi véri-
diques, que l'accusation qui a déterminé celui
qui en est le sujet à quitter le portefeuille mi-
nistériel ; je veux parler de la part qu'on a voulu
lui attribuer à la mort de l'infortuné duc de
Berry.

Pour vous désennuyer de ces absurdités, je
vais vous rapporter quelques anecdotes inconnues sur Madame mère, dite *Lœtitia* ou *la Mère
la Joie*.

La mère de Napoléon a été fort belle femme.
Il y a encore quelques années qu'on l'aurait volontiers prise pour l'aînée de ses filles. Elle était
avare à un point étonnant, et, comblée de richesses, ce fut toujours malgré elle qu'elle tint
un rang digne de son fils. Dès que celui-ci fut
parvenu au consulat, il lui donna 600,000 fr.

de revenu ; mais elle ne renonça jamais à ses anciennes habitudes. Obligée d'avoir une voi-ture et *des gens*, elle donnait à ses domestiques 40 sous par jour et la desserte, ou plutôt les restes de ses repas. Une vieille Corse, qui de-puis long-temps était à son service, lui servait de femme-de-chambre. Lorsqu'on desservait, elle se tenait auprès d'un cabinet dans lequel elle faisait rentrer les pièces intactes et les plats peu endommagés, pour les faire servir pendant plusieurs jours de suite s'il y avait lieu ; elle ne prenait jamais plus de quatre petits pains par jour, tant pour elle que pour sa fidèle domes-tique. Aussi, le plus grand plaisir que pouvait prendre madame Bacchiochi sa fille, depuis grande-duchesse de Toscane, était d'aller lui demander à dîner, et par conséquent de l'obli-ger à envoyer chez le boulanger pour avoir du pain.

Napoléon, en montant sur le trône, voulut que sa mère, connue sous le nom de *Madame*, eût une maison montée sur un pied royal. Il lui donna annuellement 4,000,000 ; elle eut des écuyers, des pages, un hôtel et un ameuble-ment magnifique ; mais il n'y avait pas six mois que le couronnement avait eu lieu que déjà tout cela se trouvait réduit au nécessaire le plus exigu, n'ayant plus que deux cochers, un palefrenier et six à sept domestiques. Napoléon cependant montra les dents, et il fallut se décider à vivre plus splendidement. Elle donnait 1,200 fr. de traitement à ses huissiers, qui étaient obligés d'avoir une certaine tenue, et elle ne les nourrissait pas. Elle conserva son porteur d'eau, parce que, ne prenant que deux sous par voie, il s'était engagé à tirer gratis de l'eau de puits pour rincer la vaisselle. Elle ne donnait à ses cuisiniers qu'un tablier et un torchon par jour. Quand on lui faisait des reproches sur son avarice, elle répondait avec son accent corsico-provençal: « *Per corpo di Bacco !* (ou quelquefois) *Per Dio santo !* quand j'étais à Marseille, je n'avais que 1500 fr. de rente pour toute ma famille; j'étais bien obligée de vivre et de les élever. » Trouvant que le blanc était le vêtement le moins cher, elle portait toute l'année des robes de mousseline, et était toujours coiffée avec des fleurs sur la tête; moyen économique qui la dispensait d'avoir une marchande de modes.

Admise à la cour et reçue avec les égards dus à la mère du souverain, sa fille Elisa, qui aimait beaucoup à rire et surtout à lui faire dépenser de l'argent, se plaignit à l'empereur de la mise trop simple de sa mère.

Napoléon fit venir celle-ci au palais, et chargea la princesse Élisa, qui était prévenue de l'entretien, de lui faire acheter un certain nombre de robes de satin et de velours. On se rendit chez un fameux marchand d'étoffes, en vogue à cette époque et demeurant rue Saint-Honoré, vis-à-vis la rue de l'Echelle. Elisa fit acheter à sa mère pour 4,000 fr. d'étoffes. La bonne dame manqua d'en mourir de chagrin ; elle en fit une maladie sérieuse, et fut près d'un mois sans sortir. Quand on lui faisait observer que tous ses enfans, devenus souverains, n'avaient pas besoin de son héritage, elle répondait *que Lucien n'avait rien, et que peut-être un jour les autres seraient bien aises de trouver ce qu'elle leur laisserait.*

Madame Létitia poussait la parcimonie jusqu'à compter *elle-même* son linge sale en présence de sa blanchisseuse, et elle se faisait payer les pièces perdues. Enfin elle donnait rarement à dîner, et gémissait tous les jours d'être obligée d'admettre à sa table ses chambellans, ce qui augmentait la dépense.

Je suis, etc.

~~~~~~

LETTRE XVI.

Paris , 16 mars 1821.

Mort de M. de Fontanes. — Elisa Bonaparte ; comment elle
fit la fortune de Fontanes. — Monsieur et madame R..., et
le grand-maître de l'Université.

MONSEIGNEUR ,

La mort vient de nous enlever M. de Fontanes, ex-grand-maître de l'université, ex-flat-
teur de Napoléon , ex-président du corps législatif, ex-protecteur de Châteaubriand ; poète
devenu presque classique au moyen de quelques morceaux de poésie bien froids et bien
corrects ; orateur famé, depuis que l'ambition et
la flatterie étaient devenues les inspiratrices de
sa muse.

Cet homme qui, pendant l'émigration, était
loin de prévoir la grande fortune qu'il a fait,

dut, dit-on, ses premiers succès, dans la carrière des honneurs, à une des sœurs de Napoléon. L'anecdote est piquante, même gravé-
leuse ; mais avant de vous la raconter, il faut
que je vous dise quelques mots de la grande
dame qui y joue le rôle principal.

Elisa Bonaparte épousa un Italien riche et
d'une famille ancienne, nommé Bacchiochi ;
c'était l'homme le plus sot que la terre ait jamais porté. Lors du Consulat on en fit un colonel, quoiqu'il fût à peine en état de commander un peloton ; et lorsque sa femme fut
nommée grande-duchesse de Toscane, ne sachant qu'en faire, on le nomma capitaine des
gardes de la grande-duchesse. Dans les grandes
cérémonies ou réceptions des ambassadeurs, il
se tenait debout derrière le fauteuil de sa femme,
qui souvent lui faisait ramasser son mouchoir.
Elisa n'avait épousé un tel homme, que parce
qu'il lui fallait un mari ; et tout autre sot, cent
fois plus sot que celui-là, eût été accepté de même.
Bonaparte n'approuva pas ce mariage, mais on
s'y prit de manière à se passer de son consen-
tement. Bacchiochi avait les mœurs douces, il
aimait passionnément la musique, quoiqu'il n'y
entendît rien, et pendant qu'il raclait du violon,
madame prenait ses ébats avec les amis de son

mari, comme avec les siens particuliers ; mais revenons à Fontanes. A l'époque du Consulat, Elisa, en sortant du palais des Tuileries, allait souvent grossir le nombre des beautés qui goûtaient le plaisir de la promenade dans l'allée du Printemps. Un jour elle remarqua trois hommes qui semblaient la suivre avec affectation ; celui qui paraissait le plus apparent et qui semblait être le guide des autres, était le poète Fontanes, qui alors n'était rien moins qu'opulent. En se retournant dans une allée, Elisa et Fontanes se trouvèrent en face l'un de l'autre. « Parbleu, dit le poète, voici une femme à laquelle je..... — Quel est cet homme ? demanda Elisa, qui avait entendu le propos plus que graveleux du poète. — C'est Fontanes, homme fort distingué, lui répondit-on. — Ah ! ah ! je le connais de réputation, dit Elisa ; qu'on lui écrive de venir déjeuner avec moi, j'ai des couplets à lui demander pour une fête. » Fontanes, très-bon courtisan, se rendit à l'invitation, et prouva à la princesse, par des argumens irrésistibles, qu'il était aussi bon athlète que bon poète.

L'influence de madame Bacchiochi, et sa puissante recommandation près de Napoléon, portèrent bientôt Fontanes aux honneurs. Élu membre du corps législatif, il en devint ensuite le

président, et bientôt après grand-maître de l'u-
niversité. Pendant le temps qu'il occupa ces
postes éminens, le souverain n'eut pas de plus
ardent panégyriste que Fontanes : c'était de la
reconnaissance ; mais ce sentiment s'éteignit subitement en 1814.

Les discours de l'empereur, de Joséphine et
d'Eugène à l'occasion du divorce, furent faits
par Fontanes, et on assure qu'ils lui furent
payés 100,000 fr. Depuis, on a prétendu qu'il
était habituellement le *grand faiseur* de Napoléon ; mais Napoléon avait une éloquence à lui
qui valait bien celle de Fontanes.

Il est arrivé beaucoup d'autres aventures
presque scandaleuses à l'ex-grand-maître. En
voici une des plus comiques.

Lors de la formation de l'université, R...,
qui eût été meilleur intrigant que bon homme
de lettres, et qui dut son entrée à l'Académie
française à son affiliation à l'ordre de la four-
chette, et conséquemment à sa confraternité
avec MM. Aignan, Etienne, Auger, etc.; R...,
disons-nous, faisait la cour à Fontanes, et demandait à être compris dans la liste des conseillers de cette société qui s'intitule *la fille aînée* de nos rois. Fontanes, de son côté, faisait
la cour à madame R..., qui n'était point cruelle.

7.

Le mari connaissait les assiduités de l'un et les complaisances de l'autre ; mais il souffrait sans se plaindre, dans l'espoir d'être récompensé. Cependant, se lassant d'attendre, il se rendit un jour chez Fontanes, et abordant la question avec une franchise peu commune, il lui dit : « Je sais que vous êtes au mieux avec madame R...; un mari qui peut crier bien haut est dangereux pour un chef de l'instruction publique. Vous m'avez fait la promesse d'une place ; si vous m'y nommez, comme je suis en droit de l'espérer par vos promesses, je m'engage à vous abandonner votre conquête, et à vous en laisser maître absolu.

Madame R... survint bientôt après cet entretien, et le mari s'étant retiré, elle mit sans doute le sceau à ce marché.

Quelques jours après, un petit journal donna une liste des changemens de domicile de plusieurs personnages bien connus dans Paris. On y lisait : *M. de Fontanes, rue Thérèse, au premier sur le devant.*

Ceux qui n'étaient pas initiés n'y pouvaient rien comprendre ; mais les personnes versées dans les intrigues du jour se rappelèrent que madame R... s'appelait Thérèse, et l'affaire fut éventée.

J'ai l'honneur, etc.

LETTRE XVII.

Paris, 1er avril 1821.

Faux billets de la banque anglaise, fabriqués par des hommes influens pendant le règne de Napoléon.

MONSEIGNEUR,

On cause tout bas ici d'un mémoire qui doit paraître incessamment, et qui promet abondante récolte aux amateurs de scandales. Comme il serait très-possible, ainsi que cela est déjà tant de fois arrivé, que, moyennant certaines offres faites par certaines personnes, le susdit Mémoire fût supprimé, j'ai recueilli tous les renseignemens que j'ai pu me procurer sur cette affaire, qui d'ailleurs n'est pas étrangère au pays que vous habitez.

En 1811 et 1812, à l'époque où Napoléon voulut porter un dernier coup à l'Angleterre,

en mettant à jamais la Russie hors d'état d'inter-
venir dans les affaires du continent; à cette époque, dis-je, des agens subalternes de la police
imaginèrent de servir leur pays par un de ces
moyens honteux qui ne pouvaient venir à la
pensée que d'un être immoral.

La Russie accumulait en silence tout ce qui
peut être nécessaire à une armée destinée à une
longue et pénible expédition. On la voyait,
chaque jour, faire des achats immenses, et cependant on connaissait la pénurie de son trésor.
La mine où elle puisait fut bientôt éventée, et
personne n'ignora que le papier-monnaie anglais était presque exclusivement la seule valeur
avec laquelle le czar acquittait ses immenses
achats. Répandre pour quelques millions de
faux papier-monnaie anglais, et jeter la défiance
parmi les négocians étrangers, était donc un
moyen certain de diminuer les ressources de la
Russie.

Ce moyen fut adopté, et depuis on l'éten-
dit aux valeurs de la Russie elle-même et de
l'Autriche, quand ces puissances réunirent leurs
forces pour renverser l'émule de César et d'A-
lexandre.

La première opération fut de fabriquer. Un
M. F..., parent d'un homme attaché au service

de Napoléon, prêta un logis et ses connaissances ; des membres distingués d'un ministère,
parmi lesquels on cite MM. D... et R..., four-
nirent, au moyen de leurs agens, cuivres,
presses, matrices, etc. Il fallut ensuite songer à
la distribution. Un homme adroit, avide et sans
conscience, était renfermé à la Force, prévenu
de certaines malversations et même de quelque
chose de plus grave qui pouvait entraîner les
peines les plus rigoureuses du Code pénal. On
lève ses verrous, et il se trouve en face d'un
grand personnage. « Le bagne vous attend, lui
dit celui-ci, et peut-être même serait-ce une
grande grâce si on vous permet d'y aller finir
une existence dont le cours pourrait être de
beaucoup abrégé ; voyez pourtant si vous vous
sentez capable de racheter la condamnation qui
vous attend par l'exécution d'une mission secrète et délicate. Il y a de l'argent à gagner, et
beaucoup, mais aussi la corde peut être votre
seul bénéfice.

» Songez aussi que l'exécution ponctuelle des
ordres qui vous seront donnés est de rigueur ;
de nombreux surveillans vous entoureront, et
aucune protection étrangère ne pourrait vous
soustraire à la mort, si vous cherchiez à éluder
l'exécution des instructions que vous allez re-

cevoir. Vous ne seriez pas plus en sûreté à Mos-
cow qu'à Londres, à Tobolsk qu'à Calcuta. »
Le patient promit tout ; qu'avait-il à risquer ?
On lui exposa le plan qu'il devait suivre, et il
jugea la tâche facile. Les villes anséatiques furent choisies pour le théâtre des exploits du nouveau négociant en papier. Moitié des produits
devaient être remis à la disposition de la police ; l'autre moitié était abandonnée au fripon
qui se chargeait de les réaliser.

C'est sur Hambourg que notre homme se dirigea d'abord. Là il devait trouver M. de B...
qui avait reçu les instructions nécessaires afin de
l'approvisionner, et, par parenthèse, on assure
que M. de B... sut, en l'approvisionnant, bien
garnir sa caisse de beaux et bons ducats.

L'entreprise réussit au-delà de toute espérance, plusieurs excursions donnèrent des pro-
fits considérables, et jetèrent la désolation parmi
les négocians du nord, qui perdirent des sommes immenses. L'honnête distributeur rentra
en France avec des sommes énormes, et aban-
donna à d'autres le soin de faire à leur tour
fortune aux risques de leur vie ; mais bien peu
furent pendus.

Cependant, quand on exploita l'Autriche, il
y eut quelques maladresses, et quelques cous

furent allongés. A Londres aussi, je crois que Jonh Bull eut la satisfaction de voir un Français battre des entrechats à quelques pieds de terre.

En résultat, les sieurs D..., R..., B..., F... palpèrent des sommes considérables, et le distributeur en chef, aujourd'hui millionnaire et admis dans les meilleures sociétés, conduisait lui-même, à la dernière promenade de Longchamp, une magnifique calèche attelée de six chevaux, où s'étalait, sans grâces, sa sotte et laide compagne.

Je suis, etc.

~~~~~~

LETTRE XVIII.

Paris, 16 avril 1821.

Nouveaux détails sur les faux billets. — Le perruquier de
M. de Buffon.

MONSEIGNEUR,

Le Mémoire sur les faux billets de la banque
d'Angleterre, Mémoire dont je vous parlais
dans ma précédente lettre, circule enfin ; mais,
comme je le prévoyais, il a subi de grandes al-
térations. Néanmoins, comme il renferme des
détails encore neufs après ce que je vous ai
écrit, je vous en envoie l'extrait. Il est excessivement rare, quoiqu'il ne fasse que de paraître ; mais il a été acheté par ceux qu'il com-
promet, et c'est avec grande peine qu'on s'en
procure des exemplaires.

(Voyez ci-après l'extrait du Mémoire publié
par M. J. Castel.)

Ce courrier-ci vous portant une petite provision de médisances assez bien conditionnée,
permettez-moi, monseigneur, de vous parler un
peu d'affaires. C'est peut-être un sujet nouveau
pour vous; mais quoique ma supplique ne vous
plaise peut-être pas autant que le récit des peti-
tesses des grands hommes du jour, veuillez en
la voyant ne pas adopter l'ordre du jour, et
daignez la renvoyer à votre ministre des finances.

Depuis long-temps vous me promettez une
petite augmentation dans mes émolumens; mais
cette augmentation est subordonnée à l'exécution
de certaines clauses, de je ne sais quel traité ou
congrès, de je ne sais où, clauses qui stipulent
en votre faveur des indemnités qui ressemblent
beaucoup à celles qui sont, chaque année, pro-
mises à nos émigrés et à nos colons et qui n'ar-
rivent jamais.

Cette augmentation n'arrivant pas, et me
trouvant conséquemment une des victimes
des grands désastres qui ont désolé l'Europe,
permettez-moi de laisser à l'arrière indéfini
cette augmentation, et accueillez ma demande
de troquer les arrérages échus de cette augmentation projetée, contre une petite gratification
payable en temps présent.

C'est la nécessité, monseigneur, qui me contraint à cette demande ; mais je me vois forcé à aller visiter un vieux parent qui s'en va doucement dans l'autre monde , et qui doit me laisser un *morceau de pain* pour mes vieux ans. Depuis dix ans il m'attend, et le dépit pourrait le prendre ; alors mon morceau de pain pourrait devenir la proie de quelque aigrefin plus alerte que moi , ou pour le moins de quelque séminaire , et ce ne serait pas mon affaire.

Pour visiter ce parent, il faut de l'argent, et cet argent ne peut m'arriver qu'au moyen d'une gratification. Ah ! monseigneur, de grâce , pas d'ordre du jour.

Ce n'est pas tout ; en mon absence, et peut-être sera-t-elle de quelques mois , je veux que votre correspondance soit toujours alimentée ; mais aussi j'abandonne momentanément tous mes droits. Or, donc, j'ai jeté les yeux sur deux ou trois amis, tous réputés *bonnes langues* par les commères de notre société, et d'ailleurs fort initiés aux secrets du monde littéraire. Mais comme il faut que vous soyez satisfait d'eux , voilà ce que j'ai imaginé. Chaque quinze jours vous recevrez une dépêche, et sitôt son arrivée, après examen préalable, vous ferez expédier au correspondant un mandat sur votre banquier. Si le mandat n'est que de 20 florins, c'est que

vous ne serez pas content de la dépêche, s'il
est de 50, c'est que vous serez satisfait. Dans
le premier cas, moi, qui aurai toujours correspondance avec la grande ville, je donnerai sur-
le-champ ordre à l'épistolier maladroit de cesser, et un autre continuera la besogne jusqu'à
ce que vous soyez content.

Voilà ce que j'avais à vous proposer ; l'idée
n'est pas neuve : elle m'a été suggérée par le trait
suivant, qui sans doute ne vous est pas connu.

M. de Buffon, que nous avons surnommé le
Pline français, était très-curieux des aventures
scandaleuses de la place Maubert ; aussi était-il
très-attaché à son ancien perruquier, qui, au talent de bien coiffer, joignait celui de bien raconter, ou pour mieux dire, de bien commérer : il
lui donnait 36 fr. par mois. Quand ce perruquier
envoyait un garçon à sa place, il lui recom-
mandait particulièrement d'amuser M. le comte
et de lui raconter les petits scandales à sa connaissance. Lorsque Buffon n'était pas content,
il donnait au garçon un petit écu ; au retour de
celui-ci, le bourgeois se hâtait de lui demander
des nouvelles de son excellente pratique. C'est
un homme bien généreux, ne manquait jamais
de dire le raconteur maladroit ; je suis bien heureux d'aller chez une si bonne pratique ; il m'a

donné pour boire un petit écu. — « Un petit écu! s'écriait le bourgeois; allons vite, dépê-che-toi de faire ton paquet et de vider les lieux.» Buffon donnait 12 fr. aux garçons dont il était content.

J'ai l'honneur, etc.

Extrait d'un Mémoire sur la fabrication de faux billets de banque anglais ; plainte du sieur Joseph Castel, ancien négociant, contre les sieurs S..., duc de R... ; D..., ancien chef de division ; Schulz..., ancien agent de la police secrète ; Ber..., Tam..., Gir..., agent et beau-frère du sieur Ber..., et F...

Victime d'une fabrication de faux billets de banque anglais, je dépose ma plainte aux pieds de la justice.....

J'avais formé en 1810 un établissement de commerce à Hambourg ; j'y acquis en peu de temps une telle consistance, que le gouvernement français me confia la construction des corvettes de l'Etat. M. le général Saunier, au commencement de l'année 1812, me pria de lui faire escompter des billets de banque anglais pour une valeur de plus de 5000 liv. sterl. J'acceptai cette commission sans aucune défiance, et uniquement dans la vue de me rendre agréable à un général que toute la ville aimait et estimait. Je lui ai remis en effet tous les produits de mes négociations, sans prélever aucun frais ni même le plus léger droit de courtage.

Obligé de faire une tournée dans les villes

anséatiques pour surveiller différens armemens, j'emportai les billets de banque anglais dont je m'étais chargé de procurer l'escompte. J'en plaçai à Lubeck pour 2,500 liv. sterl., pour lesquels on me délivra trois traites sur M. G. P. Ludders, de Hambourg, montant ensemble à 1609 frédérics d'or, soit 18,805 marc de banque; ces traites, qui portaient la date des 6, 8 et 10 février 1812, ont été touchées par mon père, qui en a compté la valeur à M. le général Saunier.

Quelques jours après, je retournai à Hambourg; le général Saunier n'y était plus, il avait suivi M. le maréchal Davoust qui s'était porté de l'Elbe sur le Niémen avec son corps d'armée.

Il me restait pour environ 3000 liv. sterl. de billets de banque, dont je n'avais pu trouver l'écoulement. M. de Chédeville, aide-de-camp du général Saunier, m'apporta un ordre de verser ces billets dans les mains de M. d'Aubignosc, directeur-général de la police à Hambourg. J'exécutai cet ordre avec empressement, et j'ai su depuis que M. d'Aubignosc lui-même avait reçu l'invitation de faire passer tous les billets non écoulés au ministre de la police, Savary. Le 29 du mois de mars dernier, j'ai sommé M. d'Aubignosc, par un acte extra-

judiciaire, de *déclarer que je lui avais remis,
en* 1812, *sur les ordres du général Saunier,
pour environ* 3000 *liv. sterl. de billets de banque anglais qui étaient faux, et qu'il les renvoya à M. le général S*****, duc de R*****,
qui les avait mis en circulation.* La réponse de
M. d'Aubignosc, signée de lui sur l'original de
la sommation, a été qu'il *connaissait parfaitement cette affaire,* mais qu'il *devait attendre
une injonction de la justice pour fournir tous
les renseignemens qu'on réclamait.*

Les billets anglais que j'avais placés à Lubeck furent envoyés à Londres ; la maison à
laquelle on les avait adressés crut devoir en
présenter quelques-uns à la banque. Là on reconnut qu'ils étaient faux, et on les arrêta dans
les mains du porteur. Ces billets, au nombre de
cinq, représentaient une valeur nominale de
11 liv. sterl. Le fait, articulé ici, est constaté
par un certificat de M. Henry-Hase, caissier en
chef de la banque d'Angleterre, délivré le 11
mars 1812, à l'instant même de la saisie.

Les billets qui n'avaient pas été soumis à une
vérification rentrèrent dans les mains de la maison de Lubeck, qui réclama avec raison les
1609 frédérics d'or qu'elle m'avait payés en
trois traites sur Hambourg, et exigea de plus,

8

comme indemnité, le bénéfice certain que son
opération lui promettait. Comme elle tenait en
consignation une partie considérable de marchandises qui m'appartenaient, elle ne fit point
d'éclat; elle craignit d'ailleurs de s'attirer les
persécutions du gouvernement français, en
ébruitant un fait qui aurait découvert ses relations habituelles avec les îles britanniques.

J'ai depuis désintéressé cette maison, et je
suis redevenu possesseur de tous ces faux billets de banque. En voici la note :

197 billets de 5 liv. sterl. 985 liv. sterl.
497   de 2   994
510   de 1   510

En tout, 1204 billets, qui donnent 2489 iv.
sterl.; qu'on ajoute à cette somme de 2489 liv.
sterl. la valeur des cinq billets saisis par la banque de Londres, on retrouve les 2500 liv. que
j'ai négociées.

Le général Saunier s'étant avancé jusque dans
les plaines de Russie, je ne savais s'il était mort
ou vivant; dans cette incertitude, il cût été imprudent de lui annoncer la découverte qu'on
venait de faire relativement aux billets de banque que j'avais reçus de sa main.

Le bruit se répandit bientôt, dans Hambourg
et dans les autres villes anséatiques, qu'il cir-

culait de faux billets de banque anglais. M. d'Aubignosc, directeur-général de la police, averti
par la rumeur publique, déploya une vigilance
qui frappa d'effroi les agens de cette criminelle
circulation ; il se dévoua tout entier pour pré-
server d'un si grand fléau le commerce de ces
villes qui avaient déjà tant à souffrir des événemens de la guerre ; lui qui venait de transmettre au général S***** la partie des billets que
je n'avais pu réussir à escompter, n'ignorait pas
qu'un bras puissant protégeait la contrefaçon et
l'émission de ces billets ; son zèle n'en était que
plus méritoire. Au mois de novembre 1812,
M. d'Aubignosc fit arrêter et conduire à Paris
le sieur Gir..., beau-frère du sieur Bern..., au
moment où il livrait à deux courtiers danois
une quantité prodigieuse de ces prétendus billets de banque : leur valeur nominale s'élevait
à 30,000 liv. sterl., qui font près de 750,000 liv.
de notre monnaie. Pourra-t-on le croire? Gir..,
à son arrivée à Paris, est accueilli comme un
frère par le duc de R...; les gendarmes sont
éloignés, ses fers tombent, et cet homme, que
nos lois condamnaient aux galères, devient le
familier du ministre!

Une insurrection éclata à Hambourg le 24 février 1813; je n'eus que le temps de me préci-

8.

piter hors de la ville, abandonnant à la fureur populaire mes chantiers, mes constructions et mes magasins encombrés de marchandises.

J'étais à Paris au mois de mars 1813; je n'étais pas encore remis des fatigues de mon voyage, lorsque je vis arriver chez moi un agent de police nommé *Terrasson*, qui m'invita, le plus poliment du monde, à me rendre chez M. D..., chef de division au ministère de la............ Je ne sus d'abord à quelle cause attribuer cette invitation inattendue. Mes cheveux se hérissèrent de frayeur. Que me voulait cet homme? me croyait-il de la fortune? étais-je destiné à compléter cette liste de suspects qu'il présentait à Bonaparte, son maître? aurait-il la pensée, pour occuper ses loisirs, de m'appliquer à la torture? Mon cerveau bondissait sous mon crâne, je délirais enfin.

On pense bien que je ne mis pas d'empressement à me rendre dans un cabinet aussi redoutable qu'autrefois l'antre de Cacus. Trois ou quatre jours s'écoulèrent; je vis alors reparaître le même agent, et cette fois l'invitation fut faite dans des termes si pressans, qu'il me fut impossible de ne pas y reconnaître tous les caractères d'un ordre. Il n'y avait pas moyen de reculer; je voulus du moins avoir des témoins qui pussent constater, au besoin, mon entrée dans ce fatal cabinet, si par hasard j'y entrai pour ne plus en sortir. Mon frère, chez lequel je demeurais, avait vu ce M. Terrasson; il avait remarqué l'effroi que m'avait causé chacune de ses visites; je ne lui dissimulai point mes inquiétudes. Il chercha à les calmer, en me promettant la protection de M. Et..... qui avait encouragé les premiers essais de sa muse dramatique. Je me laissai traîner par lui à la police générale, nous y trouvâmes M. Et..., dont l'accueil bienveillant me rendit un peu de force. *M. D...*, me dit-il, *n'est pas ce que vous pensez peut-être, c'est un homme doux et même caressant; montrez-lui de la franchise et de l'abandon; vous serez très-content de lui; on le juge bien différemment dans le monde, mais il vaut beaucoup mieux que sa réputation.* Me voilà donc dans le cabinet de D... Son abord fut tel que me l'avait annoncé M. Et..., et je me trouvai aussitôt pleinement rassuré. *Vous pouvez nous rendre*, me dit-il, *au ministre et à moi, un petit service. Il s'agit de nous indiquer, au juste, la somme que vous avez versée dans les mains de M. le général Saunier pour la négociation des billets de la banque de Londres.*

Je lui répondis que je ne pouvais pas le satisfaire à l'instant même, mais qu'en m'aidant
de quelques notes que j'avais rapportées, je serais sans doute en état de remplir ses intentions.
Je me retirai vite, sans oublier cependant d'a-
jouter que j'étais trop heureux de lui être agréable, ainsi qu'à M. le duc de R*****.

Le lendemain matin j'envoyai avec exactitude le bordereau détaillé que j'avais promis.

Cet entretien me révéla que les sieurs S...
et D... étaient les fabricateurs des faux billets
de banque que j'avais eu le malheur de passer
dans le commerce, puisque c'était à eux que
M. le général Saunier devait tenir compte des
valeurs que ces billets avaient produites. S'ils
avaient été moins cupides, ils n'auraient pas
soupçonné la probité d'un militaire plein d'honneur ; je ne serais peut-être pas encore sur les
traces du crime ; leur cupidité m'a livré leur
infâme secret.

J'eus d'abord la pensée de leur demander une
indemnité pour la perte que j'avais essuyée en
négociant leurs faux billets de banque ; mais je
compris facilement tout le danger d'une pareille
tentative. Il est certain que mes jours n'auraient
pas été en sûreté, si j'avais paru trop initié dans
le secret de leur criminelle fabrication.

Le jour de la restauration arriva ; je pouvais alors chercher sans inquiétude les preuves du crime qui avait porté un coup si funeste à mes opérations commerciales. J'ai découvert que tous les faux billets de la banque d'Angleterre avaient été fabriqués à Paris, en 1810 et 1811, sur le boulevard du Mont-Parnasse. L'individu, qui a eu la faiblesse de se rendre le complice des sieurs D... et S..., se nomme F... Les bâtimens qu'il a fait construire pour ses ateliers sont encore debout près du théâtre de l'Odéon. Ce sont des témoins muets et incorruptibles de la fortune rapide que lui procura sa trop facile complaisance.

Le sieur F... avait admis dans sa confidence, et associé à son exécrable entreprise, un sieur Chol..., qui a travaillé long-temps dans ses ateliers, et un sieur Dos..., qui cache son existence à Bruxelles.

Des précautions très-minutieuses avaient été prises pour que les instrumens de la contrefaçon ignorassent eux-mêmes à quelle œuvre d'infamie ils étaient employés.

On fut cependant obligé de confier le secret de l'entreprise au sieur Vibert, fondeur-graveur, rue des Maçons.

Il paraît que les sieurs S... et D..., qui connaissaient sa pusillanimité, s'assurèrent, par la terreur, de son dévoûment. Quoi qu'il en soit, c'est lui qui recevait les différentes lettres que d'autres artistes étaient chargés de graver, et qui formait ce qu'on appelle la planche.

Parmi les différens artistes qu'on employa, il s'en trouva un, ou plus intelligent, ou plus curieux que les autres : c'est le sieur Dal..., employé aujourd'hui dans les bureaux de .... Que voulait-on faire de ces lettres, dont les modèles lui semblaient bizarres et extraordinaires? Il n'y a point de secret pour une curiosité ardente. Le sieur Dal... ne tarda point à découvrir que tous les caractères qu'il remettait au sieur Vibert entraient dans une planche qui servait à fabriquer de faux billets de banque anglais. Il fut indigné d'avoir coopéré, quoique très-innocemment, à ruiner des milliers de familles, et il manifesta son indignation au pauvre Vibert avec l'accent énergique d'un honnête homme. Quelques quarts d'heure après cette scène, le sieur Dal... est appelé chez D... qui le gourmande de sa vivacité, et lui ordonne le silence le plus absolu, *sous peine d'être enterré vif dans un cul de basse-fosse à Bicêtre.*

Le célèbre artiste G... fut employé à graver les vignettes des prétendus billets de banque ;

il ne connaissait pas alors quel usage on voulait faire de ses vignettes, il en a été instruit depuis : ce souvenir remplit, dit-on, d'amertume son existence.

J'ai dit plus haut que le sieur Gir*** avait été arrêté à Hambourg au moment même où il jetait dans la circulation les faux billets fabriqués à Paris.

Le sieur Ber..., son beau-frère, le sieur Tam... et le sieur Schulzm... ont aussi fait le voyage de Hambourg dans la même intention, mais avec plus de succès ; ils ont eu le bonheur d'échapper à la surveillance de M. le directeur-général de la police, d'Aubignosc.

Le sieur Ber..., plus audacieux que ses complices, entreprit, pour le même objet, le voyage d'Angleterre, dans l'été de 1811 ; il était accompagné par un juif de Hambourg nommé Marcuff. Une spéculation commerciale lui servit à masquer le véritable but de son voyage. Malgré toute son habileté, la mine fut éventée ; son compagnon et lui tombèrent tous deux dans les mains de la police de Londres. Ber... eut le bonheur de s'évader ; Marcuff fut livré seul à la justice et pendu. Ber..., fugitif, aurait été pendu en effigie dans son pays ; mais on ne connaît pas, en Angleterre, les condamnations par contumace : le prévenu qui ne se présente pas y est mis *hors la loi*, c'est-à-dire privé de la protection des lois et du roi.

Les journaux anglais ont publié ce procès et le jugement de condamnation. Les divers faits que je viens d'articuler sur le sieur Ber... en particulier, lui ont été imputés publiquement dans trois écrits qui ont paru en 1817 et 1818. Le premier, publié par le sieur Fiérard, est intitulé : *Révélations scandaleuses;* le second est une *Lettre à M. le comte Decazes sur l'entreprise des jeux de hasard;* le troisième enfin porte le titre de *Mémoire contre le sieur Ber...* L'auteur de ces deux derniers écrits s'appelle Laporte.

Le sieur Ber...., échappé de la potence comme par miracle, revient en France. Le frêle bateau qui le ramène est aperçu de Boulogne ; on croit qu'il porte des smogleurs anglais. Des embarcations de douaniers mettent à la voile, courent sur le bateau, et le font entrer dans le port. M. Martin remplissait alors à Boulogne les fonctions de commissaire-général de police ; après avoir interrogé le sieur Ber...., il croit devoir le mettre en arrestation, et il informe à l'instant même le ministre de la police des motifs qui l'ont déterminé à prendre cette mesure rigoureuse. Le courrier transmet la lettre; mais la réponse est apportée sur les ailes du télégraphe; c'était l'ordre de rendre sur-le-champ la liberté au sieur Ber.... M. Martin sera interrogé, et se fera, comme M. d'Aubignosc, un devoir de conscience de fournir à la justice les renseignemens particuliers que ses fonctions l'ont mis en état de recueillir sur cette criminelle fabrication de billets de banque.

Ber.... s'était exposé au désagrément d'être pendu pour procurer à ses complices le prompt écoulement de leurs faux papiers. Le sieur S..., qui bien certainement n'aurait pas eu le même courage, regardait Ber.... comme le héros de l'entreprise; il avait pour lui une admiration qui ne savait pas dissimuler. Aussi n'eut-il rien de plus empressé que de lui donner une marque signalée de sa bienveillance; il lui accorda, le 1er. janvier 1813, l'exploitation des jeux. On prétend, à la vérité, qu'ils étaient associés dans cette honteuse spéculation : je n'ai nul intérêt à approfondir ce fait.

Après la restauration, le ministre anglais dénonça cette fabrication de billets de banque à celui de France. Sur cette dénonciation, le sieur S... est invité à se rendre chez M. le comte de B..., ministre de........ Minuit était l'heure in-

diquée. M. le comte de B... avait dans son cabinet MM. Beug... et Fer..., lorsque le sieur
S... se fit annoncer. Des explications lui sont
demandées ; il avoue tout ; son seul déguise-
ment est de présenter, comme une opération
politique, le crime dont il est accusé. On ne le
pressa point de questions, dans la crainte d'avoir
à punir. La faiblesse d'ailleurs n'est point curieuse.

Avant de congédier le sieur S..., on exigea
de lui qu'il fît connaître à l'autorité le lieu qui
recélait les planches des faux billets de banque.
Il déclara qu'elles avaient été cachées dans les
greniers du ministère de la police générale ; des
recherches y furent faites le lendemain, et on
découvrit en effet quelques planches qui paraissaient destinées à contrefaire les billets de banque anglais ; mais ces planches n'étaient point
les véritables ; c'étaient celles qui avaient été
dressées sur les premiers essais des graveurs.

Que sont devenues les planches qui ont servi
à cette dernière émission de faux billets ?.....

Joseph Castel.

~~~~~~

LETTRE XIX.

Paris, 3 juin 1821.

Roquefort et Saint-Donat.—Mémoires de Charles-XIV-Jean,
autrement dit *Bernadotte*.

MONSEIGNEUR,

C'est une bien singulière *clique* que celle des
littérateurs. L'expression est singulière, mais
elle me sera pardonnée, d'abord parce qu'elle
est juste, ensuite parce que faisant partie de
ladite *clique*, j'ai le droit de qualifier le corps
dont je suis un des figurans.

Je vous ai quelquefois nommé mon savant
ami Roquefort, membre très-illustre de l'Académie des antiquaires de France et de votre Académie de Goëttingue ; il vient de me conter en
trinquant, car il aime à trinquer, mon ami,
une affaire bien singulière qui vient de lui arriver.

Ancien officier d'artillerie, Roquefort avait fait connaissance, à l'armée d'Italie, d'un officier d'état-major appelé Coupé-de-Saint-Donat. Depuis cette époque Saint-Donat s'est livré au culte des lettres, et a fait, avec quelques succès, des fables et des chansons. Il arriva cependant plus d'une fois que des intrus réclamèrent tout ou partie de ce qu'il publiait sous son nom; mais il en fut quitte pour qualifier ses emprunts de réminiscence.

En 1819, Roquefort, et quelques autres littérateurs, voulurent ressusciter le *Mercure*, toujours mourant et toujours vivant, et il invita Coupé-de-Saint-Donat à fournir quelques morceaux; ce qui fut accepté.

Saint-Donat, grâce à ses moustaches, était dans une position peu agréable : le ministre de la guerre d'alors n'aimait que ceux qui se faisaient raser. Roquefort connaissant la position de son ami, et sachant qu'il ne pouvait quitter le domicile qu'il avait pris à Saint-Denis sans le secours de quelques pièces de cinq francs, lui proposa, afin d'avoir l'occasion de lui faire gagner quelqu'argent, de compiler, de concert avec lui, des Mémoires historiques pour servir à l'histoire de Charles-XIV-Jean, roi de Suède.

L'ouvrage trouva acquéreur, rien que sur le

titre, et avant d'en avoir tracé une seule ligne, un à-compte de cent écus procura à Saint-Donat les moyens de venir habiter Paris.

Le collaborateur de Roquefort avait été en Suède. Ancien officier d'état-major de Bernadotte, il avait été présenté au soldat devenu roi, et même en avait reçu quelques bienfaits.

Du moment où l'ouvrage fut livré à l'impres sion, Saint-Donat, sous prétexte d'éviter une perte de temps à Roquefort, se chargea de tous les détails matériels. Il allait lui-même à l'imprimerie, il portait la copie, prenait et rapportait les épreuves. Notre savant de l'Académie de Goëttingue prit, à cette époque, tout cela pour du zèle. Aujourd'hui, mieux instruit, à ce qu'il prétend, il assure que cette extrême complaisance n'avait d'autre but que celui de se procurer les moyens de porter et copie et épreuves à l'ambassadeur de Suède, qui indiqua et fit faire coupures et changemens nombreux ; le tout à l'insu de Roquefort.

L'ouvrage fut dédié au roi de Suède, et enrichi du portrait de sa majesté et de son fils le prince Oscar.

Saint-Donat eut soin de se faire délivrer six exemplaires sur papier vélin ; il en envoya trois à la cour de Suède avec une épître dont on ignore le contenu ; mais ce qu'on n'ignore *plus*, c'est que, pour réponse, le monarque Gasco-suédois, beaucoup plus libéral qu'on ne l'est ordinairement sur les rives de la Garonne, envoya une tabatière d'or, ornée de son portrait et enrichie de diamans, à Saint-Donat, et une somme, qu'on dit être de mille écus, pour Roquefort.

Roquefort se plaint de n'avoir rien reçu. Saint-Donat aurait donc gardé et la tabatière et les écus...... Je me garde bien de l'affirmer, mais n'ai-je pas raison de qualifier *de clique* le corps écrivant des littérateurs ?

Roquefort réclame à ce pauvre Saint-Donat, qui paraît être né pour être en butte à toutes les réclamations, une comédie en cinq actes et en vers, intitulée : *la Manie des procès*, pièce reçue à l'Odéon à correction. Saint-Donat, dit Roquefort, s'était chargé de la réduire à trois actes ; mais jamais elle ne lui a été rendue, ni en trois ni en cinq. Cependant, après avoir reçu bien affirmativement l'assurance que cette comédie avait été égarée pendant un voyage en Suède, Roquefort vit paraître, sous le nom de Saint-Donat, une pièce dont le sujet était la manie des procès, mais dont les noms, la coupe et le lieu de la scène étaient tout autre que dans la sienne..... Oh! quelle clique.

Si Roquefort se plaint de Saint-Donat, celui-ci n'épargne pas Roquefort, et on l'entendit, un jour, dire qu'il n'avait associé Roquefort à la composition des mémoires sur Charles-Jean, que pour lui procurer la place *d'épousseteur* (autrement bibliothécaire) des livres réunis au palais royal de Stockholm. J'avoue que je n'avais pas pensé que le docte auteur du Dictionnaire de la langue Romane eût besoin de la protection de M. Saint-Donat, et de l'insignifiant mérite de compilateur pour parvenir aux honneurs du *bibliothécat*.

Votre dévoué, etc.

9

LETTRE XX.

Paris, 8 juillet 1821.

De la Bibliothèque et du Cabinet des antiques. — Des nudités cachées. — Le collier de l'impératrice Joséphine. — M. Millin. — Le duc de Frioul. — Monsieur et madame Gail.

Monseigneur,

J'ai conduit hier votre jeune cousin à la Bibliothèque royale qui lui a paru très-riche, et au Cabinet des antiques qui lui a semblé très-pauvre. Son observation, qui ne manque pas de justesse, m'a fait faire une découverte, et m'a procuré une anecdote : l'une et l'autre sont assez précieuses, pour vous être communiquées.

La découverte, la voici : Depuis quelques années on tend ici à épurer les mœurs. Les nudités disparaissent; partout on voile les formes, et à l'exposition des gravures , aux boutiques des marchands, on pousse , je ne sais si je dois dire la pudeur, jusqu'à poser des petites bandes de papier sur certaines parties que je ne vous nommerai pas. Hier, passant devant le marchand de gravures qui est entre la rue Saint-Honoré et la place Vendôme, avec une de mes nièces qui compte dix ans, je fus assez embarrassé par une question qu'elle me fit relativement à une précaution de ce genre; c'était un Cupidon qu'on avait mutilé. Cette tendance à la chasteté *des yeux* a gagné les conservateurs du Cabinet des antiques; j'y ai vu, il y a plusieurs années, quelques médailles que je qualifierais presque d'érotiques, et surtout quelques Phallus qui ne laissaient pas d'être curieux. Le tout a disparu; voilà ma découverte.

Quant à mon anecdote, je la tiens d'un vieil employé qui , nous ayant entendu nous plaindre de la pauvreté du Cabinet des antiques, entreprit de nous prouver que jamais il n'avait été plus riche , et pour nous le prouver, il eut l'art de nous remémorer toutes les pertes qu'il a faites. Son énumération remonta jusqu'à l'empire, et nous valut l'anecdote suivante :

La bonne Joséphine, de bienfaisante et royale mémoire, rêva un jour qu'elle se connaissait

9.

en antiquités, car chacun a son petit travers ;
et dès-lors elle voulut avoir un cabinet, un
conservateur, voir même d'insignifiantes médailles. Elle possédait à la Malmaison des fragmens égyptiens rapportés par Napoléon, un
grand nombre d'objets trouvés à Herculanum,
dont le roi de Naples lui avait fait présent, et
huit belles peintures antiques représentant des
Muses ; elle possédait aussi quelques vases
étrusques d'une grande beauté. Des ordres furent donnés, un conservateur fut nommé ; mais
malgré les ordres, ce conservateur et cet amour
subit pour la science des vieilleries, ces richesses restèrent déposées dans une salle-basse à côté
de la salle de bain, sur le pavé, çà et là, sans
aucun ordre, et couvertes de poussière et de
toiles d'araignée.

Néanmoins Joséphine acquit la réputation
d'antiquaire consommée parmi ses flatteurs,
qui, en la louant sur son goût, lui persuadè-
rent que rien ne serait plus riche et de meilleur
goût qu'une parure de pierres grecques et ro-
maines. Elle la demanda à son époux, qui chargea Duroc d'aller au Cabinet des antiques, et
d'y prendre trente pierres des plus précieuses.
Parmi celles qui furent choisies, plusieurs
avaient été l'objet de savantes dissertations, et

se trouvaient décrites dans divers recueils. Ces pierres, qui sont presque toutes connues de l'Europe savante, ne sont point rentrées au cabinet, et c'est véritablement un vol fait à la science. Au lieu de s'occuper de monsieur tel ou tel dont l'opinion est aussi peu importante au salut de l'Etat qu'au progrès des sciences, ajouta notre vieil employé, les ministres ne pourraient-ils pas s'occuper d'objets volés à la couronne pour satisfaire les caprices d'une coquette, et faire remettre en place les objets précieux enlevés au trésor du roi.

Notre vieil employé ne nous quitta pas sans nous apprendre que M. Millin, lors de l'enlèvement de ces objets, avait été malade, et qu'il s'étonnait toujours de ce que les indications eussent été si bien données au duc de Frioul, qui fut l'agent passif de cette spoliation.

Je vais continuer les renseignemens scientifiques dont vous avez les premiers documens, et qu'incessamment j'étendrai aux littérateurs, aux poètes, voire même aux compilateurs qui assiégent notre Parnasse et qui le surchargent de leurs œuvres.

Suite des Notices biographiques sur les savans.

M. Gail et Mme. Gail.

De tous les gens qui se mêlent de la science, aucun n'a moins de talent et plus de prétention que M. Gail. On appelle les Allemands des baudets chargés de savoir ; il n'en est pas de même de cet académicien. Dans tous les temps il s'est cru sacrifié, persécuté et a toujours crié.

Il conserve sans doute cette habitude par reconnaissance ; car on prétend que c'est en se plaignant et criant auprès des membres du comité révolutionnaire de sa section, qui l'avaient surnommé le *criard*, qu'il obtint la place de professeur au collége de France, qu'on lui donna pour se débarrasser de lui. Au reste, elle lui a été fort utile, car elle l'a mis dans la nécessité d'apprendre le grec, dont il savait à peine les premiers élémens. L'on se ressouvient encore de sa plaisante brochure in-4°., qu'il fit paraître lors de la distribution des prix décennaux. Au désespoir de n'avoir pas obtenu le prix, et de ce que, d'un commun accord, il avait été décerné au savant M. Coray, il s'exhala en plaintes et compromit même ses amis.

Tout en se plaignant de son malheureux sort, M. Gail a obtenu la croix de Saint-Vladimir, celle de la Légion-d'honneur, un fauteuil à l'Institut, etc., etc.

Il a encore remplacé M. Laporte-Dutheil dans l'emploi de Conservateur des manuscrits grecs et latins de la bibliothèque du roi.

Hé bien, M. Gail n'est pas encore content; M. Gail crie toujours à l'injustice et au passe-droit. Difficultueux et entêté autant que sot et ignorant, il souleva l'Académie contre lui, et M. Boissonade, dans un rapport sur trois Mémoires, lui fit voir qu'il ne connaissait nullement le grec, et ne pouvait, nous ne dirons pas traduire, mais interpréter un passage des écrivains d'Athènes ou de Sparte.

M. Gail fut marié; il épousa une femme jeune, aimable et pleine de talens. Elle avait aussi son genre de folie; aussi leurs nœuds furent-ils promptement dénoués, grâce à la loi du divorce alors en activité.

Madame Gail fréquentait les concerts dont elle était le principal ornement, et les bals qu'elle aimait beaucoup. Il lui arriva un jour, ou plutôt une nuit, une aventure qui faillit être tragique. Sortant d'une réunion brillante, entre deux et trois heures du matin, elle prit un fiacre pour se faire reconduire chez elle ; le cocher la voyant couverte de diamans, la conduisit aux Champs-Elisées le long de la rivière, au lieu de la ramener au faubourg Saint-Germain.

Elle s'aperçut de la fausse direction de son conducteur ; elle appela quelqu'un qu'elle vit passer. Le cocher, voyant son coup manqué, prétendit que s'étant endormi, ses chevaux l'avaient égaré. Heureusement pour elle, madame Gail n'avait pas dormi.

J'ai l'honneur, etc.

LETTRE XXI.

Paris, 13 août 1821.

Sir Francis Egerton.

MONSEIGNEUR,

Puisque vous voulez connaître sir Egerton, voici un petit recueil, je ne dirais pas de ses folies, mais de ses originalités, qui vous divertiront beaucoup. Le plus plaisant de tout ceci, est peut-être que l'auteur du Mémoire que je vous transmets est un littérateur que le noble lord a reçu long-temps à sa table, et qui aurait voulu se venger de ses bienfaits par une diatribe ; mais il a rogné les ongles à son génie, et s'est vu forcé, par mes observations, à ne consigner ici que la vérité et l'exacte vérité.

Sir Francis-Henry EGERTON, *membre de la Société royale de Londres, prébendaire de Durham et recteur de Witchurch, dans le comté de Salop, est le dernier fils de Jean, évêque de Durham et d'Anne-Sophie, fille de Henry de Grei, duc de Kent et frère et héritier présomptif du riche duc de Bridgewater.*

Sir Francis se vit délivré de bonne heure de toute espèce de tutelle et maître d'un héritage considérable même en Angleterre. La nature l'avait doué de ses plus séduisans avantages; ce qu'il est encore aisé de reconnaître, malgré l'altération de ses traits et la caducité prématurée sous laquelle il est courbé. Fier de sa qualité d'Anglais, de sa noblesse, de son mérite personnel, exempt de toute espèce de devoirs, muni de la puissance que donne l'or, et à même de ne jamais marchander avec ses fantaisies, M. Egerton commença par visiter les diverses cours de l'Europe. Les sentimens, et plus encore les mœurs qu'il a rapportées dans sa patrie, après une assez longue absence, n'ont pas tardé à l'en faire bannir. Certaine aberration des sens, plus tolérées en Turquie qu'en

Angleterre, a été la cause d'un procès scandaleux, à la suite duquel il est revenu à Paris où
il paraît devoir finir sa carrière.

M. Egerton est connu dans le monde savant
par différens écrits qui font honneur à ses connaissances. On s'accorde généralement à lui reconnaître une vaste instruction dans les langues
surtout. Il sait parfaitement le latin, le grec, les
langues orientales, et la plupart des langues de
l'Europe.

Les trésors littéraires que M. Egerton a ras-
semblés montrent en effet qu'il est homme instruit, et, de plus, curieux. Il possède au-delà
de cent mille pièces originales, dont quelques-
unes sont du plus haut intérêt. Parmi ces dernières on doit compter les *Procès-verbaux des
États de Blois*, *la Correspondance de Henri IV et d'Élisabeth*; *la Correspondance de
presque tous les ambassadeurs de France sous
Louis XIV*, etc.

Soixante volumes in-folio composent le catalogue de cette collection, dont le dépôt central
est à Londres. Le possesseur a décidé que le
public n'en aurait la jouissance qu'à sa mort.
Toujours Anglais de cœur, M. Egerton a voulu
répondre au traitement sévère que la patrie lui
a imposé par le don le plus magnifique, et qui

pût le mieux prouver la supériorité de son esprit et de son mérite.

Les statuts du *Musée Egerton* renferment des particularités curieuses, et qui font déjà connaître l'esprit du fondateur. En voici quelques-unes :

1°. Aucune pièce ne peut sortir présentement du Musée, fût-ce pour sir Francis lui-même ;

2°. Quiconque voudra faire des recherches rendra compte de son but aux conservateurs;

3°. Les curieux ne seront point admis. On ne communiquera aucune pièce à l'auteur d'un roman ou de tout autre écrit aussi futile; les gens de lettres qui affirmeront, sous serment, qu'ils écrivent l'histoire, auront seuls droit aux communications.

Enfin, un revenu inaliénable est affecté à l'entretien de ce Musée, aux acquisitions futures et aux honoraires des conservateurs.

Quelques anecdotes, prises au hasard entre mille, achèveront de faire connaître au lecteur l'homme singulier auquel cet article est consacré.

Avant d'occuper l'hôtel de Noailles, sir Francis logeait à l'hôtel de Richelieu, carrefour Gaillon. Il y avait une suite de trente domes-

tiques et pour mille écus de loyer par mois.
Soit mépris pour le crédit qu'on se fût empressé
de lui accorder, soit par extension d'un amour
extrême de l'indépendance, son premier soin,
chaque matin, était de faire appeler son hôte
et tous ses valets, et de payer le loyer de l'un,
le salaire des autres, ainsi que la dépense de la
veille.

La plupart des hommes se laissent influencer
et conduire par des moyens qui s'adressent uniquement à leur amour-propre, à leur vanité, à
ce qu'on appelle le sentiment de l'honneur.
M. Egerton semble, sous ce rapport, ne mettre
aucune différence entre les hommes et les bêtes.
Un matin qu'il était sorti en cabriolet, le cheval
qui le conduisait fit un faux pas et s'abattit. Son
indignation parut extrême, quoique concentrée;
on le vit pendant quelques instants se livrer à
l'appréciation du délit, après quoi il fit entendre l'arrêt suivant : *Cet animal sera, pendant
un mois, privé de l'honneur de me servir; ra-
menez-le à l'écurie, dont vous boucherez tous
les jours, afin que l'ennui ajoute encore à la
punition que je lui inflige !...* Sur ce, milord
gagna le restaurateur voisin, où il attendit sa
calèche que le domestique devait lui expédier.

L'histoire de *Bijou* va merveilleusement servir de commentaire à l'histoire du cheval.

On aurait sujet d'être étonné , si parmi tant
de manies diverses la manie des chiens n'eût pas
eu son tour avec sir Francis ; c'est un Anglais
trop orthodoxe pour cela. En effet, il a entretenu fort long-temps une meute de quinze ro-
quets. Armée d'un collier d'argent à double rang
de grelots, cette troupe bruyante et fidèle veil-
lait sans cesse auprès de lui ; elle prenait part
aux méditations de son cabinet, aux délassemens
du salon et à l'exercice salutaire de ses prome-
nades. Dans le dernier cas, c'était même pour
l'amateur un spectacle qui ne manquait ni de
pompe ni de dignité que de voir milord se rendre
dre à sa voiture appuyé sur deux valets de chambre, et suivi de quinze grands laquais portant
chacun un roquet dans ses bras.

La condition de ces petits animaux était,
comme on le voit, des plus douces et digne
d'envie. Il ne fallait cependant ni une pénétration extraordinaire ni une longue fréquen-
tation à l'hôtel pour s'apercevoir que milord en
affectionnait deux plus que les autres. L'embonpoint exubérant, le ton d'assurance et de
familiarité de *Bijou* et *Biche* ne laissaient pas
un instant de doute relativement à la haute

faveur dont ils étaient investis. *Bijou* et *Biche* pouvaient seuls, parmi les chiens, se vanter d'avoir été admis à la table de leur seigneur et maître. Toutefois cet insigne honneur fut parfois pour eux la cause d'humiliations et de disgrâces mémorables.

Parmi les *mauvais jours* de ces deux favoris, nous rappellerons de préférence celui où milord les condamna à porter sa livrée et au régime de l'antichambre.

Les parasites ordinaires de l'hôtel avaient trouvé fortune ailleurs, la table de milord était déserte; milord, qui n'aimait pas à dîner seul, eut l'idée de faire dîner *Bijou* et *Biche* avec lui. En conséquence deux valets reçurent l'ordre de leur attacher à chacun une serviette, et de les tenir, pendant le cours du repas, à la place qui leur était assignée. On les dispensa du potage, mais ils furent dédommagés de cette privation dans le cours du service. *Monsieur Bijou et mademoiselle Biche* ne cessèrent un instant d'être l'objet des attentions du fantasque Amphitrion.

Poussé de nourriture, *Bijou* ne tarda guère à ressentir un besoin qu'il ne devait satisfaire que dans la cour. Les valets de sir Francis détestaient ces chiens, auxquels, en arrière du

maître, ils donnaient moins de témoignages
d'amitié que de ces coups de serviette appelée
anguilles par les écoliers. Le valet de service,
derrière *Bijou*, avait été le premier à s'apercevoir de son état; mais au lieu de chercher à
le soulager, et faisant mine de le remettre en
position, il lui serra méchamment le ventre.
Bijou ne fut plus maître de se contenir; une
plainte lui échappa, et en même temps le siége
qui le supportait reçut une souillure très-désa-
gréablement odorante.

Comment donner une idée de l'indignation
de milord.....; je ne puis la comparer qu'à l'of-
fense qui venait de lui être faite. Pour cette fois
il voulut se faire justice lui-même. Il demande
un fouet de poste qui lui est apporté sur-le-
champ, et le voilà poursuivant ses deux convives autour de la salle à manger. Grâce à l'exi-
guité de leur taille, et à ce qu'ils n'avaient pas,
comme leur maître, une paralysie dans les jambes, *Bijou* et *Biche* parvinrent cependant à se
soustraire au châtiment corporel dont ils étaient
menacés.

Epuisé par l'exercice violent et inaccoutumé
qu'il avait pris, sir Francis se laissa retomber
sur son fauteuil en demandant sa *consolation*.
(Il donnait ce nom à un vaste flacon rempli de

vin de Madère sec.) Trois ou quatre verres de
cette *consolation* ont promptement rétabli ses
forces, et il a eu le temps de se raviser. Au lieu
d'être, selon leur attente, armés du fouet ven-
geur, les laquais reçurent l'ordre de faire venir
sur-le-champ le tailleur de l'hôtel, et d'apporter
le galon qui distingue la livrée de milord.

Le tailleur accourt en toute hâte; il est introduit auprès de sir Francis, et demande ce
que sa grâce requiert de son ministère. « Vous
voyez ces deux insolens, répond sa grâce en
désignant du geste *Bijou* et *Biche*, prenez-leur
mesure et faites-leur, aujourd'hui même, une livrée. — Mais, milord..... — Point de réplique,
monsieur; un gentilhomme anglais qui paie
doit toujours être servi. Vous savez, monsieur,
habit jaune, culotte rouge, trois bandes rouges
sur le dos.....; ces drôles ont osé me manquer!..... je les prive pendant quinze jours de
l'honneur de me voir, et pour dernier terme de
mon mépris, ils porteront le même vêtement
que mes valets, et resteront avec eux dans l'antichambre..... »

La pratique de sir Francis était trop précieuse
pour que le tailleur se hasardât à la perdre par
un faux point d'honneur. Dès le lendemain,
Bijou et *Biche* furent vêtus ainsi qu'il était

10

prescrit, et subirent leur arrêt. Les quinze jours expirés, ils vinrent prendre leur place auprès de milord qui fut enchanté de les revoir. Ils avaient perdu une partie de l'embonpoint dont ils étaient chargés, mais leur santé paraissait améliorée. Ainsi, cette correction, qui ne pouvait manquer de leur être profitable, assura encore une plus longue jouissance à l'amitié de sir Francis.

Voici des traits d'un autre genre. Pour faire diversion à ses ennuis, sir Francis désira de connaître les artistes et gens de lettres de la capitale. Le lundi de la semaine fut assigné pour la réception des premiers; le jeudi aux autres. Il est entendu que ces jours-là milord donnait à dîner. On lui avait parlé de la position malheureuse de M. Bette-d'Etienville, qui a figuré d'une manière si grotesque dans l'affaire du collier; il désira le voir. C'est M. de R... qui fut chargé de le lui amener. M. de R... s'acquitta de la commission avec empressement; et le plus prochain jour de réception il arriva à l'hôtel, escortant M. Bette-d'Etienville. Ce dernier venait de faire une humble révérence, et se disposait à débiter le compliment qu'il avait préparé d'avance, quand milord l'interrompit par cette question : « M. Bette-d'Etienville, savez-

vous jouer au piquet. — Oui, milord. — Hé
bien, mettez-vous là; nous jouons deux louis le
cent, et c'est moi qui marquerai les deux jeux. »
La table était toute préparée, et le pauvre diable d'auteur s'y laissa conduire, non sans être
inquiet sur le résultat de la partie. Il n'avait
pas en poche la centième partie de l'enjeu fixé
par son partner. Trois parties avaient eu lieu,
et la quatrième commençait lorsque le maître
d'hôtel vint prévenir qu'on avait servi. Sur ce,
M. Egerton pose ses cartes, tire sa bourse, y
prend huit louis qu'il présente à M. Bette-d'E-
tienville, en lui disant : « Monsieur, voici ce
que j'ai perdu. — Mais, milord, la quatrième
partie n'est pas achevée. — C'est égal, qui quitte
la partie la perd. D'ailleurs, monsieur, quand
un gentilhomme anglais vous affirme qu'il a
perdu, vous devez le croire et agir en conséquence. » M. Bette-d'Etienville ne fit plus d'observations, et se livra aux douceurs du festin
avec une tranquillité d'esprit dont il était loin
de jouir en venant.

Voici un autre acte de générosité de sir Francis. La publication de l'*Hermès Romanus* allait
être suspendue faute de trente souscriptions
dont personne ne voulait se charger; sir Fran-

10.

cis les prit toutes, et ce n'est pas là que se sont bornées ses bontés pour M. Barbier-Weimars*.

Les hommes doués d'une certaine puissance d'imagination, ou dont la tête ou le cœur ne sont pas occupés par un objet unique, ces hommes, dis-je, éprouvent fréquemment un besoin vague de changer de place. Après quelques mois de séjour à Paris, sir Francis manifesta l'intention de voyager de nouveau. Ses équipages furent mis en état ; on prépara des malles aussi abondamment pourvues, que s'il eût été question de faire le tour du globe. Sir Francis, un beau jour, se mit en route. La première halte était à Saint-Germain ; le dîner qu'il y trouva lui parut détestable ; les postillons furent avertis de rebrousser chemin, et sir Francis revint coucher à Paris, d'où il n'est plus sorti depuis.

---

* Si la singularité de M. Egerton était calculée, il devrait bien faire une pension à l'éditeur de l'*Hermès Romanus*, car personne au monde n'est plus capable de perpétuer sa mémoire. On ne saurait croire avec quelle facilité ce savant imite son langage, son accent et son geste. Lorsque M. . . . . veut divertir ses amis, soit chez eux, soit même en des endroits publics, il manque rarement de leur donner une *représentation* de sir Francis.

Les jouissances de la propriété convenaient mieux à sir Francis que celles des voyages. L'hôtel de Noailles venait d'être mis en vente; il en fit l'acquisition moyennant huit cent mille francs, payés comptant.

Ce fut pour sir Francis une source intarissable d'heureux embarras, s'y établir, arranger tout selon ses goûts et ses besoins, ajouter des constructions et des embellissemens, tout ceci fit naître des occupations et des sensations nouvelles. Au bout d'une année, le sentiment de la propriété le tenait aussi attaché à l'hôtel de Noailles qu'à l'héritage de ses pères. On tenta de le déposséder, de lui imposer de sujétions, mais sans le moindre succès : commandemens arbitraires, sommations légitimes, tout échoua contre son opposition inébranlable. Pendant les Cent jours, un ministre d'état voulut à toute force et au mépris du droit des gens, chasser sir Francis de sa demeure et lui succéder ; mais Napoléon se prononça en faveur du noble anglais contre le *citoyen* Maret.

Lorsqu'après la bataille du Mont-Saint-Jean, les alliés entrèrent dans Paris, M. Egerton reçut l'ordre de loger le prince de Cobourg. Cet ordre ne donna lieu à aucune disposition extraordinaire ; seulement M. Egerton recom-

manda à ses gens de veiller à l'arrivée du prince
et de le retenir au bas de l'escalier, tandis qu'il
viendrait à sa rencontre pour le complimenter.
Ces instructions furent ponctuellement suivies.
Peu d'instans après l'arrivée de son hôte, sir
Francis apparut au haut du perron du grand
escalier. Le prince le salua profondément,
profondément il salua le prince et lui dit :
« Dans ma jeunesse, j'ai parcouru toute l'Allemagne, et tous les princes de cette vaste con-
trée m'ont fait accueil à leur cour. Je voyageais,
comme doit le faire un bon gentilhomme anglais, avec une suite de six voitures et vingt
domestiques. Je ne me logeais que dans les au-
berges où je payais comme un homme de mon
rang. Prince, je me ressouviens d'avoir dîné
avec votre père, mais j'aurais rougi de me
présenter chez lui si je n'y avais pas été invité.
Je suis bien étonné qu'un homme comme vous
vienne ici s'emparer de ma maison, s'y établir
sans ma participation ; je n'aurais jamais attendu cela d'un Cobourg ! » A ces mots, sir
Francis fait une nouvelle salutation et rentre
dans ses appartemens. Le prince fut tellement
déconcerté qu'il ne trouva dans l'instant rien à
dire, et il prit le parti de se retirer.

En apprenant, dans la suite, le mariage du

prince de Cobourg avec la princesse Charlotte,
il se mit à pouffer de rire et s'applaudit lente-
ment d'avoir chassé de chez lui le futur roi
d'Angleterre. Pendant plus de huit jours, il raconta cette aventure à tous venans.

Sir Francis est peut-être le plus riche des habitans de Paris qui, à cette époque, aient été
exempts de loger des étrangers. Un aide-de-
camp de l'empereur de Russie se présenta
aussi, et, comme le prince de Cobourg, il fut
fort mal accueilli. M. l'aide-de-camp se montrait
tenace ; il voulait appeler main-forte et s'emparer de vive force des lieux ; sir Francis lui dit
avec beaucoup de sang-froid : « Je ne me serais
jamais attendu à de semblables procédés de la
part d'un gentilhomme russe. Vous n'êtes plus
qu'un brigand à mes yeux ; attendez-vous à devoir faire le siége de cette maison ; je vais en
faire fermer les portes et me rendre sur le bal-
con avec tous mes gens ; nous serons armés de
fusils, je passe pour excellent tireur, et je sau-
rai vous distinguer parmi vos satellites. » Sir
Francis était homme à tenir parole ; on le savait,
et on ne voulut pas le laisser se compromettre,
par une échauffourée de jeune homme. L'officier russe ne revint pas et personne ne vint
après lui.

A l'époque où la santé de sir Francis lui permettait de recevoir, le cérémonial des dîners
présentait des circonstances curieuses et inusi-
tées chez nous. Milord n'arrivait au salon qu'un
instant avant le dîner, et à peine avait-il fini
de saluer, que le maître d'hôtel annonçait qu'il
était servi. Alors milord se plaçait près de la
porte et faisait défiler les convives les uns après
les autres, répondant par une révérence à la
révérence de chacun. Des valets, en nombre
égal à celui des convives, et tenant d'une main
une aiguière d'argent, de l'autre une serviette,
donnaient à laver dans une pièce intermédiaire.
En se mettant à table, milord faisait circuler la
carte du dîner. Cette carte était divisée par ordre de service, et comprenait aussi la nomenclature des vins du jour et la liste des hors-
d'œuvres entassés sur une table auxiliaire et
permanente. Avant le dessert, il avait une sorte
d'intermède, pendant lequel la table était couverte rien qu'avec des fromages et de la bière
forte. Dans le cours du dîner, tous les plats étaient
successivement apportés devant Milord, qui,
suivant le cas, y portait le couteau, la cuiller
ou la truelle; après quoi ce plat était passé au
maître d'hôtel pour qu'il achevât la besogne
commencée ou plutôt indiquée par milord. Si

l'Amphitrion voulait faire honneur à un con-
vive, il le servait lui-même avant de faire circuler le plat autour de la table.

Cette constance à des usages héréditaires
dans la maison de sir Francis, n'est qu'un cas
particulier de sa constance à célébrer, comme
il le faisait dans sa patrie et avec la grande famille britannique, les anniversaires des jours
consacrés dans leurs fastes, ou les jours mar-
qués pour certains passe-temps, certains plaisirs.
C'est ainsi que tout infirme, tout impotent qu'il
est devenu, et confiné dans l'enceinte de l'hôtel des Noailles, il ne manquait jamais, il n'y a
pas plus de cinq ou six ans, de célébrer digne-
ment la *saint Hubert*.

M. de R... fréquentait encore la maison de
M. Egerton il y a cinq ou six ans, et le hasard
le conduisit à l'une des dernières fêtes de saint
Hubert qu'on y a célébrée. M. de R... s'aperçut, en entrant, qu'il se passait quelque chose
d'extraordinaire à l'hôtel; mais il ne pouvait
croire ce que des indices non équivoques lui annonçaient. Le centre d'activité paraissait changé,
c'est du côté du jardin qu'il fallait le chercher,
c'est surtout de là que partait un bruit confus
dans lequel on distinguait des aboiemens de
chiens, des coups de feu, des cris plaintifs d'a-

nimaux, mélangés avec les sons retentissans de
la trompe. Autant par nécessité que par curiosité, M. de R... traverse la cour, le vestibule,
et gagne enfin le péristyle de la façade méridio-
nale de l'hôtel. C'est alors seulement qu'il fut
persuadé qu'effectivement sir Francis était en
train de faire une partie de chasse.

Sir Francis était à peine reconnaissable pour
les yeux les plus habitués à le voir. Le vêtement chaud et moelleux du malade avait été
mis de côté; il portait une veste de la couleur
consacrée, des culottes de peau, des guêtres en
cuir; ajoutez à cela la casquette, une carnas-
sière et des poires à poudre et à plomb. Il était
suivi de trois chiens et de deux piqueurs munis
de trompes et chargés d'annoncer, par des fanfares, la mort de chaque nouvelle victime. Plus
près de sir Francis, on remarquait trois autres
piqueurs; deux de ces derniers étaient uniquement occupés à lui tenir le corps dans une position verticale, tandis que le troisième soutenait, d'une main vigoureuse, les bras débiles
du chasseur paralytique, lorsqu'il voulait faire
usage du fusil.

Les jardins des hôtels de Paris ne sont pas
réputés aussi giboyeux que les réserves de nos
princes : les faisans et les chevreuils n'y crois-

sent pas spontanément. Cependant le noble sir Francis n'avait eu que la peine de commander, et ses deux ou trois arpens de bosquets s'étaient peuplés soudainement. Le capitaine des chasses de milord avait fait faire une battue, non dans les bois de milord, mais sur le quai de la féraille, mais chez les fournisseurs des guinguettes de la banlieue, et cette battue avait produit trois cents lapins et pareil nombre de pigeons et perdrix, victimes vouées aux sacrifices de ce jour solennel.

Interrompu par l'arrivée de M. de R..., la chasse recommença de plus belle, et fut continuée pendant une bonne heure ; après quoi, milord, tout harassé, invita ses amis à rejoindre le *rendez-vous de chasse.* (Il désignait ainsi un pavillon de son hôtel.) Un déjeuner magnifique y était servi ; la basse-cour et la boucherie n'entraient pour rien dans la composition de ce déjeuner, mais il y avait de toute espèce de gibier et de poisson. Après une halte de deux heures, des fanfares animées rappelèrent aux chasseurs que de nouvelles victoires leur étaient réservées, et l'on se remit en chasse jusqu'à l'heure du dîner.

Le carnage fut plus terrible encore que dans la première séance, et il est douteux qu'il se soit

échappé quelque pièce de gibier dans ce mas-
sacre général. On trouva sans doute quelque
plaisir à tirer sur les perdrix et les bisets. Privés d'ailes, ils fuyaient du moins à l'aide de
leurs pattes, ce que les pauvres lapins ne son-
geaient pas à faire. Accoutumés à être nourris
par la main des hommes, ces paisibles animaux
venaient au-devant du corps d'armée de milord
Egerton au lieu de l'éviter; aussi le pied des
chasseurs en immola-t-il beaucoup plus que le
fusil.

La chasse du matin contribua au repas du
soir, mais dans une proportion très-modérée.
Ce repas terminé, on offrit à chacun des assistans une très-belle bourriche de gibier, qui ne
provenait pas de ses œuvres, et milord ajourna
la compagnie à la saint Hubert de l'année suivante.

Observation de l'Éditeur.

L'auteur du mémoire qu'on vient de lire, le
termine par son opinion particulière sur sir
Francis; il y parle des malheurs attachés à la
trop grande fortune, à la trop grande indépendance, au besoin déréglé de sensations nouvelles, etc., etc. Nous avons trouvé cet endroit

ennuyeux comme un sermon. Plus loin, notre
auteur met en doute la générosité de sir Francis, parce qu'étant sollicité de prêter de l'argent pour une entreprise littéraire, il dit à
l'emprunteur : *Vous avez bien fait, monsieur,
de vous adresser à un gentilhomme anglais,
mais quant à moi je ne prête jamais.....* Il
nous semble qu'un homme peut très-bien être
généreux et ne pas prêter, si les maximes selon
lesquelles il se conduit ne le lui permettent pas.
Nous avons cru devoir supprimer l'opinion en
question, laissant au lecteur le soin de juger
par lui-même sur ce qui lui a été exposé.

~~~~~~

LETTRE XXII.

Paris, 16 octobre 1821.

M. Cuvier, charlatan. — M. Thiébaud de Berneaux. — Critique de M. Vanderbourg. — Zoega. — Tombeau de Sonnini.

MONSEIGNEUR,

Il y a quelque temps que je m'amusai, dans une de mes lettres, aux dépens d'un savant de votre patrie ; comme j'aime les compensations, je vais vous donner l'occasion de rire d'un de nos plus illustres académiciens. En 1816, à la suite d'une violente tempête, deux poissons de la famille des cétacées échouèrent sur la côte, entre le Hàvre et Fécamp. Celui qui les découvrit s'arrangea avec un pharmacien du pays pour dépouiller les deux monstres, et pour exposer leurs peaux à la curiosité publique et par-

tager les bénéfices. Pour rendre leur trouvaille
plus curieuse et lucrative, le pharmacien s'a-
visa de faire des deux poissons un seul; ce qui
fut exécuté avec beaucoup d'adresse. Le poisson, baptisé du nom pompeux de baleine, fut
apporté à Paris, où, pour l'exposer à l'examen
des curieux, on construisit une cabane dans
le jardin des Capucins, qui était alors une espèce de foire perpétuelle. La ruse réussit fort
bien, et les recettes étaient fort bonnes; mais
bientôt l'intérêt divisa les deux officiers; chacun porta ses griefs devant un tribunal. L'affaire s'envenima; et comme disaient nos pères,
la gueule du juge en péta. Des commissaires-ar-
bitres, au nombre desquels se trouvait M. Cuvier, furent nommés pour savoir à combien
pouvait s'élever les dépenses pour l'autopsie
du poisson, pour le bois qui garnissait l'intérieur du corps, et pour le vieux satin rouge qui
garnissait la vaste gueule de l'animal. M. Cuvier
lut son rapport, d'après lequel le tribunal rendit son arrêt. Le pharmacien, très-mécontent
de l'issue de cette affaire, jura, cria, protesta.
« Messieurs, s'écria-t-il dans son accès de fureur et de véracité, j'en demande pardon au
tribunal; mais l'homme qu'il a nommé pour ar-
bitre est un charlatan *qui ne s'y connaît point.* »

Les ris immodérés coupèrent la parole au pauvre frater qui, mettant en jeu toute la force de ses poumons, répéta. « Non, il ne s'y connaît pas ; il a jugé qu'il n'y avait qu'un poisson, et je déclare qu'il y en a deux. » Au rire succède le silence. M. Cuvier fut le premier à rire de la violente apostrophe du pharmacien ; et s'est plu bien souvent à raconter cette anecdote.

Suite des Notices biographiques.

M. THIÉBAUD DE BERNEAUX.

Cet homme, que de méchantes langues ont voulu faire passer pour l'un des plus grands intrigans de Paris, commença sa carrière aventureuse au sortir de ses études. Un Voyage à Ermenonville, dans lequel il affichait une grande *sensiblerie*, le fit connaître au général Henri Compère, qui l'emmena avec lui en qualité de secrétaire. Le général commandait la Toscane, et résidait à Livourne. Dans les nombreuses excursions qu'il était obligé de faire, il laissait à son secrétaire des *blancs-seings*. Pendant une absence qui devait durer quinze jours, M. Thiébaud, qui sans doute craignait une insurrection, fit publier un ordre du jour, par lequel tous les

habitans de Livourne devaient apporter à l'état-
major les armes à feu et les armes blanches qu'ils
avaient en leur possession, les épées même n'é-
chappèrent pas à la proscription. Eu égard à la
longue absence du général, M. Thiébaud pen-
sait que cette mesure maladroite, que bien des
gens ont à tort qualifiée de spoliation, quoiqu'elle
ne fût sans doute que l'effet de la peur ou le résultat de la prudence, échapperait à sa surveillance. Il en fut autrement, et à son retour, le
général reçut une multitude de visites de personnes récalcitrantes qui tenaient singulièrement aux armes qui leur avaient été enlevées.
Le général, qui prit la chose au sérieux, appela
son secrétaire, et outré de colère, il lui dit un
peu brutalement : « Vous mériteriez que je
vous fisse fusiller ; je vous chasse d'auprès de
ma personne : allez à l'île d'Elbe, attendez-y
mes ordres, et ne paraissez jamais devant moi. »
Voilà du despotisme.

M. Thiébaud, chargé d'une assez bonne
somme d'argent, prit gaîment son parti, se
rendit au lieu de son exil, et donna une description générale de l'île tellement remplie d'erreurs, qualifiées de mensonges par quelques-
uns, que tous les journaux se moquèrent de
lui. M. Vanderbourg, en particulier, le mal-

11

traita beaucoup dans le *Mercure de France*.

De l'île d'Elbe, Thiébaud s'en alla à Rome ; il voyageait en habit de capucin. Il se fit avocat et plaida souvent à la Chambre Apostolique et à la chambre de Rote. Son bon cœur l'ayant engagé à prendre la défense de certain marquis couvert de crimes, il fut chassé sans égard, et rentra en France, où il devint rédacteur du Journal de la Meurthe, à Nancy.

Pendant son séjour en Italie, M. Thiébaud, qui paraît fort crédule en certaines circonstances, avait reçu de quelque intrigant les diplômes d'une prétendue société italienne qui n'avait jamais existé, lesquels diplômes étaient signés par une foule de personnes inconnues. De retour à Paris, M. Thiébaud voulut étendre les relations de la société dont il possédait les diplômes, se présenta chez tous les savans, et leur demanda des encouragemens et des livres pour sa société favorite, dont il s'intitulait secrétaire émérite.

MM. Millin, Lenoir, Langlès, et d'autres, lui donnèrent tous leurs ouvrages, et quelques bonnes ames, qui voulurent tuer leur nullité en l'assommant sous leurs titres, achetèrent, moyennant 25 francs, le brevet qui les créait membres de la société. Quand Paris fut bien peuplé d'atadémiciens de nouvelle fabrique, un de ces gens, qui ont toujours la manie de vouloir voir le fond du sac, cria à la supercherie, et M. Thiébaud, fait dupe, eut la douleur d'entendre dire que c'était lui qui avait voulu duper les autres, tant en livres qu'en pièces de 25 fr. Cette prétendue société italienne avait aspiré une dizaine de mille francs.

Las des vivans, M. Thiébaud chercha un commerce plus agréable avec les morts, et se fit l'ami de tous les grands hommes qui mouraient. Le fameux Zoèga venait de payer sa dette à la nature. Aidé d'une notice insérée dans le *Magasin encyclopédique* et de journaux qu'il avait fait venir d'Italie, M. Thiébaud fit un éloge d'un ami qu'il n'avait jamais vu. Bientôt après, il se proclama l'ancien compagnon du cardinal Borgia, si connu par son goût et ses connaissances dans les antiquités égyptiennes; mais, malgré ses recherches et les peines qu'il se donna, on découvrit le bout de l'oreille, et les âneries étaient tellement multipliées, que M. Millin, qui en avait inséré quelques-unes dans le *Magasin encyclopédique*, pria Thiébaud de ne plus le gratifier de sa présence et de ses écrits. L'homme aux notices ne se tint pas pour battu.

II.

Sonnini venait de mourir, Thiébaud l'accompagna à sa dernière demeure, en se disant son élève, et prononça un discours sur sa tombe. Avant que le cortège se préparât, notre orateur funèbre fit observer que l'on enterrait le savant d'une manière peu digne de son grand nom, et dit qu'il serait indécent de ne pas élever un monument à Sonnini. Il accompagna ses paroles d'un geste significatif, tira une poignée de pièces de cinq francs de sa poche, les jeta dans son chapeau, et invita tout le monde à en faire autant. La collecte fut abondante; les personnes qui n'avaient pas assez d'argent sur elles se firent inscrire. Il sollicite et obtient la grâce d'être chargé de l'érection du tombeau de celui qu'il appelait son ami, et que quelques mauvaises langues prétendent qu'il connaissait à peine.

Le tombeau fut érigé. Il était simple; quelques personnes, qui sans doute avaient généreusement contribué, et qui pensaient que tout le monde avait fait comme eux, ne s'avisèrent-ils pas de le trouver mesquin, et dans leurs mauvaises humeurs, ne prétendirent-ils pas qu'il devait rester une centaine de louis en caisse, et M. Thiébaud se trouva encore dupe de son bon cœur. Cette fois il descendit, comme précédemment, dans sa conscience ; il fit enrager ses ennemis, en bravant gaîment leurs criailleries : aussi cessèrent-ils bientôt de clabauder, et n'eurent de moyen, pour expliquer l'impassibilité de leur adversaire, que de lui appliquer cette phrase burlesquement travestie : *Gaudeant bene* nanti.

Je suis, etc.

~~~~~~

LETTRE XXIII.

Paris, le 3o novembre 1821.

M. de Harding à l'Académie des Inscriptions. — Il se scandalise
de ce qu'on ne lui parle pas en latin. — Notice scientifique
sur M. Langlès.

MONSEIGNEUR,

En cherchant à réunir quelques matériaux
pour votre Biographie savante, j'ai recueilli une
anecdote qui trouve sa place toute marquée en
tête de cette lettre.

Au commencement de 1811, un savant professeur de l'Académie de Goëttingue, M. Harding, vint à Paris, et jaloux de connaître les
différens membres de l'Académie des Inscriptions, il pria un de ses confrères de l'Université de Goëttingue, résidant à Paris, de le conduire à l'Institut et de le présenter aux savans
qui composent la troisième classe.

L'introducteur le présenta successivement à MM. *Silvestre de Sacy*, *Dacier*, *Langlès* (qui dans cette occasion ne fit pas preuve de savoir) et autres. En leur parlant, le professeur allemand s'exprimait en latin, et ces messieurs, Daunou et Ginguené exceptés, lui répondaient en français.

Après avoir assisté à la séance avec un silence presque improbatif, M. de Harding se retira fort vexé de voir que les membres de la première société savante de la France savaient si peu le latin, et son estime se changea en un sentiment tout-à-fait différent. Pour vous donner l'anecdote complète, je dois ajouter que M. le professeur savait très-peu le français, et cette circonstance, en blessant son amour-propre, entra peut-être, plus que son zèle pour la science, dans sa mauvaise humeur.

Je viens de dire que, dans cette entrevue, M. Langlès ne fit pas preuve de savoir. Voyons si les renseignemens que j'ai recueillis sont d'accord avec le dire de cette anecdote *.

---

* Depuis que cette lettre a été écrite, M. Langlès est mort : cette circonstance a décidé les éditeurs à en supprimer une grande partie.

Suite des Notes biographiques sur quelques savans.

M. LANGLÈS.

C'est encore de ces hommes qui, sans talent, mais doués d'une grande assurance littéraire, sont parvenus aux honneurs, à la fortune et à la célébrité Fils d'un cultivateur de la Picardie, il fit quelques études, et vint à Paris, où il fut attaché à la connétablie des maréchaux de France ; il avait le noble emploi d'arrêter les gens qui voulaient avoir des affaires d'honneur.

Recommandé à M. Bertin, ministre des affaires étrangères et amateur passionné de tout ce qui venait de la Chine, il apprit, pour plaire à son protecteur, un peu les langues orientales, et obtint l'autorisation de publier le Dictionnaire *Tatar Mantchoux*, qui avait été composé par un de nos missionnaires, le *père Amiot*.

Amant passionné de la révolution, il s'y livra avec toute l'énergie d'un jeune homme. Il obtint d'abord la place de conservateur d'un dé-

pôt de livres à l'époque où les deux Barthélemy
(oncle et neveu), ainsi que plusieurs autres savans furent détenus; il entra à la Bibliothèque du
roi avec Carra, Camille Desmoulins, Champ-
fort, etc.

M. Langlès eut du moins l'amour de la
science, et si par son peu de savoir il n'en put
reculer les bornes, il employa tout son pouvoir
à la protéger. On lui doit l'érection des cours
qui se font à la Bibliothèque du roi. Il possède
une riche bibliothèque dont il fait part à ses
amis. Ses divers ouvrages ne sont que des tra-
ductions de l'anglais, et il n'a jamais su faire
autre chose que son alphabet *Tatar Mantchoux* dont il a donné plusieurs éditions, et
qui le fit surnommer le Tartare. Dans les *Voyages de Thunberg*, 1 vol. in-8°., édition de
l'an III, il mit en note : Dancastrum assassina
le tyran de Suède, mais il ne fit pas périr la ty-
rannie. Plus loin, il signale le *pantalon* comme
la marque du patriotisme, et la culotte comme
le signe de l'esclavage. Malgré son obligeance,
M. Langlès a des ennemis, et ils assurent qu'il
n'y a personne de plus tracassier, de plus ran-
cuneux que lui. On lui doit la traduction de
Suidbad le marin et une savante *compilation*
sur les monumens de l'*Indostan*.

~~~~~~

LETTRE XXIV.

Paris, 24 janvier 1822.

Touquet. — Spéculations à la Charte. —Tirel. — Duvergier.

MONSEIGNEUR,

Il est un grand homme dont je ne vous ai pas encore parlé, quoique son nom remplisse toutes les colonnes des journaux, et que toutes les bouches le répètent : c'est le colonel Touquet. Sa réputation a atteint une telle étendue, que je ne puis vous laisser ignorer.

L'origine de la célébrité du colonel Touquet date de la publication de la Charte à cinq centimes l'exemplaire. L'opération parut peu de chose ; mais néanmoins, grâce aux libéraux, qui eurent tout-à-coup un amour effréné pour cette constitution, dont si long-temps on ne s'occupa guères, elle fut lucrative.

Louis Tirel , négociant estimé, fabricant intelligent , Français vraiment patriote , mais qui
préfère trop peut-être l'air de Paris à celui de
Vire ; Louis Tirel , dis-je , voulut marcher sur
les traces de Touquet. Il publia donc des taba-
tières à la charte , des assiettes à la charte , des
bonbons , du chocolat à la charte , des bureaux
à la charte , des almanachs à la charte , des pe-
lotes , des écritoires et mille autres brimborions
toujours à la charte. Ne voulant point paraître
dans toutes ces opérations, il chercha un nom
célèbre, et celui de Touquet se présenta. Moyennant finances, il en eut la jouissance.

A l'argent que cette transaction procura à
Touquet, Tirel joignit, à titre de prêt, quelques milliers de francs , à l'aide desquels le colonel publia son Voltaire , son Rousseau , son
Montesquieu , etc. Ce n'était plus un marchand
à cinq centimes, c'était un gros négociant ; il
avait à ses ordres un bataillon de commis et un
régiment d'ouvriers ; aussi parut-il tellement redoutable, que coteries et journalistes lui ouvri-
rent leur sanctuaire, et que pendant quelques
mois toutes trompettes de la Renommée ne
sonnèrent que pour lui ! *Beati pauperes spi-
ritu.*

L'argent pleuvait chez Touquet ; les plus gros

libraires de Paris se lièrent d'affaire avec lui; sa
maison parut colossale. Qu'arriva-t-il cependant? que Tirel perdit son argent. Qu'en advien-
dra-t-il? me direz-vous; que quelque jour Touquet fera faillite, et qu'il ira s'enterrer dans le
fond de quelque province, où il vivra noble-
ment. Quoi! avec les fruits de son industrie à
la charte? Oh! non..... avec sa demi-solde.

Je joins un petit manuscrit qu'on pourrait appeler *Touquetiana*, et qui vous révèlera bien
des turpitudes.

Puisque je tiens les colonels sur le tapis, il
faut que je vous parle d'un autre porte-mous-
taches qui n'a de commun avec Touquet que
d'aimer, comme lui, à avoir la bourse bien
garnie : c'est le colonel Duvergier. Il était à
Sainte-Pélagie, condamné pour avoir pris part
à des rassemblemens tumultueux. S'ennuyant de
revoir toujours la face des quatre murailles de
son cachot et le nez de son verrou, il persuada
à quelques niais qui l'entretenaient par patriotisme, que s'il était libre il révolutionnerait pour
le moins la Normandie et la Bretagne. Sur sa
parole on le crut; de bonnes âmes s'exposèrent;
les niais redoublèrent leurs offrandes, et le héros s'échappa. Où croyez-vous qu'il alla porter
le feu de ce patriotisme qui le brûlait, et qui

devait transformer en autant de héros tous les
paysans normands.....? A Londres ; il est bien
à craindre que les vapeurs de la Tamise n'achè-
vent d'éteindre ce beau feu qu'il voulait faire
passer pour un rayon du soleil, et qui n'était
qu'un météore.

J'ai l'honneur, etc.

LETTRE XXV.

Paris, 16 février 1823.

Lucien Bonaparte. — Son premier mariage. — Indiscret et
peu brave. — Le Thiers, peintre. — Elisa Bacchiochi.
Monsieur et madame Jouberthau. — M. Delaborde. —
Second mariage de Lucien.

MONSEIGNEUR,

J'ai fait une bien belle découverte, et je
m'empresse de vous la communiquer : c'est
l'extrait manuscrit et inédit d'un mémoire sur
un prince de fraîche date, et qui est arrivé aux
honneurs quand toute sa famille en était dé-
chue. Je veux parler de Lucien Bonaparte,
prince de Canino. Je vous envoie cette pièce
telle qu'elle m'a été confiée, sans en changer
un seul mot.

Je demeure, monseigneur, etc.

Fragmens d'un Mémoire adressé par le signor P. au cardinal.

Nota. Les fragmens qui suivent sont extraits d'un Mémoire assez considérable, composé vers l'époque où le pape Pie VII songeait à faire un prince romain du frère de Napoléon. Les instructions du cardinal *** n'avaient pas pour but de remplir une vaine formalité. Il devait avoir prescrit au correspondant de ne pas s'en tenir aux notices officielles, mais de peindre autant l'homme privé que l'homme public, et de ne repousser aucun détail véridique si minutieux qu'il fût. Cette recommandation dut être d'autant plus expresse, que le cardinal n'était pas ami de Lucien.

Le sacré collége a pu prononcer en conscience, car c'est en conscience que le mémoire du signor P. a été composé. Quoique M. Lucien n'ait pas été le pécheur le plus endurci de l'époque, on verra que c'est assez à-propos qu'il a été fixé sous le titre de prince de Canino, près de la source des indulgences. Ce n'est probablement pas néanmoins cette considération qui lui a valu la protection du saint-père. Nous avons omis dans nos citations tout ce qui se trouve dans les Biographies et les Mémoires contemporains.

. . . .
. . . .
. . . .

Vous avez vu que M. Lucien n'a été rien

moins qu'un républicain; il ne demandait pas
mieux que la France soumît toute l'Europe à sa
domination, mais il voulait partager avec son
frère le pouvoir suprême. Toutefois l'ambition
ou l'intérêt n'entrèrent pour rien dans les deux
mariages qu'il a contractés. C'est le plaisir de se
mettre en rébellion contre les volontés de Napoléon qui donna lieu à son second mariage.
Le premier fut une sorte de confirmation forcée
des principes philantropiques et libéraux qu'il
professait.

Bonaparte n'était encore que général de l'armée d'Italie, que déjà il avait pourvu ses frères
Lucien et Joseph d'emplois lucratifs. Une petite ville de Provence était la résidence de Lucien. La qualité de frère du général de l'armée
d'Italie, son assiduité aux séances de la société
populaire, et la facilité avec laquelle il maniait
la parole, lui valurent une réputation parmi les
gens de l'endroit. Il prenait ses repas chez un
nommé Boyer, aubergiste, lequel avait une jolie fille, et les meilleures dispositions en faveur
de son nouvel hôte. Certaines facilités pour le
paiement de la pension furent très-agréables à
M. Lucien, et mademoiselle Boyer ne parut
pas moins à sa convenance. Ses soins et ses assiduités ne tardèrent pas à écarter tous les con-

currens, et le père Boyer dut s'enquérir des intentions de l'amant assidu de sa fille. M. Lucien déclara qu'il n'avait que des vues honnêtes. Le père Boyer ainsi que la demoiselle furent très-satisfaits de l'explication. Cependant plusieurs mois s'écoulèrent, non sans de nouveaux pourparlers, mais sans amener les choses à leur fin.

Les amours de M. Lucien ne lui faisaient pas négliger la tribune de la société populaire. Il advint donc qu'un soir il fit un discours plus brillant que de coutume sur les avantages de la vertu, la pureté des mœurs, le bonheur des unions assorties et l'égalité des conditions. L'orateur avait atteint son but ; l'auditoire était électrisé, ravi des belles choses qui venaient d'être dites. Quelqu'un demande la parole. La parole est accordée, et le nouvel orateur qui se présente n'est autre que le père Boyer. « Citoyen, dit-il en s'adressant à Lucien, tu as parlé comme un ange ; mais pour achever de nous prouver la vérité de ce que tu dis, montre que tu en es convaincu toi-même ; commence donc par devenir mon gendre, car tu viens d'avancer que tous les hommes sont égaux, et ma fille a reçu tes sermens..... »

L'à-propos de cette apostrophe la rendait singulièrement pressante. Lucien confirma publíquement la promesse qu'il avait faite au père Boyer, et jura solennellement de la remplir : ce qui effectivement eut lieu peu de temps après.

De ce mariage, qui fut d'abord très-heureux, naquirent deux filles, Charlotte et Amélie. Mademoiselle Boyer était douée d'une sensibilité très-vive ; les infidélités de son volage époux lui causèrent beaucoup de chagrin et hâtèrent le développement de la phtysie, qui l'a enlevée. Cette perte toucha beaucoup M. Lucien, alors ministre de l'intérieur. Il venait de faire l'acquisition du parc du Plessis-Chamant ; la dépouille mortelle de sa femme y fut transportée, et il ordonna l'érection d'un monument funéraire qui répondît à l'étendue de ses regrets et de sa douleur. Une portion du parc du Plessis a été plantée exprès pour recevoir ce tombeau, qui est en marbre et en bronze. Un cippe en marbre soutient le buste de la défunte ; quatre autres cippes supportent des génies éteignant le flambeau de la vie ; des papillons et autres emblêmes décorent le monument qui porte cette inscription :

Fille, épouse, et mère sans reproche.

On lit sur la plinthe :

Marie Boyer, née à......, le......, épouse du citoyen Lucien Bonaparte, ministre de l'intérieur, morte à Paris, le......*.

Depuis quelques années, le parc de Chamant était comme une promenade publique pour les habitans de Senlis. M. Lucien allait souvent visiter le tombeau de sa femme; il le trouva un jour entièrement couvert de petites pièces de monnaie appelées *centimes :* ce trait lui parut infâme. L'entrée du parc cessa dès-lors d'être libre; une grille de six pieds de hauteur renferma le tombeau, qui ne fut plus accessible que pour ceux à qui l'on en confiait les clés. . .

. . . .

. . . .

La carrière galante de M. Lucien a été marquée, jusqu'à ce jour, par de nombreux succès. Deux qualités que possédaient éminemment, dit-on, les amans du bon vieux temps, ne sont

---

* Toutes les dates sont en blanc dans la copie du Mémoire del signor P. Nous aurions pu facilement les remplir; mais nous avons cru ne devoir rien ajouter, ayant pris l'engagement de nous borner à élaguer.

(*Note de l'Éditeur.*)

12.

pourtant pas au nombre de celles qui lui ont valu *la merci* des belles de notre temps. Il se plait dans l'indiscrétion ; et n'aime guère à rompre des lances pour les dames qu'il sert.

Il est impossible de s'être approché de lui sans avoir remarqué un médaillon enrichi de diamans qu'il porte toujours sur la peau. Ce médaillon contient, d'un côté, un portrait d'une ressemblance extraordinaire avec une infante d'Espagne, et de l'autre, des cheveux et certains produits capillaires qui ne croissent pas sur la tête. Les gens qui accusent M. Lucien d'indiscrétion, prétendent que sans cesse il se penche à dessein pour le laisser échapper de son sein, et conséquemment l'exposer au regard de tout Israël. Quant à l'assertion, voici un fait très-capable de la confirmer.

La cour de Madrid célébrait, par des fêtes et des divertissemens de toute espèce, la fin de la guerre avec le Portugal, et le retour des plénipotentiaires chargés, dans cette importante transactions, des intérêts de la France et de l'Espagne. Ces plénipotentiaires étaient M. Lucien d'une part, et de l'autre le prince de la Paix ; et leur disposition à profiter des plaisirs qui leur étaient offerts, ne pouvait qu'être augmentée par l'indemnité qu'ils avaient partagée en frères : indemnité consistant en 3o millions, tant en or qu'en diamans, que le Portugal avait été contraint de payer préalablement pour aplanir toutes les difficultés.

Dans les bals donnés à cette occasion, M. Lucien remarqua particulièrement une jeune dame espagnole qui fit diversion à la passion qu'il montrait publiquement pour l'une des infantes. M. Lucien n'eut point à souffrir des rigueurs de la dame; mais le mari qui tenait à la haute noblesse de l'Espagne, et que ses amis avaient instruit de l'intrigue; le mari, dis-je, envoya un cartel à M. l'ambassadeur de France. Soit répugnance pour cette sorte de rencontres, soit réticence diplomatique, soit plutôt la crainte qu'un coup de tierce ou de quarte ne vînt brusquement le forcer à renoncer aux jouissances que lui promettait son immense et récente fortune, M. l'ambassadeur n'accueillit pas ce message comme l'aurait dû faire un chevalier français. Le peintre Lethiers, qui était de la suite et du nombre des intimes, reçoit la confidence de l'affaire. Plein d'un dévoûment généreux, il offre d'aller répondre pour son patron; on l'accepte, et le voilà parti pour le lieu du rendez-vous. Ne reconnaissant pas dans le champion qui se présentait l'adversaire dont il voulait tirer ven-

geance, le noble espagnol demande à Lethiers
qui il est et ce qu'il vient faire en pareil lieu.
« Je suis peintre, répond celui-ci, et attaché à
M. l'ambassadeur de France ; je suis venu ici
pour prendre fait et cause dans la querelle que
vous avez cherché à M. l'ambassadeur. — Allez, mon ami, reprit avec morgue la grandesse
castillane, allez reprendre votre palette et vos
pinceaux. J'ai bien voulu me mesurer avec l'ambassadeur de France, mais je ne me bats point
avec son peintre. L'affaire n'eut point d'autre
suite ; mais l'époux outragé chercha à faire assas-
siner M. Lucien. . . . .

. . . .

. . . .

Pendant les premiers temps de son retour à
Paris, M. Lucien parut concentrer toutes ses
affections dans le sein de sa famille. Les folles
dépenses de madame Elisa Bacchiochi l'avaient
mise dans l'impossibilité de continuer à tenir
maison ; son frère lui offrit un asile, et elle vint
en conséquence habiter l'hôtel de Brienne. Ce
n'est point une hospitalité orgueilleuse et forcée
que M. Lucien accorda à sa sœur ; c'est moins
la nécessité qu'une sympathie touchante qui paraît les avoir aussi intimement rapprochés. Je
dis *intimement*, par la raison que leurs appar-

temens étaient contigus, leur salle de bain commune ; parce qu'afin de prolonger les épanche-
mens de l'amitié, ils ajoutaient souvent la durée
de la nuit à celle des jours...... Rien n'est per-
manent sur la terre ; le frère et la sœur ont fini
par se brouiller. N'ayant pas encore un duché
en Toscane où elle pût se réfugier, madame
Elisa prit un hôtel à loyer au faubourg Saint-
Honoré. M. Lucien lui avait abandonné le mo-
bilier de son appartement à l'hôtel de Brienne.
Elle commença à le faire enlever ; mais les gens
qu'elle chargea de cette opération avaient tant
de zèle pour son service, que si M. Lucien n'eût
pas été averti, un peu tard à la vérité, de ce
qui se passait, c'est tout au plus si l'on eût respecté son lit et les meubles de son cabinet.   .

.   .   .   .   , ...

J'abrège l'énumération des aventures de
M. Lucien pour n'insister que sur celles qui
donnent une idée exacte de son caractère et de
ses mœurs. Quelque bel esprit, exploitant l'histoire, ne manquera pas un jour d'opposer Lucien
à Napoléon, de représenter le premier comme
un républicain théorique et pratique. Quelque
poète futur lui fera sans doute dire avec un
sourire de dédain et de pitié :

« Pour être roi, tu te crois quelque chose ! »

Ce poète dira sans doute quelque chose d'assez drôle, mais de fort inconvenant dans la bouche de son héros. Je vais exposer l'histoire de son mariage avec madame Jobertot*, et vous allez le voir faible et mutin comme un écolier; vous allez reconnaître qu'il n'a été constant dans ses prétendus principes, que pour l'être à ses plaisirs.

L'épouse actuelle de M. Lucien est fille d'un commissaire de marine qui, sous le régime de la terreur, perdit sa place et la liberté. Sorti de prison, M. Bléchamp envoya sa femme et sa fille dans la capitale. La demoiselle présentait pour tout attrait, aux amateurs, assez d'esprit et d'amabilité et une figure charmante. Sa mère s'empressa de la conduire dans les fêtes et les bals qui abondaient à cette époque à Paris. On se livrait à la gaîté avec d'autant plus d'empressement, qu'on en avait été sevré pendant long-temps. Les bals de la Vaupalière, de l'Elysée, de Tivoli, de Marbeuf, du Wauxhall, le cirque du Palais-Royal, les concerts et bals de Saint-George et Wentzel, étaient le rendez-

* Le manuscrit porte *Jobertot*. Nous croyons cependant que c'est *Jouberthou* qu'il faut.
                              (*Note des Éditeurs.*)

vous de toutes les jolies femmes et de la jeunesse la plus aimable. La jeune Bléchamp y fut bientôt distinguée ; elle dansait comme un ange : aussi toutes ses soirées étaient bien employées. Parmi ces coureurs de fêtes, il y avait quelques individus moins occupés de l'amusement qu'elles offraient, que du soin d'y nouer des intrigues lucratives. C'est à cette classe d'amateurs qu'appartenait un chevalier d'industrie nommé Jobertot, entremetteur d'affaires, qui, je crois, se décorait du titre d'agent de change. Jobertot avait distingué madame et mademoiselle Bléchamp, et il s'imagina de faire de la dernière un effet de commerce très-bon sous le rapport du paiement, attendu qu'il aurait aisément beaucoup d'endosseurs.

Etranger aux jeux de Therpsichore, notre spéculateur dirigea ses premières attaques vers la mère, dont la franchise et la rondeur toutes provinciales lui aplanissent beaucoup de difficultés. Ebauchée dans une première occasion, la connaissance devient plus intime dès la seconde entrevue. Jobertot propose des glaces qui sont acceptées ; il propose son bras pour reconduire ces dames ; son bras n'est point refusé ; il sollicite l'honneur de venir faire quelques visites avec le même succès, et ne tarde pas à être l'homme indispensable de la maison. Confirmé dans la haute opinion qu'il a conçue de mademoiselle Bléchamp, il ne tarde point à solliciter sa main, qui lui est accordée au bout de deux ou trois mois. Le jour du mariage arrive; un hôtel est préparé pour recevoir la jeune épousée; elle a déjà de beaux diamans, une voiture et des gens pour la servir. Un monsieur fort obligeant, le respectable ami de Jobertot, la conduit à l'autel, lui sert de père le matin, et... de mari le soir !...

Quant à l'époux véritable, il se retira dans un modeste entresol de la maison de sa chaste moitié. Le bonheur de sa femme suffisait à cet époux généreux. Modèle unique de discrétion et de délicatesse, il se contentait chaque matin d'envoyer son valet de chambre chez madame pour s'informer de ses nouvelles et savoir comment elle avait passé la nuit. Rarement il s'émancipa jusqu'à solliciter l'honneur de lui présenter ses hommages respectueux, et lorsqu'elle avait la bonté de le retenir à dîner, il en était tout fier et pénétré de reconnaissance. Retiré du monde, à peu près comme le rat de la fable, Jobertot coulait des jours heureux. Outre les avantages qu'il trouvait dans son *ménage*, il faisait encore quelques affaires qui lui permettaient de faire dans Paris une figure digne d'envie.

Au premier ami de madame Jobertot en succéda un second, puis un troisième, puis le général Franceschi, puis le comte Alex. Delab***. La chaîne non interrompue de ces liaisons lucratives, et l'esprit d'ordre, pour ne pas dire de lésinerie, dans lequel madame Bléchamp avait élevé sa fille, concoururent également à la prospérité de la maison de Jobertot.

M. Alex. Delab*** conduisait souvent madame Jobertot à son château de M***. Pour lui rendre ce séjour moins monotone, il s'avisa, une fois, d'inviter M. Lucien à les y rejoindre. Comme cette retraite devait être de quelque durée, on convint que les maîtresses de ces messieurs seraient de la partie. Ainsi fut dit, ainsi fut fait. La partie carrée était charmante; on quittait le lit pour se mettre à table, la table pour aller à la pêche ou à la chasse, puis on revenait à la table avant de retourner au lit. Tout agréable que fût cette vie, la satiété finit par gagner nos bergers citadins. La saison, qui était devenue pluvieuse, fournit un prétexte pour proposer le retour à Paris, et ce retour fut décidé à l'unanimité. Encore deux jours passés au sein de la nature et l'on allait être rendu aux plaisirs de la ville. Ce terme parut sans doute

encore trop éloigné, car à défaut de pouvoir
apporter de la diversité dans leur vie champêtre, ces messieurs eurent l'idée d'en mettre
dans leurs amours, et proposèrent un échange
de maîtresses. Là-dessus, les dames de se récrier,
de faire les difficiles, et pourtant de céder
après l'opposition exigée par les convenances.
Par cet arrangement, madame Jobertot devint
le lot de M. Lucien. La chronique du temps
dit qu'elle devint subitement plus charmante
que jamais, et qu'elle prit tout-à-coup le goût le
plus vif pour le substitut de M. Alex. Delab***.
M. Lucien possédait déjà d'immenses richesses;
il était sénateur avec sénatorerie; il était le
frère du chef de l'Etat, et c'étaient là des titres
on ne peut plus solides pour obtenir les préfé-
rences de madame Jobertot. De son côté, M. Lucien fut tellement enchanté de sa maîtresse d'em-
prunt, qu'il ne voulut plus s'en séparer. La
double rupture ayant été consommée, il ra-
mena sa précieuse conquête à Paris. Madame
Jobertot vint demeurer Place du corps législatif; c'était pour être moins éloignée de Lucien,
ou plutôt c'est celui-ci qui ne pouvait exister
loin d'elle. On dit même que M. le comte de
Bourbon-Busset accorda même à ses instances
la permission de construire un passage qui com-

muniquât de la galerie de Tableaux de M. Lucien dans l'appartement de madame Jobertot.

Cependant le roi d'Etrurie venait de mourir,
et Napoléon songeait à faire de son frère le
souverain de la Toscane et le successeur des
Médicis. La proposition d'épouser la femme du
roi défunt et de monter sur un trône fut re-
poussée par M. Lucien ; l'esclave de madame
Jobertot préférait le bonheur de vivre près
d'elle à celui que donne le pouvoir suprême.
La querelle violente et si scandaleuse que le
refus fit éclater entre lui et Napoléon, a fourni
aux amateurs quelques traits de dialogue d'une
franchise et d'une vivacité toutes particulières.
Je me bornerai à citer les suivans :

« Comment, monsieur, dit le frère aîné, je
vous offre un trône, une femme charmante, à
la fleur de l'âge et de plus infante d'Espagne,
et vous me refusez pour une cateau !......... —
Oui, je préfère une cateau ; mais au moins la
mienne est jeune et jolie, » reprit Lucien, voulant faire allusion à madame de Beauharnais.
C'est à l'issue de cette scène que Napoléon, qui
venait de tirer sa montre, la jeta violemment
par terre, et dit, en montrant les débris épars
et mutilés, qu'il réduirait à cet état tout ce qui
résisterait à ses volontés.

M. Lucien avait promis à madame Jobertot de l'épouser dans le cas où elle le rendrait père d'un garçon, et madame Jobertot avait mis tant d'empressement à répondre au vœu de Lucien, que même, avant le terme ordinaire prescrit par la nature, un garçon était venu combler de joie son cœur paternel.

Cette circonstance, se joignant au plaisir de braver son frère, M. Lucien ne voulut plus différer son mariage. Il mande M. Duquesnoi, maire du dixième arrondissement, et le prie d'apporter le soir même, à huit heures, les registres des actes civils, afin de l'unir à demoiselle Bléchamp, veuve Jobertot. (Jobertot vivait toujours; vous verrez plus loin ce qu'on en fit.) Maître Duquesnoi, qui dînait assez souvent à l'hôtel, promit d'obéir à l'invitation qu'on lui faisait.

M. Lucien était l'objet d'une surveillance extraordinaire; tout ce qui se disait ou se faisait chez lui était su une demi-heure après au château. Napoléon apprend bientôt ce qui se passe; sa fureur est extrême; mais il se contente, dans le premier moment, d'envoyer au sieur Duquesnoi une ordonnance par laquelle on lui prescrit de ne marier personne, sans qu'au préalable le nom des contractans ait été

affiché l'espace de huit jours à la porte de la
municipalité ; le déplacement des registres était
expressément défendu, etc., etc. La désobéis-
sance eût été trop dangereuse ; M. Duquesnoi
se rend chez M. Lucien, ainsi qu'il s'y était
engagé ; mais l'allégresse obligée, dont un magistrat se pare en pareille circonstance, est absente et de son âme et de son visage ; il a l'air
contrit et presque la larme à l'œil ; il ne voudrait pas s'expliquer devant l'assemblée que
son silence alarme déjà ; M. Lucien passe avec
lui dans son cabinet, et c'est là que l'ordre ty-
rannique est exhibé..... L'obstination de Napoléon a donné plus d'activité à celle de Lucien qui, sur-le-champ, envoie chercher à la
poste tous les chevaux disponibles, fait mettre
les siens à toutes ses voitures, et lance sur la
route du Plessis des piqueurs chargés de tenir
les relais tout préparés. Les amis du couple
persécuté se sont passé le nouveau mot d'ordre
à l'oreille ; le banquet nuptial est expédié aussi
rapidement que le déjeuner du général qui bat
en retraite ; M. Lucien et ses témoins montent
dans les premières voitures et s'éloignent ; les
assistans en font autant à mesure qu'il arrive des
chevaux de la poste. Il était onze heures du soir
quand le transport de Paris au Plessis fut en-

tièrement effectué. Le curé du Plessis, homme
très-dévoué à M. Lucien, était à cette époque
adjoint au maire ; il réunissait en une seule personne l'autorité civile et le pouvoir spirituel.
M. le curé se prêta de la meilleure grâce du
monde à ce qu'on attendait de lui. Il dresse
d'abord l'acte civil, puis, sur un autel préparé
à la hâte, il célèbre les saints mystères et donne
la bénédiction nuptiale. Tout était terminé
vers minuit et demi; un souper et un bal s'en-
suivirent.

Cette fois, comme vous le voyez, les espions
de Napoléon furent en défaut, et l'on n'en sera
plus étonné en songeant que l'expédition du
Plessis était imprévue, même pour les parties
les plus intéressées, et que l'exécution en fut
extrêmement précipitée. D'ailleurs il était si tard
lorsque M. Duquesnoi est venu communiquer
l'ordonnance foudroyante, que l'exécution d'un
autre projet semblait nécessiter l'attente d'un
autre jour. Des avis, quoique un peu tardifs,
parvinrent cependant aux Tuileries; et, chose
inconcevable, c'est le pauvre curé du Plessis,
qui, dans cette circonstance, fut l'unique objet
des poursuites et menaces du superbe Napoléon. Six heures du matin étaient à peine son-
nées, qu'un officier de gendarmerie se présente

u presbytère. Il y avait peu d'instans que le
pasteur se reposait des fatigues de la nuit ; sa
gouvernante cependant ne put faire autrement
que d'interrompre son sommeil, car l'hôte ma-
tinal, auquel elle avait ouvert, avait prononcé
le nom du chef de l'Etat. M. le curé s'habille
et va recevoir M. l'officier, qui lui dit : « Vous
allez me suivre et vous rendre avec moi aux
Tuileries. — Mais, monsieur, puis-je savoir
pourquoi? — C'est ce que j'ignore ; mes ordres
sont de vous amener aux Tuileries, et dans le
cas où vous seriez récalcitrant, je dois vous
faire conduire de brigade en brigade par la gendarmerie de Senlis. Convaincu par ces paroles,
le curé du Plessis prend le chemin des Tuileries. L'officier le dépose dans une pièce isolée,
lui prescrit de l'attendre, s'absente l'espace
d'une demi-heure, vient le reprendre et le re-
met entre les mains d'un chambellan, lequel
l'introduit devant Napoléon. « C'est donc vous,
dit le prince d'un air menaçant et terrible, qui
tout-à-la-fois magistrat et prêtre, avez osé marier M. Lucien? Par quel hasard exercez-vous
deux fonctions totalement étrangères l'une à l'autre? — Général, le seul de mon village qui sa-
che passablement écrire, j'ai été choisi pour
remplir les fonctions d'adjoint; M. le maire

13

étant malade en ce moment, force est bien que je marie en son nom; après quoi je marie en ma qualité de curé du Plessis. — Quel a été le prix de vos infâmes complaisances? — Je n'ai jamais reçu de M. Lucien que ce qu'il a bien voulu donner aux pauvres de ma paroisse. — Retirez-vous!......... dès ce jour vous cesserez vos fonctions d'adjoint. »

Napoléon n'osa défaire ce qui venait d'être fait; mais madame Lucien conserva long-temps la crainte de voir casser son mariage. C'est à cette crainte sans doute qu'il faut attribuer certains actes de prévoyance qui ont dû coûter beaucoup à sa sensibilité et à sa délicatesse.....

Mais le bon, le complaisant Jobertot qu'était-il devenu? Les opinions sont ici tellement divergentes, qu'il serait imprudent de porter un jugement. Les uns affirment qu'il était mort; d'autres prétendent qu'un divorce l'avait rendu étranger à la destinée de la nouvelle madame Lucien; quelques-uns enfin nient cette dernière circonstance, et prétendent que Jobertot s'éclipsa de l'Europe moyennant une bonne pacotille, et qu'il mourut à Saint-Domingue peu après son arrivée dans cette île.

Il a été dit plus haut que madame Lucien travailla de bonne heure à se ménager quelques

ressources dans le cas où elle deviendrait l'objet des persécutions du frère de son mari. Il
fallait se dépêcher pour n'être pas prise au dépourvu, et dans ce cas on ne doit pas faire la
difficile sur les moyens. Après avoir supputé la
dose de conscience ou de rigidité de tous les gens
attachés à la maison de son mari, elle fit congédier ceux qui ne voulurent pas se laisser conduire et concourir à son œuvre de prévoyance.
Les anciens fournisseurs de l'hôtel furent la plupart remplacés par des fournisseurs de sa façon,
que des clauses secrètes des marchés obligeaient
à de grosses remises à madame. Au bout d'un
mois de ce régime productif, madame Lucien
avait déjà acheté un hôtel considérable dans le
faubourg Saint-Honoré. Elle y fit transporter
une partie des meubles, du linge, des voitures
et de l'argenterie de l'hôtel de Brienne; et
comme il fallait motiver de pareils actes, les
deux enfans qu'elle avait eus avant d'appartenir
à M. Lucien se trouvèrent là fort à propos. Il
était de son devoir, disait-elle, de ne pas les
laisser sans asile. Les filles de M. Lucien avaient
reçu beaucoup de bijoux de leurs parens; et
plusieurs de ces bijoux paraissaient très-beaux et
d'un grand prix. Madame voulut les voir et s'en
constituer gardienne : on n'osa la refuser, et il

13.

arriva, on ne sait comment, que leur valeur et leur beauté diminua étrangement. Au surplus, ceci n'est qu'un bruit vague, qu'on peut regarder comme une insinuation calomnieuse, car tous les amis de la famille assurent que les bijoux étaient fort ordinaires. Quant au mari, il fallut bien qu'il s'imposât quelques retranchemens dans son luxe particulier. La ganse étincelante qui décorait son chapeau fut métamorphosée en ornemens à l'usage des dames, et le portrait du roi d'Espagne dépouillé de son magnifique entourage en diamans.

Madame Lucien a préféré faire ses affaires elle-même plutôt que de mettre sa confiance dans la générosité de son époux. M. Lucien jetterait volontiers tout par les fenêtres dans les grandes circonstances ; mais cette prodigalité accidentelle confirme l'opinion des gens qui l'accusent d'avarice. Peut-être aussi que madame Lucien avait eu vent de ce qui était arrivé à mademoiselle Mézerai.

Afin que vous puissiez prononcer sur ce point difficile, et pour réhabiliter madame Lucien dans toute l'estime à laquelle elle a droit, je vous apprendrai que parmi le peuple de ses adorateurs, mademoiselle Mézerai a aussi compté M. Lucien. Cette charmante actrice de la co-

médie française n'était pas femme à se contenter d'une adoration éphémère et verbeuse. Les
titres de propriété d'un *hôtel* et deux *pendans
d'oreille* servirent à prouver la sincérité des
hommages de son excellence. Grâce aux infidélités qu'ils se passaient réciproquement, leur
liaison ne laissa pas que de durer long-temps.
Mais hélas ! si M. Lucien finit par perdre les il-
lusions de son amour, mademoiselle Mézerai
dut bientôt en faire autant sous le rapport de
la fortune. Les visites du ministre devenaient
rares et brusques de plus en plus ; il advint cependant qu'un jour il passa toute la soirée avec
sa maîtresse. Après les premiers momens ac-
cordés au plaisir, le couple s'asseoit auprès du
feu. Les pendans d'oreille signalés plus haut, se
trouvaient accrochés à la cheminée. M. Lucien
les regarde avec attention, et tout-à-coup s'é-
crie : « Ah, ma chère ! qu'est-ce que ces anti-
quailles ? ma grand'mère n'aurait jamais voulu
en porter de pareilles. Je sais qu'une jolie
femme embellit tout ce qu'elle porte, mais c'est
par trop vaisselle. Je veux les porter à Fritz pour
qu'il vous les monte à la mode. » Mademoiselle
Mézerai proteste qu'elle trouve ses pendans
d'oreille charmans ; elle préfère les garder tels
qu'ils sont, parce qu'ils lui rappellent mieux les

premiers sentimens de celui dont ils sont le premier hommage, M. Lucien ne veut rien entendre, et il empoche les diamans. . . . . . . Oncques depuis il n'est revenu chez sa maîtresse, qui n'eut pas même la consolation de recevoir la visite du bijoutier Fritz, et qui fut bientôt obligée d'appeler celle du médecin. . . .

. . . .

Mademoiselle Mézerai trouvait quelque consolation dans l'idée que son hôtel ne pouvait lui être enlevé ; mais mademoiselle Mézerai s'abusait encore de ce côté. Les titres qu'on lui avait remis cachetés, et qu'elle avait égarés dans ses chiffons par une légèreté et une insouciance dignes d'une danseuse de l'Opéra ; ces titres, disons-nous, n'étaient autre qu'un très-court bail, et elle fut tirée d'erreur par une sommation de quitter les lieux, ou de payer d'avance la location d'un hôtel qu'elle ne put même pas garder à loyer *. . . . .

* C'est à partir de cette époque que l'astre de mademoiselle Mézerai a commencé à pâlir. Cette actrice, qui avait ruiné plusieurs millionnaires, n'avait jamais rien mis en réserve. Retenue très-long-temps loin de la scène française et de la scène des grandes intrigues ; accoutumée d'ailleurs à un train de dépense considérable, mademoiselle Mézerai se vit bientôt dans l'embarras et con-

. . . .

. . . .

. . . .

. . . . Je vous ai remémoré

trainte à des sacrifices somptuaires très-pénibles pour elle.
Cette fois, sa rentrée ne fit pas époque dans les fastes de
la mode. Le fameux Leroi était disposé à lui fournir une
parure nouvelle à toutes les reprises ou premières représentations, et ce n'est pas en espèces que M. Leroi voulait
qu'on le payât. Mademoiselle Mézerai ne s'apercevait pas
qu'elle était déjà moins jolie ; elle refusa le marchand de
modes, et attendit vainement les propositions d'un ami
plus à sa convenance. Sa maladie, ou le traitement de
sa maladie, lui avait surtout affecté la tête. Peu après la
guérison, elle se sentit le besoin de ces exaltations fac-
tices qui consolèrent Ariane abandonnée, et s'y livra de
plus en plus avec passion. Le peu de beauté qui lui restait disparut promptement ; le ton et les manières de la
brillante coquette n'éprouvèrent pas moins d'altération.
Elle souffrit et autorisa la familiarité de ses domestiques,
qui lui volèrent son écrin et sa garde-robe, dernier coup
qui acheva de développer l'aliénation mentale dont on
avait déjà remarqué des symptômes chez elle. Il fallut
enfin l'enfermer dans une maison de santé. Quoique d'une
naissance très-obscure (Elle était fille du limonadier de
la Comédie), mademoiselle Mézerai était très-haute et
avait une prédilection marquée pour les gens titrés. Ces
dispositions se sont manifestées de nouveau lorsque sa
folie a été complète. Elle n'a plus voulu recevoir que des
gens de qualité ; ses amis et ses camarades étaient obli-

les habitudes particulières de Napoléon, parce que son frère en partage quelques-unes avec lui. Par exemple, M. Lucien n'aime que médiocrement les plaisirs de la table; il se lève trois ou quatre fois dans le cours du dîner; c'est avec peine qu'il se conforme à l'ordre méthodique observé par son maître d'hôtel; il faut aller lui dire qu'il y a encore tel mets, tel service à apporter. Son antipathie pour le vin est singulière; dès qu'on en verse à ses côtés, il est obligé de respirer le parfum des citrons qui forment l'enceinte ordinaire de son couvert.

Sous le rapport littéraire, je ne pense pas que les harangues et les vers de M. Lucien soient préférés aux discours un peu âpres, mais souvent éloquens de Napoléon. La couronne poétique de l'un n'effacera pas l'éclat des couronnes triomphales de l'autre. M. Lucien a cependant une foi robuste en ses talens. Les

gés, pour qu'on ne les éconduisît pas, d'ajouter à leur nom le titre de vicomte, de marquis, de prince. Une chose assez singulière, c'est que, malgré le dérangement de sa tête, elle passait la plus grande partie de la journée à jouer aux échecs et aux dames. Mademoiselle Mézerai est morte en . . . .

narrations par octaves de son *Charlemagne* lui
paraissent une innovation admirable, une véritable création. *Charlemagne* lui a coûté cher;
les planches seules n'ont pas été établies pour
moins de 36,000 francs, somme à laquelle il
faut ajouter la valeur du papier, de l'impression
et la reliure, car c'est tout relié et même magnifiquement, que ce poëme, qui ne se débitait
pas pour de l'argent, a été adressé tant aux sociétés savantes qu'aux personnes favorisées par
l'auteur. La principale lecture de M. Lucien a
été fort long-temps celle des publicistes. Ce
n'était pas le moyen de se réchauffer l'imagination. Par malheur aussi les littératures anciennes ne lui sont guère de ressource, vu qu'il
ne sait point le grec et très-peu le latin. La
possession récente d'une belle et nombreuse
collection de tableaux lui a fourni l'occasion de
prendre les airs d'un connaisseur en peinture.
La musique française n'est pas du goût de
M. Lucien; c'est depuis peu qu'il la tolère dans
les concerts qui se donnent chez lui. . . . . . .
. . . .

J'ai resserré beaucoup cette partie de mes communications, afin de mieux me conformer à
votre volonté. Ce n'est pas une opinion toute
faite que vous demandez, mais des élémens,

pour que vous puissiez former la vôtre à vous-
même. Je ne vous ai rien caché de ce que j'ai
appris; faites-en ce que vous voudrez, mais
faites-en toujours cas sous le rapport de l'exactitude et de la vérité.

LETTRE XXVI.

Paris, mars 1822.

Abrégé de l'Origine de tous les cultes.—Dupuis.—Leblond.
— L'imprimeur Agasse. — Madame S... et M. G...

MONSEIGNEUR,

Il est un ouvrage qui depuis quelque temps fait grand bruit, obtient un grand succès, et est poursuivi par l'autorité qui, en voulant le supprimer, lui donne une plus grande vogue : c'est l'*Abrégé de l'Origine de tous les cultes*, de Dupuis, ouvrage que tout le monde veut avoir et que personne ou bien peu lisent jusqu'au bout. Ce n'est pas qu'il manque de mérite, au contraire il en a beaucoup ; mais c'est un mérite qui peut être apprécié par les savans seulement, et qui endort les jeunes gens ou les gens du monde qui veulent entreprendre de lire l'ouvrage où il est répandu. On vient de me conter, à l'occasion, non de l'*Abrégé*, mais de l'ouvrage complet qui forme 6 à 7 vol. in-4°., bien capables de rendre asthmatiques ceux de nos petits maîtres qui voudraient le lire sans désemparer, une anecdote curieuse qui ajoutera un trait caractéristique à l'histoire de nos troubles révolutionnaires.

Dupuis venait d'achever son ouvrage et en avait lu plusieurs chapitres à son ami l'abbé Leblond qui le pressait de le faire imprimer. Tous deux étaient membres de la société des Cordeliers, et à chaque séance Leblond s'informait, auprès de Dupuis, s'il allait bientôt publier son travail. Il lui demanda enfin la communication du manuscrit entier, puis, après l'avoir lu, il le rendit à l'auteur, en lui disant : « Mon cher Dupuis, votre ouvrage est excellent et convient singulièrement dans la circonstance actuelle ; je vous préviens que si vous ne le livrez pas promptement à l'impression, je vous dénonce à la société. Quoi ! vous pouvez rendre un service important et vous ne vous empressez pas de le faire ; je vous en préviens, prenez garde à vous. » Dupuis lisait et revoyait sans cesse son travail ; en auteur modeste et respectueux envers le public, il corrigeait, changeait et retranchait. Deux

mois étaient à peine écoulés, que Leblond, impatienté de la lenteur de Dupuis, se rend à la
société des Cordeliers avec son ami ; il demande
la parole, monte à la tribune et s'exprime en ces
termes : « Citoyens, notre collègue Dupuis est
auteur d'un excellent ouvrage ; depuis long-
temps je le tourmente pour le publier ; mais
sous prétexte de corriger et de revoir, il n'en
fait rien ; je demande qu'il soit tenu d'apporter
avec lui son travail, de le déposer sur le bureau et de le faire imprimer par notre collègue
le citoyen Agasse. Le fragment que je vais vous
lire prouvera plus que mes discours. » La lecture fut couverte d'applaudissemens, et l'assemblée transportée arrêta que le livre de Dupuis
serait mis à l'impression et confié au citoyen
Agasse, lequel rendrait compte de ses travaux
tous les mois.

On sait qu'un ouvrage comme celui de Dupuis est fort long à imprimer, à cause des notes, des citations en grec ou en latin. Un membre très-zélé, impatienté au bout de quelques
mois de ne pas voir paraître l'*Origine de tous
les cultes*, monte à la tribune, dénonce l'imprimeur qui sans doute, *mauvais citoyen*, appor-
tait la plus grande lenteur à publier l'œuvre de
Dupuis. Il demande que l'imprimeur soit ar-

rêté et mis en prison pour n'avoir pas rempli
le vœu de l'assemblée. Agasse a beau alléguer
les meilleures raisons, elles ne sont point
écoutées. Cependant, d'après la motion de Leblond, Agasse obtient la permission de faire
apporter dans la salle des séances deux presses et des casses pour huit compositeurs.

Il arrive le lendemain escorté de douze hommes, leur distribue la besogne, fait composer,
mettre en pages et tirer en épreuve. Après avoir
lu en première, un apprenti lisant la copie, on
corrige sur marbre; puis la première d'auteur
étant remise à Dupuis, ce dernier resta plus de
quatre heures à la revoir, et demanda une seconde qui devait être suivie d'une tierce.

L'assemblée passa la nuit, et ce ne fut pas
sans bâiller; aussi, d'après ce qu'elle avait vu,
elle déclara qu'il n'y avait point lieu à pour-
suivre l'imprimeur Agasse, auquel il fut seulement enjoint d'apporter la plus grande diligence
dans son travail.

Quittons ce chapitre, qui n'est que curieux,
et retournons à notre chronique. Aujourd'hui,
ce sera le tour d'une belle dame et d'une servante, d'un sénateur et d'un académicien : la belle
curée.

Parmi les plus jolies femmes du dix-huitième

siècle, on remarqua madame S***, femme d'un littérateur, qui fut secrétaire d'une académie, laquelle, pour être peut-être celle des endormans, n'est pourtant pas celle des ignorans. Née sensible, on lui prêta quelques aventures qui lui attirèrent bon nombre d'épigrammes. Devenue très-circonspecte dans ses liaisons afin d'ôter tout prétexte à la médisance, celle-ci ne se tint pas pour battue, et fit remarquer que madame S*** recevait toujours avec une prédilection, cependant bien naturelle, les jeunes gens, qui, ayant remporté un prix à l'Académie, étaient *immortels en herbe*. En vain voulut-elle opposer aux réticences calomnieuses de certaines gens, qu'il était bien juste qu'elle accueillît ceux qui venaient chercher les conseils de son mari; on ne l'écouta pas et on jasa toujours. Après l'abbé Arnaut et quelques autres, elle eut pour dernier commensal le jeune auteur de l'Eloge de Suger. A cette époque, madame S*** commençait à atteindre cet âge où la bande des amours s'enfuit du colombier, et elle avait pour soubrette une jeune brune, que des amis ont qualifiée depuis de brune piquante, quoiqu'elle fût des plus ordinaires. G*** ne fut pas long-temps sans ressentir la puissance des charmes de la jeune personne, dont il préféra la conversation à celle de sa respectable protectrice. Mais la soubrette, aussi vertueuse que belle, et ce dernier mot est ici pour faire la phrase, refusa toutes les propositions qu'on lui fit, et déclara, à l'amant passionné, que nul n'aurait ses faveurs qu'au moyen du mariage : c'était le *sine quâ non*. A toutes les nouvelles instances, même réponse. Ceci se passait à l'époque des grands événemens, en 1789.

La rapidité des événemens amena bientôt la République et le moment où tous les états et les rangs étaient confondus. Excité par le désir, irrité par les refus, G*** devenu ministre de la justice, demanda et obtint la main de la jeune personne. Lorsque la monarchie, revêtue des insignes impériaux, sortit des cendres de la république, G*** fut nommé sénateur, officier de la Légion d'honneur, et enfin comte de l'empire.

L'ex-académicien en herbe, et l'ex-soubrette de madame S***, n'avaient pas perdu le souvenir de la maîtresse de la maison qui avait été le berceau de leurs amours. Ils invitaient souvent à dîner madame S***, qui se trouvait à toutes leurs réunions, et hier on me montrait plusieurs billets d'invitation ainsi conçus : *Madame*

*la comtesse G*** a l'honneur d'inviter madame
S*** à dîner chez elle tel jour.*

Ce fut pour bien des gens un spectacle singulier, que de voir madame S***, qui jadis traitait la soubrette avec le ton qui convient entre
servante et maîtresse, ne plus l'appeler que
madame la comtesse , se trouver fort honorée
d'aller dans sa voiture, et la traiter aussi res-
pectueusement qu'un pauvre diable qui sollicite
la protection d'un grand seigneur.

Je suis, etc.

~~~~~~~~~~~~~~~~~~~~~~~~~~~~~~~~~~~~~

LETTRE XXVII.

Paris, 17 avril 1822.

Le général Rapp. — Madame Benoît. — M. de Marcoff et
Madame R****-de-Saint..... — La famille Perregaux et
mademoiselle M***.

MONSEIGNEUR,

Vous vous plaignez de ce que depuis quelque temps mes lettres renferment plus de mots
que de chose, et c'est peut-être vrai. Je disserte et je ne raconte plus : voilà ce que c'est
que d'écrire dans les journaux. Pour faire
amende honorable, je vous envoie aujourd'hui
toutes les petites anecdotes que ma verbosité
m'a forcé à mettre de côté depuis quelques jours ;
vous les aurez au naturel, sans phrases et sans
préambule.

— Le général Rapp fut pendant long-temps

premier aide-de-camp de Napoléon, et en cette qualité, il couchait souvent sur un lit de sangle dressé dans la pièce qui précédait la chambre de l'empereur. Un soir que la tête, échauffée par les liqueurs et par la vue d'un essaim de beautés qu'il avait aperçues, il se livrait à ses ré- flexions, l'empereur l'appela à diverses reprises sans que Rapp l'entendît, car oserai-je le dire, le général se livrait à la manie du jeune Onan. Impatienté, l'empereur entr'ouvre la porte, et à la lueur d'une lampe, voit son aide-de-camp. .

. . . .

Napoléon ferma la porte doucement et s'endor- mit. Le lendemain, de fort bonne heure, il fit appeler son valet-de-chambre, et lui dit: « Allez chercher, dans ma bibliothèque, le *Traité de l'Onanisme* du docteur Tissot, et of- frez-le de ma part à Rapp. »

Napoléon ayant raconté tout ceci au cham- bellan de service, l'anecdote se répandit parmi les courtisans, et le général ne fut pas peu étonné de recevoir, dans la journée, deux ou trois cents exemplaires de l'ouvrage du docteur Tissot. C'est à ce hasard qu'est due une des nombreuses éditions de l'ouvrage du docteur.

—M. le baron Benoît, conseiller d'Etat, direc- teur-général des contributions indirectes, ancien

14.

chef de division au ministère de l'intérieur, a
épousé cette fameuse Emilie, divinité pour laquelle le poète Dumoustier soupira ses *Lettres
sur la Mythologie*. Cette belle Émilie peignait
assez bien, et lorsque Napoléon monta sur le
trône, M. Benoît sollicita et obtint que sa moitié fût chargée de représenter l'empereur, dont
tous les préfets, sous-préfets et maires sollicitaient le portrait. Ainsi, Alexandre avait son
Apelle, et madame Benoît eut la noble ambition de vouloir imiter Apelle sur ce point. Les
temps sont bien changés......

—Madame R***-de-Saint-J***-d'A*** fut très-
galante, et dans ses nombreuses liaisons, elle
n'eut jamais affaire qu'à des gens bien nés:
elle était en cela bien différente de plusieurs
grandes dames de la cour. Ne sait-on pas que
le maréchal duc de Richelieu, rentrant un jour
chez lui, trouva la duchesse entre les bras d'un
laquais et dans une position peu équivoque. Il
se garda bien de la déranger, ferma la porte
avec soin, et attendit une heure pour se présenter à sa chère moitié, et lui demander des nouvelles de sa santé; ensuite lui dit avec cette légèreté qui constituait le caractère du vrai courtisan : « A propos, madame la duchesse, quand
vous voudrez avoir quelques privautés avec vos

gens, veuillez prendre plus de précautions. Je vous ai aperçue tout à l'heure avec votre laquais ; jugez du scandale qui aurait eu lieu, si un autre que moi fût entré. Vous devez en sentir les conséquences. Adieu, je retourne à la cour où mon service m'appelle. »

Mais retournons à madame R***. M. de Marcoff, attaché à la légation russe à Paris, homme très-aimable, mais fort laid, faisait une cour très-assidue à madame R***. Il désirait depuis long-temps lui faire un cadeau, et s'étant aperçu qu'elle désirait un très-beau collier en diamans, il en fit l'acquisition et le lui offrit. Madame R***, très-sensible à ce procédé, combla M. Marcoff de ses bontés. Elle tenait enfin l'objet de ses désirs ; mais le moyen de s'en parer et de le montrer à son mari ? Elle chercha dans la tête un moyen qui sauvât toutes les apparences ; elle imagina donc de dire que sa revendeuse à la toilette lui avait laissé un très-beau collier dont on voulait 10,000 francs payés sur-le-champ, et que l'on vendait par besoin d'argent. Le comte demanda à voir le collier, promit de l'acheter, puis l'enferma dans son secrétaire. Avant de se rendre aux Tuileries, M. R*** alla sur-le-champ chez le joaillier Foncier pour connaître la valeur de ce collier, qui, disait-il, lui était offert en paiement d'une somme qui lui était due. « Cet objet me semble beaucoup plus précieux que ce que je suis en droit d'exiger. Je ne veux pas être en reste, estimez-le, et dites-moi ce qu'il vaut et à quel prix vous le prendriez. — Je l'estime 80,000 francs, répond Foncier. — Le prendriez-vous à ce prix? — Oui, certainement. — En ce cas, il est à vous, remettez-moi les fonds. » L'affaire terminée, R*** se rendit au conseil d'Etat, puis rentra chez lui pour dîner. — Ma bonne amie, dit-il à sa femme, j'ai fait évaluer ce collier qu'on t'a présenté; je l'ai vendu 80,000 francs, en voilà 10,000 que tu remettras à ta marchande à la toilette et en voilà 5000 pour tes épingles. » R*** était trop fin pour ne pas avoir deviné le dessous des cartes, et 65,000 francs étaient une belle indemnité *.

— Tout Paris sait que le riche banquier et sénateur Perregaux entretenait M*** aînée. Mais beaucoup de personnes ignorent la délicatesse qu'elle a eu avec la famille Perregaux

---

* Cette anecdote a été insérée dans un recueil, mais totalement défigurée. Les éditeurs ne l'ont conservée ici que parce qu'elle rétablit exactement les faits.

dans les derniers instans de la vie du noble sénateur.

Pendant les deux dernières années de sa vie, la tête de M. Perregaux s'était dérangée ; il avait pris sa famille en haine, et il donnait à sa maîtresse, argent, billets de caisse, bijoux, contrats, etc.

Après sa mort, M*** se rendit chez M. Perregaux fils, et déposa entre ses mains tous les dons qu'elle tenait du père, et qu'elle regardait comme ne lui étant pas acquis légitimement.

Ces dons s'élevaient à une somme très-considérable ; aussi on remercia mademoiselle M*** de la délicatesse de son procédé, et on la pria d'accepter une rente viagère de 6,000 fr.

J'ai bien l'honneur, etc.

~~~~~~

LETTRE XXVIII.

Paris, octobre 1822.

M. Boulard. — Biographe Barthélemy.

MONSEIGNEUR,

Il faut que je vous parle d'un brave homme
que je viens de rencontrer, et que sa manie extraordinaire a rendu bien singulier.

Nous avons ici un ancien notaire retiré, homme
instruit, charitable et vraiment bon, qui a un
amour effréné pour les vieux livres, autrement
dits *bouquins*. C'est M. Boul... Il habite une
vaste maison rue des Petits-Augustins, et quelle
que soit son étendue, elle commença à être trop
étroite pour la famille. M. B..., armé de bonnes
lunettes, muni de vastes poches, part chaque
matin, parcourt les quais et les boulevards, et
ne rentre chez lui que ployant sous le poids des

volumes dont il a fait l'acquisition. Après avoir rempli ses greniers, il combla ses remises; il fallut ensuite chasser des locataires, et enfin les boutiques mêmes devinrent bibliothèques. Un mien ami, homme docte et bon buveur, m'a montré avec regret, plus d'une fois, l'ancienne boutique d'un marchand de vin, qui jadis abondait en brocs et en bouteilles, et qui maintenant n'est garnie que d'in-12 et d'in-4°.

Avant de se résoudre à chasser ses locataires, M. B... garnit tous les coins de sa maison. Chaque jour madame B... trouvait ses armoires, ses cabinets, ses corridors obstrués. Sa patience se fatigua, et elle déclara à son époux qu'elle ne pouvait plus vivre ainsi, et qu'il fallait un changement. Le bon M. B..., mortellement fâché d'avoir contrarié sa femme, termina la querelle, qui fut vive, par la promesse de renoncer à ses livres.

M. B... tint parole; il a du caractère; mais, hélas! au bout de quelques semaines, une maladie de langueur s'empara de lui, et il fallut recourir au médecin. Celui-ci, ami de la maison, observa son malade, et ne tarda pas à connaître les causes du mal. La consultation finie, la famille entoure le docteur; on demande l'ordonnance. «Prenez, dit-il, un quarteron d'in-8°.;

entrelardez-le de force in-18, et servez-lui le
tout avant déjeuner. » On comprit le docteur,
et la fête du malade étant arrivée, on fit défiler
devant lui tous les bouquinistes chargés de leurs
attributs, qu'ils vinrent déposer aux pieds du
malade. A cet aspect imprévu, une crise se décide ; elle fut favorable, et depuis ce temps
M. B... continua à dépeupler les quais et à en-
combrer sa maison.

Après vous avoir entretenu de vieux livres,
je vais vous parler de livres nouveaux; ce sera
une compensation.

On parle beaucoup d'une grande entreprise
littéraire qui fait trembler bien du monde, car
elle promet la vérité. C'est une *Biographie des
Contemporains* que M. Corréard, *le naufragé*,
dont je vous ai déjà parlé, publie sous le nom
d'un nommé Barthélemy, *éditeur responsable.*
Les deux premiers volumes, livrés au public,
ont fait assez de bruit dans le monde, et pourront bien en faire au Palais. C'est une fois plus
que l'éditeur ne demande sans doute, mais fran-
chement, ses rédacteurs ont bien fait tout ce
qu'il fallait pour produire le double scandale.
Jusqu'à ce jour, nos faiseurs de Biographies
respectaient une couleur. Les faiseurs de
M. Corréard n'en ont respecté aucune. Ce sont

des misanthropes dont l'impartialité consiste à déchirer et salir tout le monde sans exception.

On a dit que M. Bory-Saint-Vincent travaillait à cette Biographie, mais M. Bory a répondu par un bon démenti, ce qui ne prouve rien. Quant à M. Sauquaire-Souligné, que l'on désigne comme le collaborateur de M. Bory, il est impossible qu'il nie les nombreuses pages toutes saturées de la bile et de l'amertume qui lui sont propres.

Votre dévoué, etc.

~~~~~~

LETTRE XXIX.

Paris, décembre 1822.

Société des antiquaires de France. — M. de la Doucette. — M. Dulaure. — M. Auguis. — M. de Roquefort. — M. Bottin ; etc. — Boulon de teyère moderne, prise pour une tête antique.

MONSEIGNEUR ,

Voyant trop de danger à franchir hier les limites du quartier savant, car décembre déployait toutes ses rigueurs, j'acceptai la proposition que me fit un de mes amis de l'accompagner à la société des *antiquaires de France*. Je n'ai pas encore eu le temps de faire beaucoup de recherches touchant ladite société ; mais je vais toujours vous détailler, avec l'impartialité que vous me connaissez, ce qui s'est passé devant moi, du moins tout ce que j'en ai pu saisir.

On a singulièrement multiplié, depuis *moins* de vingt ans, le signe ostensible du mérite en tout genre ; les honneurs et avantages attachés aux premiers ordres de chevalerie devaient à la longue enraciner, dans l'esprit du vulgaire, des préjugés que l'intrigue tâcherait d'exploiter à son tour. De même, la fondation de l'Académie française a fait instituer, par la suite, un nombre considérable d'académies. La nomenclature de celles que Paris recèle dans son enceinte, fournit seule un chapitre très-compacte à l'Almanach royal et à la Statistique du département.

Ne craignez pas que je poursuive la thèse que je viens d'ouvrir. Il y a des académies très-divertissantes à observer, et pourquoi disperser par des éclats d'éloquence, pour le moins indiscrets, de bonnes gens avec qui l'on trouve jusqu'à trois ou quatre fois par mois l'occasion de se divertir, si l'on n'a mieux sous la main pour le moment. Je consens donc de toute mon âme à ce que vingt fois soixante têtes à perruques nous forment des sociétés d'élite dans la société, pour s'écouter et louer réciproquement, pour venir ensuite dans le monde se faire un titre à la recommandation et aux égards de celui qu'elles se sont conféré à elles-mêmes, ti-

tre d'où résulte incontestablement le droit d'assertion et de bavardage , droit de solliciter
argent, places, honneurs ; je consens, dis-je,
à tout cela, pourvu que de temps à autre j'ob-
tienne, comme hier , la faveur d'assister aux
séances. Je n'ai jamais fréquenté les notabilités
scientifiques sans m'estimer plus, et elles moins.
Il est donc bon à quelque chose de les fré-
quenter.

C'est avec cette confiance, rarement démen-
tie par l'expérience, que je suis arrivé rue des
Petits-Augustins , rue que vous prendrez bien
garde de confondre avec la rue Neuve-Saint-
Augustin. Dans la première on s'occupe de la
recherche des choses anciennes, tandis que dans
la seconde on travaille exclusivement à les res-
taurer. Dans l'une, on est satisfait de ce que la
marche du temps fournisse continuellement de
nouveaux sujets pour disserter ; mais dans l'autre on se plaint amèrement qu'elle en donne si
abondamment à de si impraticables. L'antiquaire
laisse paisiblement faire à la nature et aux années ; *les hommes des anciens jours*, au contraire, voudraient arrêter dans leurs cours la nature et les ans ; l'antiquaire s'évertue à remplir
les lacunes de l'histoire de la civilisation , et
c'est peut-être à ces lacunes seules que l'homme

dés anciens jours voudrait appliquer la puissance
de ses facultés physiques et morales, etc., etc.

La société des antiquaires de France réside
rue des Petits-Augustins, dans un des recoins
d'un labyrinthe de ruines que l'on décore, depuis peu de temps, du titre d'*École des beaux-
arts*. N'allez pas vous figurer que MM. les antiquaires aient été mis exprès là ; on les a logés
sous le même toit que nos jeunes artistes ; mais
ce n'est pas pour les tenir rapprochés les uns
des autres. J'ignore si l'archéologie est profes-
sée à l'école ; mais il est de fait que la société
des antiquaires n'y figure que pour son compte
particulier, et je parierais mille contre un qu'elle
ne s'inquiète nullement de la génération d'artistes dont elle est entourée : ce serait trop sortir de son caractère et de ses habitudes.

Aucun réglement fondamental n'oblige donc
ces messieurs à répandre les lumières autour
d'eux ; mais de son côté, le ministre les traite
avec un esprit de réciprocité très-rassurant pour
notre fortune budjétaire. On ne leur accorde
que le local et le chauffage ; quant aux autres
frais, tels que publication de mémoires, correspondance, jetons, etc., c'est à eux d'y pour-
voir par la voie de cotisations annuelles.

La munificence ministérielle et royale s'est

bornée jusqu'à présent à la concession d'un local. Mais quel local, grands Dieux !........ Le
dernier des greffes de Paris pourrait lui dispu-
ter le prix de l'élégance et de la commodité. Si
MM. les antiquaires se piquaient d'assiduité, je
ne sais comment ils y tiendraient, à moins qu'on
ne les empilât comme M. ...... faisait des vieux
portraits de famille dans sa collection de si bizarre mémoire ; comme M. Boulard empile les
bouquins recueillis dans sa tournée quotidienne.
D'ailleurs, rien dans ce lieu qui annonce sa vénérable destination. Le poële, premier objet
que l'on rencontre en entrant, ressemble exactement à ceux que le faubourg Saint-Martin ma-
nufacturait en 1823 pour les artisans du faubourg Saint-Marceau. Ce meuble, si nécessaire
aux vétérans du savoir, ne porte pas même la livrée des arts; il ne vous offre pas, comme ceux
de l'Institut, les plus médiocres bas-reliefs : il
est de faïence commune, et l'on n'a pas la consolation de pouvoir dire avec Ovide : *Opus su-
perabat materiam.*

La nudité de la salle des séances nécessite-
rait que les murs en fussent blanchis, à moins
que la vétusté de la peinture ne soit un motif
pour la respecter. Passe pour cela. Mais je m'attendais à trouver, dans des châsses adjacentes

ou sur les tablettes latérales, quelque objet curieux, une momie d'Ibis, une Bible du douzième siècle par exemple ; une divinité des Indous, ou, ce qui serait encore agréable, quoique moins à sa place, le quart d'une molaire de grand Mastodonte : pourtant rien de semblable n'est venu récréer mes yeux. Je fis part de ce désappointement au savant qui m'avait introduit, et voici ce qu'il m'a répondu, après avoir poussé un profond soupir. « Ah ! monsieur, quelle douleur vous réveillez dans mon âme ! Nous avons possédé des trésors qui faisaient l'orgueil de cette société et le désespoir de ses rivales ; entre autres choses, je vous citerai *les Peignes de saint Louis, le Tau d'Ingon, le Tau de Morard, les Bottes de cet abbé, quantité de livres précieux, quantité de pièces d'or doublement précieuses......* Nous avons possédé tout cela, monsieur, et nous n'avons pu, c'est-à-dire que notre conservateur n'a pas pu nous les conserver. On dit que les monnaies d'or sont allées d'elles-mêmes s'anéantir dans le creuset d'un fondeur de la cité ; on dit que nos livres se sont égarés derrière les rayons de la bibliothèque particulière de celui qui les avait à sa garde ; que dans son amour déréglé pour les *vieux monumens français*, ce même homme s'est fait des

15

pantoufles avec les bottines de l'abbé Morard !
Le déloyal ! l'incendiaire ! et le portail de l'ab-
baye de Cluni ne lui est pas tombé sur la tête… !
Au reste, monsieur, vous ne le verrez pas dans
cette enceinte ; nous l'en avons exclu pour toujours, et notre vengeance n'en restera pas là… »
Que répondre à de si justes plaintes ? Si j'avais
eu en ma possession le sayon de Godefroi de
Bouillon ou les éperons d'un pair de Charlemagne, je n'aurais pu m'empêcher d'en faire
hommage à mon antiquaire désolé. C'est par de
tels dons seulement qu'il était possible de con-
soler de si justes regrets…..

Cependant l'assemblée grossissait peu à peu.
En attendant que le président ouvrît la séance,
je me mis à observer l'académie derrière le ri-
deau. L'admission de plusieurs artistes dans la
société des antiquaires a donné à cette société
des mœurs académiques d'un caractère mixte.
L'urbanité des ateliers de peinture s'y trouve
combinée avec la dignité de l'in-folio. Divers
groupes s'étaient déjà formés dans les compar-
timens divers de la salle. On était debout, on
donnait cours à ses idées de prédilection, on
reproduisait une foule de saillies, de jeux de
mots qui, pour avoir été mille fois répétés dans
le cours d'une intimité de trente ans et plus,

n'en étaient que plus agréables et mieux ac-
cueillis. Ici l'on plaisantait ; ailleurs on discutait,
et je saisis à la volée quelques mots dans ces
discussions partielles. M. Barbier - Dubocage
était aux prises avec un officier de la marine
anglaise, attiré comme moi à la séance de
MM. les antiquaires, par l'intérêt qu'inspirent
leurs travaux. « Monsieur, disait l'Anglais, moi
qui y ai été, je n'ai pas vu les choses comme
vous les placez. — Monsieur, répliqua le géographe français, vous n'avez pour vous que
votre opinion, moi j'en ai toujours consulté dix
avant de me prononcer ; ce que pourtant je ne
ferais pas toujours, si j'osais vendre à mes con-
citoyens et au même prix que mes cartes, de
grands rectangles de carton blanc. J'ai de bonnes raisons pour croire que je vois mieux de
mon cabinet, d'où je ne sors jamais, que vous
de la dunette vacillante de votre vaisseau ; et
puis tout le monde en France est parfaitement
content du globe terrestre tel que je l'ai figuré. »
L'arrivée de l'auteur de la dernière *Histoire de
Paris* me fit perdre la suite de ce discours. L'illustre successeur de Sainte-Foix et de Piganiol
revenait d'explorer les plaines méridionales du
faubourg d'enfer ; il s'était, comme d'usage, assis
à la table hospitalière de la meunière de Mont-

15.

Souris; à cette table si chère aux amis des arts et des antiquités à cause du grand squelette de moulin à vent qui figure, à trois cents pas de là, la plus belle tour gothique.

Le geste d'un savant que la synagogue a cédé à la société des antiquaires, attira le nouvel arrivant vers le plus nombreux des groupes que j'ai décrits plus haut. Le foyer de ce groupe était occupé par un personnage qui piqua ma curiosité; il y avait dans l'habitude de son corps quelque chose qui décelait l'officier de terre ou de mer; ses yeux brillaient d'un éclat que n'ont plus les yeux vieillis dans la science; une sorte de fermentation musculaire et l'assurance de son regard lui donnaient l'air d'un Mahomet en frac noir. « Messieurs, disait ce personnage, je me suis imposé la tâche de réformer tous les abus, et de rendre tous les hommes heureux. Je suis le premier génie de la création, car j'ai inventé, sans en faire part à personne à la vérité, tout ce qu'on a inventé d'utile depuis vingt ans, et je suis prêt à inventer ce que les besoins de la société nécessiteront à l'avenir. Je vous jure, messieurs, que je suis toujours de dix bonnes années en avant de la civilisation, et par conséquent une espèce de providence pour l'humanité. Après ces vérités fondamentales, vous saurez que, dans un voyage aux États-Unis d'Amérique, j'ai découvert certains agens nommés *torpilles*, avec lesquels je compte modifier toutes les institutions politiques et religieuses de la terre. Que ceux d'entre vous qui ne sont pas au fait des torpilles prennent la peine de lire mes nombreux écrits; ils y verront qu'un seul de ces mystérieux agens, artistement placé dans les caveaux du Panthéon, le ferait passer de l'autre côté de la butte Montmartre aussi aisément qu'une raquette chasse au loin le volant emplumé. C'est avec ce moyen si énergique que je ferai le bonheur des hommes en dépit d'eux-mêmes, et s'il en était qui s'y refusassent, je leur attacherais de mes torpilles au derrière pour les forcer à marcher avec moi, et pour persuader aux autres combien il est de leur intérêt de m'écouter et de m'obéir.

« Si les souverains de l'Europe ne viennent pas, sous un bref délai, m'offrir leurs soumissions, je leur déclare la guerre. Mon *invisible* (espèce de bateau plongeur), ou l'aréostat que j'inventerai un de ces soirs quand je voudrai bien y rêver, me conduiront dans une des grandes îles de la mer du Sud. Arrivé là, je dresserai si bien mes batteries, que personne ne pourra se refuser à être mon tributaire et à recevoir les institutions que j'ai préparées. En attendant, messieurs, veuillez m'aider de vos conseils; hâtez-vous de m'apprendre ce que c'est que le *feu grégeois*, pour que je l'apprenne à l'univers, car c'est de là que dépend le succès. Le moyen de se refuser à mes principes politiques si je prouve que j'ai deviné ceux du feu grégeois. Je compte sur vous; de votre côté, faites fonds sur moi; comptez chacun sur 300,000 livres de rente lors de ma première création de rentes dans mon futur royaume, comptez même sur les jolies filles de mon sérail futur, pour peu que vous vous sentiez encore quelque velléité. »

Un murmure approbateur suivit ce discours éloquent. Mon ami me dit confidentiellement que M. de M***, l'orateur que je venais d'entendre, appartenait à la marine royale et à la *Société royale académique des sciences de Paris*. Le ministre de la marine entretient M. de M*** à Paris, afin qu'il lui fournisse de temps à autre, dans les *Annales maritimes*, des pièces d'éloquence dans le goût du morceau que je viens de rapporter. Le même savant eut dernièrement l'idée d'utiliser l'inutile *Société royale académique*, et il ne vit rien de plus convena-

ble que de lui faire faire, sous sa direction,
une nouvelle Encyclopédie. La Société royale
académique a consenti à faire cette Encyclopédie, mais elle demande un sursis de trois ans,
afin que les membres de la commission encyclopédique puissent, au préalable, suivre des
cours spéciaux chacun dans la partie qui lui sera
dévolue. On ajoute à ces détails que ces parties
ont été assignées par le moyen d'un tirage au
sort, et que la perruque du capitaine de frégate
a remplacé l'urne consacrée en pareil cas.

Le temps s'écoulait, je ne dirai pas rapidement, mais enfin il s'écoulait; et après avoir
fait mine d'attendre la réunion d'une masse nu-
mérique d'antiquaires capable de représenter la
Société, le vice-président s'assit au fauteuil. A
ce signal, toutes les causeries cessèrent, tous les
jeux d'esprit furent suspendus, et l'on se mit à
jouer à l'académie. Un peu plus de la moitié
des vingt siéges qui entourent le tapis académique, étaient occupés. Par une faveur spéciale,
il me fut loisible d'y prendre place, et je pus
contempler à mon aise le président, les secré-
taires et le peuple des érudits. Je reconnus, à
quatre siéges de moi, M. Auguis à la voix
claire, infatigable et toujours retentissante ;
M. Auguis que l'on croit prodigieusement ins-

truit et l'homme de France qui a le travail le plus facile; M. Auguis qui ne cite guère ses confrères et ses devanciers, malgré les emprunts de vingt-cinq et trente pages qu'il leur fait à tout bout de champ, notamment dans sa compilation des poètes français, depuis le douzième siècle jusqu'à Malherbe. A la gauche de M. Auguis, je reconnus M. Bottin, lequel aurait mis en défaut le système des causes finales, s'il fût venu au monde avant la formation des sociétés savantes. Cet académicien zélé manifeste une rare aptitude pour les fonctions de secrétaire, et ne serait pas fâché de les remplir dans une académie où il y aurait autant d'honneur à les remplir qu'à la société des antiquaires de France, et en même temps plus de profit. Je reconnus encore plusieurs autres personnages que je ne vous nommerai pas, afin d'arriver plus promptement au vice-président, le doux baron de la Doucette, à cet aimable érudit que l'on devrait mettre sous verre comme les poupées polyglottes de Maëlzel. Si l'on entreprenait un jour de réconcilier l'érudition avec les Grâces, c'est M. de la Doucette qu'il faudrait prendre pour négociateur. Ce savant a l'air d'un chambellan disgracié seulement depuis deux jours, et rien qu'en le comparant à son voisin de R..., on juge aussitôt que s'il partage son amour pour les sciences, il ne partage pas son horreur pour les ablutions.

Cependant MM. les antiquaires de France ne perdaient pas le temps à s'entre-regarder. On venait de lire et approuver le procès-verbal de la dernière séance ; le vice-président avait successivement ouvert les paquets déposés devant lui, et les lectures comprises dans l'ordre du jour étaient au point de commencer. Afin de mieux entrer dans l'esprit des travaux de la Société, ne perdez pas de vue ce que vous savez des savans désignés par le nom d'*antiquaires*. Ce sont, pensez-y toujours, des gens qui n'auraient rien à nous apprendre si l'on n'avait rien oublié ; si la mode ne changeait pas, leur érudition serait en grande partie nulle ; leur mérite est, sous ce rapport, en raison inverse de celui d'un *fashionable*. Au milieu du cours éternellement changeant des choses, ils nous rappellent ce que les choses furent pendant quelques instans à des époques antérieures. La vie, l'espérance, la jeunesse, n'ont rien qui les touche ; ils n'aiment que les débris et les ruines ; il faut n'être plus depuis long-temps pour réussir à leur plaire, et c'est par une heureuse exception qu'ils se livrent aux soins gros-

siers desquels dépend l'entretien de leur existence. J'en ai entendu un qui enviait le sort de
la plus belle des momies du cabinet des antiques, et qui eût voulu être à sa place ; un autre,
à qui l'on parlait de la destruction de la cène
de Léonard de Vincy, se mit à déplorer *l'ar-
che* de Noé et les mutilations du portail de l'é-
glise Saint-Jacques-des-Ménestriers. Plusieurs
de ces bonnes gens s'inquiètent peu de ce qui
est nécessaire à leur chétif individu, mais beaucoup de ce qui servait aux besoins usuels de nos
aïeux, et cette application, trop exclusive de la
curiosité, n'a pas été sans de graves inconvé-
niens pour eux. Il est très-beau de s'inquiéter
de la cuisine de l'abbé Suger, mais il faut en
même temps songer un peu comme on dînera
aujourd'hui.

Nous pouvons maintenant revenir aux travaux de MM. les antiquaires. Un membre présent ayant fait hommage d'une petite bourse
pleine de médailles, M. le président a voté des
remercîmens au nom de la Société des antiquaires de France, puis la mention détaillée au
procès-verbal. J'ai obtenu la permission d'examiner ces médailles, et je vous jure y avoir remarqué le bouton de culotte d'un matelot amé-
ricain et une pièce de vingt centimes frappée

sous l'empire. Cette dernière est sans doute destinée à exercer les successeurs de ces messieurs
dans une dixaine de générations.

Cette opération terminée, M. le secrétaire
nous a lu le Mémoire d'un savant de Landernau,
sur un prétendu camp de César découvert dans
ses environs. Ce morceau très-long , et sur-
chargé de citations tirées des *Commentaires* du
général romain, n'a presque pas été écouté ;
cependant M. le président a proposé, selon la
coutume, et mention au procès-verbal et lettre
de remercîmens au nom de la Société des antiquaires de France, ce que ces derniers ont oc-
troyé de tout leur cœur.

Nous étions destinés hier à être poursuivis
par les Romains ; à peine les avions-nous laissés
vers les confins de l'Armorique , qu'il fallut
les affronter de nouveau sous les murs de
Verdun.

A la vérité, le nouveau Mémoire que dé-
roulait la main impatiente de M. le secrétaire
promettait des aperçus d'un autre genre sur les
anciens dominateurs des Gaules : il allait être
question d'une tête d'Isis trouvée à Verdun, et
de tout ce qu'un académicien de renom doit dire
à cette occasion. Le monument vénérable, pièce
d'une solidité d'environ deux pouces cubes ,

avait été mis à la poste avec la dissertation y re-
lative, et déjà circulait de main en main.

Convaincu, par le toucher, de la présence de
l'isiaque relique, il ne me restait plus qu'à recueillir les paroles de l'interprète de *Verodu-
num*.

Après avoir démontré que les Romains
avaient fondé un établissement considérable
dans l'emplacement occupé, de nos jours, par
la métropole des confiseurs, ce savant est passé
à l'examen de l'état de la religion à cette époque. Il décide que le culte d'Isis devait y être
aussi général qu'à Rome même ; que les matro-
nes de Verdun avaient nécessairement chez elles
et à leur usage particulier des statues portatives
de cette indulgente déesse. Après cela est venu
le chapitre des arts. Nous avons dû accorder,
d'après l'échantillon présent, que la colonie ro-
maine ne les négligeait pas, car cet échantillon
provenait évidemment d'un ciseau exercé, dé-
licat et familiarisé avec les galbes de l'école
grecque, etc., etc.....

Cette fois, la proposition de remercier le correspondant de la Société est accueillie avec chaleur et à l'unanimité. C'était un concert charmant de bienveillance et de contentement. La
figure seule de l'Anglais que j'ai mentionné tan-

tôt, présentait une sorte de disparate dans cette
réunion de physionomies satisfaites. Il souriait
avec tout le monde. Ses gestes, que pourtant il
comprimait, montraient le besoin qu'il éprou-
vait de parler. Quelqu'un s'en aperçut, et peu
d'instans après, le savant étranger fut supplié,
par l'organe du président, de ne pas refuser le
tribut de ses lumières à la Société des antiquaires de France. L'espèce de tumulte qui régnait
dans l'assemblée fit place à l'attention et au silence, et le fils d'Albion tint à peu près le discours suivant : « Je n'aurais jamais pensé que
je dusse être un jour la cause involontaire d'une
mystification pour les académiciens de Verdun,
et par une conséquence encore plus déplorable
pour l'honorable société des antiquaires de
France. Le fait n'est, hélas! que trop réel. Vous
allez me laisser vous l'expliquer; l'amour de la
vérité l'exige, vous l'exigez donc aussi, messieurs. » (Interruption et murmures sourds dans
l'assemblée.) « J'ai été prisonnier de guerre en
France, continue l'Anglais, et déposé à Verdun ainsi que beaucoup de mes compatriotes.
Pour charmer les ennuis de la captivité, nous
prolongions le plus long-temps possible la dernière scène du dîner, et c'est d'une main mal
assurée que nous saisissions le vase salutaire

rempli de la boisson des Chinois. Je possédais entre autres une charmante théière, le chef-d'œuvre d'un potier des environs de Birminghan. Je me ressouviens que l'ayant un jour abandonnée à cinq pieds de terre, à la loi de la gravitation, elle éprouva un choc qui porta le désordre dans ses molécules composantes. Cette tête d'Isis, le principal ornement de ma théière, alla rouler au loin, et comme la tête me tournait aussi par suite d'une intempérance bien pardonnable sans doute, je ne pus ni la suivre ni m'en ressaisir. Vous concevez, messieurs, comment elle sera passée du panier de notre ménagère au coin de la borne, de là dans le tombereau d'un jardinier, puis dans les sillons de quelque champ de patates. Il est heureux que les savantes fouilles des académiciens de Verdun soient venues l'arracher à la destruction et à l'oubli. Je me croirais le plus ingrat des hommes si je m'en tenais en ce moment à un sentiment de stérile reconnaissance envers ces académiciens. Pour les dédommager de la perte de la tête d'Isis, je m'engage à leur faire parvenir les tessons de ma théière, et par cet acte de munificence, ils seront à même d'augmenter encore les richesses du Musée de leur intéressante cité..... »

Il fallait rire au nez de MM. les antiquaires ou s'en aller ; je me mis à gagner l'escalier. Deux de ces messieurs le descendaient en même temps que moi, et j'entendis le plus âgé dire à l'autre : « Il faudrait être plus réservé sur l'article des visiteurs qu'on nous amène ici ; je vous avoue qu'il est très-désagréable d'y recevoir des gens qui ont voyagé, et de ces masques empreints de l'incrédulité scientifique. »

~~~~~~

LETTRE XXX.

1823 *.

M. Ouvrard et la guerre d'Espagne.

MONSEIGNEUR,

La guerre d'Espagne a allumé bien des am-
bitions, mis en l'air bien des prétentions, et
avant que la gloire se fût nichée dans notre

---

* La correspondance de 1823 était excessivement volumineuse et fort acerbe. Les éditeurs ont dû en supprimer presque la totalité pour n'offenser personne ; ils ont
laissé ce qui chatouillait, et ont anéanti tout ce qui dé-
chirait. Par une singularité qu'ils ne sauraient expliquer,
toute la correspondance de cette dite année avait été co-
piée ; ils n'ont pu retrouver une seule lettre originale ;
toutes les copies portaient uniformément 1823, sans date
de jour et de mois. L'ordre chronologique n'a donc pas
ici présidé à leur classement.

camp, l'intrigue y avait installé sa cour; quelque jour je vous ferai connaître ses œuvres, parmi lesquelles figureront en première ligne, sans doute, les causes du voyage impromptu du ministre de la guerre, l'arrestation de M. de Lostende, etc., etc.; en attendant, je vais vous donner quelques détails sur J. Ouvrard, qui a remué ciel et terre pour être le munitionnaire de l'armée, et qui y a réussi. Il s'agissait de quelques millions; cela en valait la peine.

Dans toutes les transactions que fait M. Ouvrard, il a toujours soin de s'éclipser. On peut dire de lui avec beaucoup de justesse *qu'il est partout et nulle part*. Il fait un marché pour fournir la viande, c'est un M. Dubrac qui en est titulaire. Par un autre marché, il devient munitionnaire général; mais c'est le neveu *Victor* qui prête son nom à l'oncle *Julien*. Un troisième marché a lieu pour le fourrage et le chauffage, et un troisième individu se présente encore au lieu du véritable. Enfin y eût-il eu vingt marchés, que vingt prête-noms eussent été là pour nous cacher le soleil qui, ne voulant pas favoriser de ses rayons bienfaisans de pauvres mortels qui languissent, aime à s'entourer de nuages qui les interceptent. Si ma phrase vous paraît obscure, mettez *Ouvrard* à

16

la place de soleil ; *or*, au lieu de rayons bienfaisans, ses *créanciers*, en place de pauvres
mortels ; *prête-noms*, en place de nuages, et
tout sera fort clair.

M. Ouvrard a eu plus d'un ennemi, plus d'un
concurrent qui ont cherché à le troubler dans
son entreprise ; mais pour l'en débarrasser, la
prison ou l'expulsion au loin de l'armée étaient
là ; témoins un certain M. Poisson qui crie bien
haut, mais à plus juste titre qu'une anguille de
Melun ; M. Achille de Jouffroi, diplomate attaché à la suite de *la Quotidienne* ou de la *Gazette*, etc., etc.

On assure que M. le duc de Bellune n'a quitté
le ministère que parce qu'il a refusé de reconnaître les différens marchés signés avec les agens
d'Ouvrard. On assure que tous les individus,
chargés d'une mission légale pour examiner son
administration, sont devenus ses amis. On assure
que les intendans militaires qui ont traité avec
lui ont été destitués….. mais ce diable d'homme
a donc de la corde de pendu dans sa poche.
Quoi qu'il en soit, il est arrivé à son but, a gagné beaucoup d'argent, ne paiera pas ses créanciers ; vivra splendidement : vous m'avouerez
que c'est un assez beau résultat. Vous allez sans
doute me demander ce que veut dire ce mot de

créanciers accolé à celui d'Ouvrard ; apprenez
donc qu'il en a une bonne quantité : il a fait
faillite , il a obtenu concordat et n'a pas tenu les
engagemens dudit concordat. Mais , me direz-
vous, pourquoi ses créanciers ne le poursui-
vent-ils pas ?—Pourquoi ? parce qu'il ne possède
rien. — Comment, il ne possède rien ? Mais la
plupart des étrangers qui visitent notre ville ont
été reçus chez lui , et ne parlent que de sa splendeur, de sa magnificence. — Erreur, c'est de
madame qu'il est question. — Oh ! j'entends...
c'est commode.—On parle , dans le monde, de
certain Mémoire dirigé contre Ouvrard , par un
de ses créanciers nommé Després , honnête
homme qu'il a ruiné ou aidé à ruiner ; si jamais
il me tombe sous la main , ce sera une belle page
pour votre chronique.

Votre dévoué , etc.

~~~~~~

LETTRE XXXI.

1823.

Le marquis de T....., ou l'ambassade à M......

MONSEIGNEUR,

M. le marquis de T....., pair de France,
vient d'être nommé à l'ambassade d'Espagne.
On se demande ici quelles sont les grandes qualités qui ont recommandé S. Exc. à la bienveillance de nos ministres, et on s'accorde généralement à dire qu'une vieille amitié a été le seul
titre qu'il ait pu exhiber. Quoi qu'il en soit, il
part incessamment, et quelques personnes qui
le connaissent particulièrement assurent qu'il
s'acquittera fort bien de ses fonctions. Tout ce
que nous pourrons ajouter à l'appui et comme
antécédent favorable, c'est que, sous l'empire,
il s'acquitta fort bien des devoirs de maire de sa

commune, et qu'à dix lieues à la ronde on ne pouvait trouver un officier public plus zélé pour faire rejoindre les conscrits.

M. de T..... est un grand homme, à tournure bourgeoise, à physionomie plate : il n'a nullement l'encolure d'un marquis ; sa femme, je me trompe, madame la marquise (car il ne faut pas parler d'une ambassadrice comme de la femme d'un bon bourgeois) ; madame la marquise, dis-je, commence à ressembler un peu à la Quotidienne, veuve du ......, qui périt d'une manière si tragique pendant notre révolution, elle compte trois à quatre bons lustres de plus que son noble époux. A l'occasion de cette petite différence d'âge, je raconterai ce que dit la chronique de Ch....., terre qui appartient au noble pair. On dit qu'à une époque où M. de T..... courut quelques dangers, il reçut des soins, des consolations et des avis de madame veuve de .... La reconnaissance engagea M. de T..... à être aux petits soins pour la famille de cette veuve, et surtout pour la fille qu'on dit fort aimable. La douairière se méprit sur la nature des soins de M. de T..... ; elle s'adjugea les soins les plus tendres, et laissa à sa fille ceux qu'on pouvait attribuer à la reconnaissance. Le jour de l'explication vint, M. de T.....

vit avec douleur la méprise ; mais il prit son parti en brave paladin, et avala le calice jusqu'à la lie. Sa belle fille, qu'il eût sans doute bien voulu qualifier d'un autre titre, s'est mariée depuis, et les paysans de Ch...... prétendent avoir fait la remarque que, chaque fois qu'elle vient au château, M. le marquis et madame la marquise, qui ont chacun leur appartement, se rapprochent tellement, qu'on trouve toujours, pendant son séjour, un lit de sangles au pied du lit de madame. Oh ! les méchantes langues que les paysans.

M. T..... qui, sous l'empire, n'avait ni *de*, ni titre, est un émigré rentré. Il retrouva un riche héritage qui lui fut rendu, grâce à l'ordre rétabli par Napoléon, et rien ne prouve qu'il ait été aussi reconnaissant envers celui-ci qu'envers son épouse. Avant la restauration, M. T....., quoique fort riche, ne menait pas grand train ; une voiture de louage formait son modeste équipage ; il recevait peu de monde ; M. de Châteaubriant était un des favorisés, ce qui peut expliquer les hautes fonctions que M. de T..... occupe aujourd'hui. Comme les petits s'occupent toujours beaucoup des grands, on se demandait souvent, avant la restauration, ce qu'il faisait de son argent, et quelques-uns de ces vieux habitués des clubs, dont il reste tant dans nos villages, assuraient que la caque sent toujours le hareng, et que tout l'argent de l'ex-seigneur allait à Londres. Quoi qu'il en soit, on remarqua que quelques serviteurs intimes de M. T..... le qualifiaient, à bas bruit, du titre de marquis dès la fin de 1813.

J'ai bien l'honneur, etc.

~~~~~~

LETTRE XXXII.

Paris, 1823.

Le Mont-Valérien. — Calvaire de Saint-Roch.

MONSEIGNEUR ,

Puisque les très-profanes tableaux que je mets périodiquement sous vos yeux depuis de longues années, commencent à vous ennuyer, je vais essayer d'apporter quelque diversion à votre ennui par une description sacrée. Ce sera du neuf pour vous, et cela arrivera d'autant mieux, que je me rappelle qu'à votre dernier séjour ici vous avez formé le projet de faire un pèlerinage à notre Calvaire, projet que des circonstances tout-à-fait imprévues ont rejeté bien loin. Comme ma plume a perdu l'habitude du style sacré, j'emprunte celle d'un de mes amis que son talent rend bien plus digne que moi de tracer l'une de nos cérémonies religieuses les plus imposantes.

Je suis, etc.

Le Mont-Valérien.

« Quand l'on eut dit à ces proconsuls romains, sous qui tremblait la terre, à cet empereur, sous qui tremblaient les proconsuls ; à cette Rome, qui ne tremblait pas sous la main même de Dieu : Dans un hameau de Judée vient de naître un enfant qui repose au fond d'une crèche sa tête humiliée ; sur ce jeune front, tout chargé des misères de l'humanité, brille je ne sais quel rayon divin ; sa mère, que l'on dit issue de race royale, semble adorer ce fils mystérieux. Cependant, des prodiges ont éclaté dans l'immensité des espaces ; des voix furent entendues ; l'écho des solitudes a retenti de chants inouïs ; un météore a rempli de ses splendeurs l'Orient étonné ; et tandis que des pâtres célébraient sur leurs pipeaux ces événemens singuliers, trois monarques accouraient, sur la foi d'une étoile, constater les faits par leur présence, et les consacrer par leurs hommages. » A cet inexplicable discours, et Rome, et l'empereur, et les proconsuls sourirent de pitié.

» Quand l'on eut dit aux puissans, aux riches, aux voluptueux : Il y a un personnage dont la doctrine est toute sainte, dont les mœurs confirment la doctrine ; il met les joies du siècle sous ses pieds, l'innocence dans les cœurs, Dieu sur toutes les têtes. Il dit les erreurs des plaisirs, l'efficacité de la douleur, les trésors de la modération. A ce discours, plus inintelligible encore que le premier, les voluptueux, les puissans, les riches frémirent d'impatience et sourirent de dédain.

» Quand l'on eut dit aux sages du Portique, aux savans des écoles, aux politiques du *Forum*: Un homme existait (si l'on peut appeler homme celui qui n'appartient à l'humanité que par son amour pour elle); un homme existait, qui, sur cette terre souillée par l'imposture, a fait descendre la vérité du ciel, et qui, pour prix de son courage, a subi la mort ignominieuse du gibet, les politiques, les savans et les sages tombèrent dans un profond étonnement. A quoi sert le génie, se disaient-ils secrètement, si la tête qui doit commander par lui tombe sous les coups de l'ignorance scélérate ? La philosophie, quand elle n'est pas un moyen de fortune ou un ressort d'autorité, n'est qu'une duperie sans honneur, et une sottise avec danger.

» Enfin, quand l'on eut dit à ce nombre immense d'individus, qui se croient vivans lorsqu'ils végètent, et sensés, parce qu'ils pratiquent les affaires de la vie; douze ignorans, dont le chef a expiré du supplice des infâmes, brûlent de mériter aussi un tel supplice, en prêchant partout l'univers la doctrine qui le provoqua et l'a justifié; les uns frissonnèrent d'indignation, les autres prirent l'attitude du dégoût, et tous répétèrent : Horreur et mépris pour la folie de la croix!

» Le mépris a disparu, l'horreur s'est évanouie; cette folie a gagné toutes les têtes, la croix a conquis tous les cœurs. Le berger troqua contre elle sa houlette, et Constantin, la couronne du diadême de pourpre. Elle règne aujourd'hui sur l'univers civilisé.

» Tant que mugirent les criminelles saturnales de la révolution, la croix fut couverte d'un nuage de pleurs et de sang. Avec le retour de la fleur virginale qui croît à ses pieds, disparaissent aussi le sang et les pleurs. L'étendard du Christ se déploie sur les palais du prince, comme le *labarum* de Constantin et la fleur de saint Louis s'enlasse à la couronne d'épines.

» Au milieu de ces champs, que Mai a revêtus d'une robe verdoyante, quelle est cette multi-

tude qui, de ses rangs pressés, parcourt les sillons, et qui unit ses accens au cantique nuptial
de l'allouette élancée dans les airs? Ce sont des
chrétiens que guide un pontife vénérable, et qui
marchent en bataillons sacrés sous la bannière
de la croix. Les voyez-vous décrire de longues
files de pèlerins, montrer leurs lignes mobiles
sur la croupe des coteaux, les cacher dans les
replis de la vallée, et tracer une procession si-
nueuse à travers les bocages, les vignes et les
guerês? Entourés de fleurs printanières, ils
offrent au Dieu de toute bonté l'hommage des
arbres épanouis, des ceps bourgeonnans, des
premiers épis. La blanche paquerette, le bas-
sinet doré décorent leurs têtes d'une parure
champêtre; et le baume du lilas, qui brille dans
leurs mains, s'unit aux parfums de l'encens qui
monte, avec leur prière, jusqu'au trône de l'E-
ternel. Ils invoquent la tutelle des anges, la
protection des saints. Ils réclament à cris réité-
rés cet ineffable nom de la Vierge-Mère, que
n'implorèrent jamais en vain les malheureux;
et les profonds échos de la montagne redisent
à ceux de la vallée les accords des voix sup-
pliantes mariés aux soupirs des instrumens.

» C'est ainsi que se développe la pompe religieuse et champêtre qui, cheminant vers le

Mont-Valérien, va porter aux pieds de la croix qu'on y adore nos pleurs et nos expiations. La Seine embrasse, dans une double ceinture, cette montagne célèbre qui protége de ses rocs, et voile de ses ombrages, les châteaux pompeux et les simples chaumières. Au bas du chemin qui, de sa base, monte à sa cime, on se réunit, l'on s'arrête; à l'ombre de l'épine blanchissante, on prend un frugal repas, et bientôt la marche, resserrée sur deux rangs, s'allonge en serpentant, circule avec gravité, et parvient à ce sommet élevé d'où l'œil domine Paris.

» A cet aspect renaissent, dans le souvenir des fidèles, dans leur cœur peut-être, les séduisantes images de ces plaisirs dont Paris est le théâtre. Là, sont les richesses, la distraction, le pouvoir, la volupté; ici, l'humiliation, les privations, l'indigence. Là, des hommes, l'or à la main, commandent et achètent le crime; ici, des prêtres, la croix sur la poitrine, proclament l'Evangile et pratiquent la vertu.

» Sept stations, partageant la route, appellent sept fois la piété des pèlerins. A l'imitation de Jésus patient, ils veillent sous les oliviers, célèbrent, avec les apôtres, la Pâques fraternelle; innocens comme lui, ils comparaissent devant Caïphe, ils répondent aux injurieuses questions

de Pilate. Bientôt commencent ces outrages san-
glans, ces souffrances inouïes qui, par l'épi-
neux sentier des humiliations et des douleurs,
conduisent l'Homme-Dieu, ou plutôt l'élèvent
jusqu'au gibet glorieux où il sauva les hommes,
et d'où il règne sur eux. Là, sur le sommet de
la montagne sainte, est plantée cette croix devant laquelle les sceptres fléchissent. Fléchissez
aussi, têtes superbes des pécheurs ; couvrez-
vous de poussière et de cendre, et méritez, par
le repentir, qu'un Dieu se soit immolé pour
vous !

» L'institution des Calvaires remonte à l'origine même des établissemens chrétiens. En effet, il était naturel que les premiers disciples
de la doctrine du Christ se complussent à re-
produire, dans des monumens de leur piété,
les images du premier monument de leur foi.
Dans un grand nombre d'églises de France,
sur beaucoup de montagnes consacrées et dans
le creux solennel de quelques rochers, on éleva
trois croix, entourées de tous les instrumens
qu'illustra la passion de Jésus ; quelquefois aussi
des principaux personnages y prirent part. Il y
a près de Saint-Mihiel, dans le département de
la Meuse, un monument remarquable en ce
genre : c'est un roc d'une dimension vaste, au

sein duquel le ciseau de Ligier Richier, sculp-
teur célèbre, a trouvé un grand nombre de fi-
gures toutes de proportions colossales, et de la
plus imposante exécution. De religieuses ténèbres noircissent cette voûte sépulcrale, sous
laquelle est creusé le saint tombeau. Là, sont
endormis dans les larmes les disciples fidèles,
mais faibles; là, veillent avec tout le courage
de l'amour, ces femmes saintes, cette mère de
douleur qui trouve dans son âme le pressenti-
ment et l'explication de ce mystère d'immorta
lité. Je ne sais quelle auréole céleste reluit sur le
corps du Christ descendu de la croix, tandis que
le dévoûment de Joseph d'Arimathie, la désolation de Madeleine, et l'indifférence stupide
des gardiens du tombeau, font, avec ces indications divines, des consonnances pleines de
poésie et les contrastes les plus ingénieux.

» Je n'apprendrai à personne combien le
Calvaire de Saint-Roch est artistement combiné,
et combien ses stations sont touchantes. Au dé-
clin d'une dernière journée de l'automne, quand
les vents orageux confondent en un triste chaos
les nuages gonflés de pluie; quand la tempête
commence à mugir sur les tombes et à travers
les ifs des cimetières, et que des tourbillons de
feuilles jaunies roulent devant les pas du voya-

geur ; c'est alors que saint Roch célèbre les solennités de la croix. Sous les voûtes gothiques de
ses nefs se rassemblent en silence des fidèles
attristés : c'est une mère de famille tremblante
sur le sort de son fils nouvellement hasardé sur
la mer agitée du monde ; c'est un époux éploré
qui vient demander la guérison de son épouse
malade ; ce sont de jeunes cœurs remués par la
tourmente des passions, et des vieillards qu'en fa-
tiguent encore les ressouvenirs ; ce sont des so-
litaires tranquilles, des soldats pieux, de mo-
destes lévites ; ce sont surtout des malheureux
de tous les âges, de tous les rangs, qui se croient
délivrés des infortunes dont ils chargent la
croix.

» Cependant l'airain monotone retentit sous
les voûtes sonores ; les lampes versent de pâles
lueurs dans les ténèbres qui s'épaississent. C'est
alors qu'un vieux prêtre, prosterné sous le bois
sacré, relève sa tête chauve, et d'une voix que
ranime la piété, révèle à ses auditeurs silencieux d'ineffables mystères. Il raconte avec
simplicité les souffrances du Christ, et des larmes coulent de tous les yeux ; il parle avec
chaleur des bienfaits qui, avec le sang de
l'Homme-Dieu, descendent de la croix, et les
pleurs sont taris. La paix rentre dans les cœurs

avec la consolation; et ces chapelles, qui tout
à l'heure retentissaient des sanglots de la douleur, ne redisent plus que les soupirs de l'espérance.

» Le spectacle que la religion déploie au
Mont-Valérien a un objet plus vaste, comme il
offre un aspect plus imposant. Ce n'est plus sous
l'enceinte limitée d'un édifice qu'elle réunit les
adorateurs de la croix : du sommet d'une montagne qui voit Paris se remuer à ses pieds, elle
les convoque à la face du ciel; et c'est en présence de la nature, sous l'œil radieux du grand
astre qui la vivifie, qu'elle les appelle au supplice de son auteur. Quoi, celui dont la volonté,
une comme la pensée, et l'action, puissante
comme la volonté, ont créé l'espace, la matière
et le mouvement, serait soumis aux lois qui les
gouvernent! l'Être impassible souffrirait, l'auteur de la vie recevrait la mort, un Dieu expi-
rerait!... Mystère ineffable que la religion propose à la foi; mystère que l'existence future
expliquera, et qui trouvant dans celle-ci sa
nécessité, y trouve aussi sa justification. C'est
cette nécessité que démontrait le saint prêtre,
Hubert Charpentier, le fondateur du Calvaire
au Mont-Valérien. En couvrant cette montagne
des miracles de la croix, il voulut en opposer

17

la sévérité au relâchement des mœurs, au faste du luxe, à la corruption des doctrines. Il ne mandait point à ces cérémonies les pauvres ni les malheureux qui y courent d'eux-mêmes; il y appela les riches, les puissans, les sages que la mollesse, que l'ivresse du pouvoir, que l'orgueil en écartent. La présence d'un solitaire parlant pour Jésus crucifié étonna la cour; sa voix alla épouvanter les consciences et amollir les cœurs. Un grand ministre couvrit de son autorité l'institution naissante, et des reines vinrent abaisser aux pieds du nouveau Calvaire l'orgueil du diadème.

» Bientôt cet arbre de la croix, planté des mains d'un solitaire, porta de précieux fruits. La montagne, naguères déserte, se couvrit d'habitations et de cultures. Une maison s'éleva pour recevoir une association de cénobites également consacrés au travail et à la prière. Sous leurs mains diligentes, on vit les flancs du rocher se parer de verdure, et des arbres utiles offrir leurs fruits au milieu de ces sables jadis hérissés de chardons. Tels ces pères du désert, dont de pieuses annales nous ont transmis les noms et les labeurs, décoraient de fleurs, enrichissaient de fruits la solitude qu'ils enchantaient par leurs cantiques.

» Ceux des prêtres du Calvaire purent conjurer la foudre dès long-temps suspendue sur la France, mais ils ne purent en arrêter l'éclat. Elle tomba sur le palais des rois, frappa la cabane du laboureur, et ne rebroussa point devant le sanctuaire. C'est que de pernicieuses erreurs avaient souillé le sanctuaire, s'étaient glissées sous le chaume de la cabane, et compromettaient le palais des rois. Tout fut atteint, tout s'écroula ; et lorsqu'au fracas de sa révolte déchaînée le trône fut englouti, la montagne valérienne s'affaissa avec lui, et son Calvaire disparut.

» Il renaît aujourd'hui du milieu de ses ruines, qu'une main paternelle débrouille et répare. Il ne fait que renaître, et déjà sa croix, comme un consolant météore, brille sur Paris d'un éclat plus vif et plus doux. C'est un phare élevé après la tempête, il est vrai, mais qui préservera du naufrage les nouveaux voyageurs. Hommes de tous les partis, qui avez souffert et que l'expérience n'aurait pas corrigés, voulez-vous tourner au profit du lendemain la leçon de la veille ? quittez un instant le monde, gravissez la montagne, enfoncez-vous dans la solitude ! du sommet de cette montagne sacrée, du sein de cette solitude tranquille, contemplez

17.

Paris où s'agitent tous les vices, où gémissent toutes les infortunes; puis, ramenant vos regards autour de vous, fixez-les sur cette croix, gage de paix et de salut. Le ciel roule avec calme sur votre tête, et la sérénité rentre dans votre cœur. »

***

~~~~~~

LETTRE XXXIII.

Paris, 1823.

De l'ordre de Saint-Sépulcre. — M. le chevalier Chevallier, chevalier restaurateur dudit ordre. — Le contre-amiral Lallemand.

MONSEIGNEUR,

Votre Allemagne possède un bon nombre d'ordres, prétendus de chevalerie, dont on achète le ruban pour un écu, la croix pour 6 francs, le brevet pour 25 louis : notre France aussi possède de semblables niaiseries, et je vais vous entretenir d'une archi-confrérie, qui bientôt aura envahi toutes les classes de citoyens, et quelques millions, si l'autorité ne s'en mêle. C'est *l'ordre du Saint-Sépulcre.*

On donne ce titre à une confrérie, dont les membres prennent le titre de religieux et hos-

pitaliers, confrérie qui avait jadis pour siége,
l'église du Saint-Sépulcre, rue Saint-Denis à
Paris. Cette église était située dans l'endroit
où l'on voit maintenant la cour Batave. Deux
ou trois fois par an, les confrères se rendaient
processionnellement à l'église, où l'on célébrait
la messe, après laquelle le plus jeune des moi-
nes reçus, prononçait un sermon en grec. Les
confrères se rendaient de là à l'Hôtel-de-Ville ;
puis, escortés d'un échevin, ils allaient au
Châtelet, où ils délivraient les prisonniers détenus pour non-paiement de mois de nourrice.

Les événemens de 1789 détruisirent cette
confrérie, et les membres en restèrent ignorés.
Il est bon de dire que l'association se compo-
sait d'hommes et de femmes. Que le roi, la
reine, les princes de la famille et un grand
nombre de seigneurs de la cour, en fesaient
partie.

On avait perdu de vue cette association, lorsqu'en 1814, après la rentrée du roi, l'opticien
Chevallier, dont le thermomètre est très-célè-
bre, trouve dans les papiers de son père, un
diplôme de cette confrérie, à laquelle il avait
été attaché. Ce bon monsieur, qui ne manque
pas d'amour pour les titres et les honneurs,
imagina de transformer l'archi-confrérie en

ordre royal et militaire, religieux et hospitalier.

Bientôt des confrères surgissent de toutes
parts et se décorent du titre de chevaliers, et
l'on vit resplendir les noms des chefs, dans
un almanach à leur usage. Bien plus : le nom
du restaurateur de l'ordre, parut ainsi dans
l'Annuaire de l'académie des sciences, et dans
le Régulateur de la loge des admirateurs de
l'univers, dont il est vénérable depuis longues
années : « Le chevalier Chevallier, chevalier
» de l'Ordre royal militaire, religieux et hos-
» pitalier du Saint-Sépulcre de Jérusalem. »

Autour de ce chevalier, qui n'est pas un paladin, se groupent MM. Vatinel, commis au
Moniteur, un sieur Armand Séville, employé
aux Droits-réunis, et deux ou trois autres amis
des honneurs, qui se constituent en état-major,
et font fabriquer des diplômes en parchemin,
un cachet de l'ordre, une croix d'or émaillé,
quatre croisillons divisés en quatre quartiers,
sur lesquels se trouvent sur un fond d'argent,
quatre croix de gueules. Ils nomment un président; Armand Séville est secrétaire, Vatinel
porte-étendard, un autre, chauffe-cire. Certain
cordelier qui avait été à Jérusalem, devint
grand-électeur, ou quelque chose comme cela,

et reçut, de sa propre autorité, toutes les personnes qui se présentèrent, moyennant une
somme convenue. On reçut d'abord à 500 fr.,
à 1,000 fr., à 2,000 fr., à 3,000, et on est à
5,000 fr. maintenant........; et on trouve des
niais, qui pour tant d'argent achètent un bout
. de ruban, qui est sans honneur comme sans
utilité; mais aussi, plus d'une sentinelle vous
porte les armes comme à des gens de mérite.

Cependant, il fallait pour être à la tête de
l'Ordre, un homme qui parut avoir une certaine consistance. Le contre-amiral Lallemand
parut digne de tant d'honneur. Membre de la
Légion-d'Honneur, de Saint-Louis, il fut proclamé, d'une voix unanime, président de la
Société royale académique, de l'Ordre royal
militaire, religieux et hospitalier du Saint-Sépulcre de Jérusalem.

M. le comte Lallemand, qui, dit-on, n'est
rien moins qu'homme de lettres, fit un livre
pour prouver que cet ordre avait pris naissance du temps des croisades, sous Louis VII,
dit le Jeune. Il prouva ou voulut prouver que
l'ordre n'avait pas cessé d'exister pendant cette
longue suite de siècles, qu'il était le plus ancien de la chrétienté, et le plus noble, at-

tendu que tous nos rois et princes en avaient fait partie.

On glissa adroitement sur l'ancienne association des hommes et des femmes ; mais vaille que vaille, l'ouvrage fut répandu. Malgré les fleurs de rhétorique qui y furent semées par M. Armand Séville, qui se chargea de la partie littéraire, on ne put se faire illusion sur la futilité des raisonnemens, et même des preuves alléguées par le président et par le secrétaire général de l'ordre. Quelques journaux même, n'ayant épargné ni les sarcasmes, ni le ridicule, on dut chercher un moyen plus certain et plus puissant pour faire reconnaître la confrérie, et la faire inscrire parmi les ordres royaux, reconnus par le roi. Les confrères s'adressèrent à *Monsieur*, comte d'Artois, pour solliciter auprès de sa Majesté, la faveur qu'ils réclamaient. Après les avoir reçus avec cette amabilité qui le distingue, ce prince répondit : « qu'il se souvenait parfaitement d'être de la *confrérie* du Saint-Sépulcre, mais qu'il ne la connaissait nullement dans la hiérarchie des ordres. » Pour ne pas trop mortifier les pauvres confrères, il promit à la députation de s'occuper de leur demande, d'en parler au roi, et de leur faire connaître ses intentions.

Pendant la révolution, les registres de la confrérie avaient été vendus à un épicier; le sieur
Lami, libraire sur le quai des Augustins, les
acheta à fort bas prix; ils seraient probablement
pourris dans sa boutique, si, à l'époque de la
restauration, un sieur de Saint-Allais, qui s'était
fait le d'Hosier moderne, n'eût appris leur existence, et n'en eût fait l'acquisition. Le libraire
Lami s'était estimé trop heureux d'en débarrasser sa boutique. Les confrères ne furent pas
plutôt informés de l'existence de ces livres précieux, par lesquels on voit que l'admission
dans l'ordre coûtait jadis la mince somme de
12 fr., qu'ils résolurent de les avoir.

M. de Saint-Allais ne répondit à leur demande
que pour les obliger, il les céderait pour 2,000
écus; on ne se fit pas tirer l'oreille, et on rentra
en possession de ces livres vénérables. On
crut enfin être parvenu au terme désiré, mais ô
douleur! est-il jamais rien de stable dans la nature! Thèbes aux cent portes n'offre plus qu'un
monceau de ruines... la discorde se mit entre les
confrères, et tout périclita.

Nos modernes chevaliers qui estimaient tant
le comte Lallemand, finirent par se brouiller
avec lui, et même par plaider. Ils lui firent
même rendre judiciairement les archives, qui

consistaient dans les seuls et uniques registres dont j'ai parlé ci-dessus. Voici quelle fut l'origine de la querelle :

On sait que la Société royale académique, lors du retour des Bourbons, alla auprès de son altesse royale le duc d'Angoulême, prier ce prince de vouloir bien être son protecteur. S. A. R., trompée, peut-être, par le titre identique de l'Académie royale des sciences, crut ne voir que des hommes instruits, et accueillit leur demande. Dès lors, ils se présentèrent chez plusieurs grands personnages, qui, également trompés par la synonymie du titre, s'empressèrent de protéger ou d'augmenter le nombre des membres d'une société aussi respectable. Huit membres résolurent de se faire donner la croix de la Légion-d'Honneur, à la faveur de la protection du duc d'Angoulême. Ils en formèrent la demande. Le prince l'accorda, mais par une fatalité sans égale, le comte Lallemand, ayant eu des renseignemens à prendre au secrétariat de son Altesse, après avoir parlé de l'affaire qui l'amenait, un des chefs le prévient que le prince avait accordé huit croix, et qu'on était étonné qu'il ne fût pas à la tête de la députation : tout s'était fait à l'insu du contre-amiral. Celui-ci, furieux de voir qu'il avait été joué, dévoila toute l'intrigue, et croix et brevets tombèrent au néant.

A la première séance de la Société académique et de l'archi-confrérie, dont il était également président, le contre-amiral montra son indignation avec toute l'énergie d'un marin. Il traita les membres et les confrères, de la manière dont ils le méritaient, leur prodigua les noms que valait leur conduite, et sortit.

Au silence profond qui avait régné dans l'assemblée, succéda une tempête terrible. On nomma un nouveau président, et on signifia à l'ancien de rendre tout ce qu'il avait en sa possession. Le contre-amiral fit d'abord une réponse foudroyante. Mais à la sollicitation de plusieurs pauvres dupes, qui avaient acheté chèrement des diplômes, il consentit à laisser de côté l'affaire, et certes, c'est bien dommage! car elle nous aurait révélé des petits scandales bien réjouissans.

J'ai bien l'honneur, etc.

Note de l'Éditeur.

Depuis cette lettre, une ordonnance du roi a porté l'effroi parmi les confrères, et a tout renversé. Le coup est terrible, surtout pour le triple Chevallier qui maintenant se voit obligé de mettre de côté la grande barette où figuraient le cordon de la garde nationale de Paris, de la garde nationale de Lyon où il entre du rouge, le noir du Saint-Sépulcre, le blanc du lis, et encore deux ou trois autres couleurs. On ne lui portera plus les armes, et c'est bien dommage.

Les sots sont ici-bas pour nos menus plaisirs, et personne plus que le secrétaire du Saint-Sépulcre ne pourrait mieux l'attester. Plusieurs confrères se fesaient 5 à 6 mille livres de rente en vendant des diplômes et des croix. Ils n'ont pas eu, au surplus, tous les malheurs à la fois, car leur caissier n'a pas fait comme celui de certain autre ordre, lequel possédant 5o mille écus dans sa caisse, et voyant l'ordre supprimé par ordonnance, alla jouir en paix à l'étranger de l'argent de tous les niais qui tenaient au cordon noir.

~~~~~~

LETTRE XXXIV.

Paris, 1823.

M. le Bailly, fabuliste. — Henri Larivière, poète-juge. —
Merle, fournisseur dramatique du théâtre de la Porte
Saint-Martin. — Le chevalier Jacquelin, chansonnier. —
Encore un magistrat-poète. — Lebrun-Tossa. — Grimod de
la Reynière. — Louis-Stanislas-Xavier.

MONSEIGNEUR,

Je vais contenter vos désirs ; tout notre Parnasse va défiler devant vous, et chacune de mes
dépêches vous portera et les on dit de la renommée, et les jugemens que mon bon ou
mauvais goût, mon opinion politique ou une
digestion laborieuse m'auront dicté sur M. tel
ou tel ; car, hélas ! dans ce bas monde, voilà à
quoi tiennent les renommées, en y adjoignant
toutefois les influences des déjeuners.

Ne vous attendez pas cependant à un jugement dans toutes les formes. Je ne suis ni La Harpe ni Geoffroi; comme Hoffeman et Colnet, je ne jouerai pas non plus avec ma victime : en biographe-journaliste, je me contenterai de vous dire que tel jour tel poète fameux a enfanté tel poème ignoré qui a été incontinent inhumé. Fort souvent l'anecdote remplacera mon arrêt, et dans ce cas vous y gagnerez toujours.

LE BAILLY.

Il a composé un gros volume de fables...... après La Fontaine ! *O vanas hominum mentes !*

Il est l'auteur d'un opéra intitulé *Hercule*, lequel lui attira l'épigramme suivante

> Savez-vous bien pourquoi le vigoureux Hercule
> Est si faible dans ses portraits ?
> C'est que l'auteur et vain et ridicule,
> Au héros a donné ses traits.

LARIVIÈRE (Henri), *conseiller à la cour de cassation.*

Les plus graves fonctions de la magistrature n'ont pu l'enlever aux belles - lettres , à la poésie.

A quarante ans, dans un âge où l'illustre citoyen de Genève n'avait rien produit encore, M. *Larivière* était déjà fameux; il avait déjà livré à l'admiration des amateurs deux *quatrains,* une *énigme,* un *logogryphe* et trois *charades.* Persuadés que ces ouvrages sont connus de l'Europe savante, comme ils méritent de l'être, nous nous dispensons de les citer ici, pour ne pas blesser la modestie de M. le conseiller.

On assure qu'il va mettre incessamment au jour des Mémoires politiques, où il est démontré, d'une manière lumineuse et brillante, que le soleil n'éclaire pas le monde, et que les écrevisses ne marchent pas à reculons.

M. de Larivière a un fils âgé de huit ans à peine, qui déjà babille, tranche, discute comme monsieur son père, et qui sera probablement, un jour, l'héritier de ses talens. *Gaudeant benè nati.*

Nous vous recommandons, monseigneur, si vous voulez faire une plus ample connaissance avec M. le conseiller, le volume ci-joint, publié en l'an je ne sais combien de la république, par le citoyen Méhée de la Touche *.

---

* Alliance des jacobins de France avec les royalistes.

MERLE.

Ce merle est un oiseau qui a sifflé moins encore qu'il n'a été sifflé. Il faisait autrefois, avec le chien Munito et les petits serins savans, les délices du boulevard ; mais alors il avait un ramage assez plaisant. Depuis qu'il est devenu commensal de la Porte-Saint-Martin, il ne fait plus que chanter ces mots : Entrez, entrez, messieurs, et payez.

M. J. A. JACQUELIN, *chevalier de l'ordre royal de la Légion-d'Honneur.*

Bien qu'il soit, dit-on, fils d'un portier, (ce qui n'est point un déshonneur), cet homme de lettres se fait appeler le chevalier de Jacquelin, sans doute pour relever la noble profession qu'il exerce : bien entendu que je veux parler de sa profession littéraire, car j'ignore s'il en a d'autres.

On a de lui une foule de pièces de théâtre, et par la quantité du moins il nous dédommage de la qualité.

Ceux-là sont de mauvaise foi, qui se di-

18

sent que M. de Jacquelin n'a traité que des sujets niais ou bas. Nous savons qu'il n'en use ainsi que par humilité chrétienne, et pour se mettre à la portée des idiots dont le nombre excède, dans ce bas monde, de beaucoup celui des gens d'esprit.

Le répertoire complet de son théâtre se trouve chez Séraphin, directeur des ombres chinoises. Il a donné aussi quelques pièces pour Galima-frée, Bobêche et le petit Lazary.

Ses couplets ne sont guère moins célèbres que ceux de Pierre Coleau et de Duverny l'aveugle. Mais sa chanson la plus fameuse, la plus digne d'être admirée, c'est l'immortelle chanson du Grand Tralala. Cette chanson, en soixante couplets, fut composée à l'occasion de nos victoires en Espagne, le jour d'une grande distribution de comestibles, car l'auteur est amateur des distributions gastronomiques.

GUERNON DE RANVILLE (le chevalier de), *avocat-général à la cour de Colmar.*

Nous avons de cet avocat-général une chanson sur laquelle il fonde ses plus beaux titres de noblesse. Cette chanson n'a point, jusqu'à présent, franchi les confins de la Normandie, où l'auteur a pris naissance ; mais par nos soins ce petit chef-d'œuvre va passer à la postérité la plus reculée, et franchir le Rhin. Heureux si nous pouvons servir la noblesse et la littérature, qui daigneront applaudir à nos efforts.

LE VOLONTAIRE ROYAL.

Ma sœur, fais mon bagage,
Mes amis, suivez-moi ;
C'en est fait, je m'engage
Dans les troupes du roi,
Pour servir les Bourbons
Sous le brave d'Aumont.

Lâches fédéralistes,
Vous conspirez en vain,
Cent mille royalistes
Sont sur votre chemin
Pour servir les Bourbons
Sous le brave d'Aumont.

La mèche est allumée,
Tombez à nos genoux ;
Voyez-vous la fumée,
Mourez ou rendez-vous,
Pour servir les Bourbons
Sous le brave d'Aumont.

18.

Bonaparte est en cage,
Et son règne est fini.
Qu'il en crève de rage,
Il ne tenait qu'à lui
De servir les Bourbons
Sous le brave d'Aumont.

Justement célèbre par son courage et son dévoûment à la famille royale, monseigneur le duc
d'Aumont doit être bien flatté de cet éloge.

LEBRUN-TOSSA.

On connaît cet auteur par plusieurs écrits, et
surtout par sa dispute avec M. Etienne au sujet
de *Connaxa* et des *Deux Gendres*.

Lebrun-Tossa a écrit en vers et en prose, et
quoiqu'il ait barbouillé beaucoup de papier, il
serait encore inconnu sans la querelle littéraire
dont il vient d'être question. On sait que Lebrun-Tossa est celui qui découvrit *Connaxa*;
qu'il vendit cet ouvrage à M. Etienne pour
2400 fr.; que quand il vit le succès des *deux
Gendres*, il alla redemander de l'argent audit
Etienne, qui lui donna 100 autres louis; mais
que, à une troisième attaque, celui-ci refusa.
De là le commencement des révélations, et bien-

tôt après le sacrifice de M. Etienne, qui s'offrit
en holocauste pour distraire le public à l'occasion des préparatifs de et contre la Russie ; car
M. Etienne aurait pu faire taire Lebrun.

Parmi les productions de Lebrun-Tossa, qu'il
ne faut pas confondre avec Lebrun-Pindare,
on doit distinguer les *Consciences littéraires*,
vol. in-8°., dans lequel l'auteur donne un article à tous les écrivains contemporains, et dans
des colonnes, indique leur dose d'esprit, de connaissances, de conscience, etc. Ce qu'il y a de
plaisant, c'est que l'auteur s'est lui-même fort
mal traité, afin de n'être pas connu. En effet,
on est encore partagé pour savoir s'il est de lui
ou d'un autre. Au reste, comme il en rendit
compte lui-même dans le *Mercure* de 1820,
les gens de lettres attachés à ce journal ont, à
cet égard, toutes les preuves désirables. Il a
mis à son article : connaissances, zéro ; esprit,
zéro ; bonnefoi, zéro.

GRIMOD DE LA REYNIÈRE.

Le père de ce fidèle desservant du temple de
Comus était né d'une famille plébéienne de
Lyon, où l'un de ses frères était cordonnier
et sa sœur charcutière. Venu de bonne heure

à Paris, le père Grimod se lança dans les affaires, où il s'enrichit promptement, et finit par
devenir fermier-général. Il avait épousé une
demoiselle d'une grande famille qui n'avait
rien, et qui, comblée des bienfaits de son mari,
le méprisait ainsi que son fils. Ce dernier, qui
est rempli d'esprit comme chacun sait, ne manquait jamais de chercher à humilier sa mère
quand il en trouvait l'occasion. Si cette dernière était bien chaussée, il lui disait « Je vous
en fais mon compliment ; votre oncle le cordonnier n'eût pas mieux fait. » Il vantait
l'excellence du lard qui se trouvait dans les ra-
goûts, en lui faisant observer que « sa tante, la
charcutière, n'en fournissait pas de meilleur. »

Vous connaissez les aventures de l'illustre
auteur de l'*Almanach des Gourmands*, son
convoi funèbre, son grand dîner à la mode du
moyen âge. Il fut un temps où il recevait tous
les jeudis ; il envoyait au préalable des invita-
tions imprimées, avec le procès-verbal du dîner précédent, dans lequel il faisait l'éloge de
toutes les personnes qui y avaient assisté, et
auxquelles il faisait également parvenir ledit
procès-verbal. Les repas duraient cinq ou six
heures. Les plats, d'une petite dimension,
étaient servis les uns après les autres. Une carte

imprimée contenait le détail des potages, hors-
d'œuvres, entrées, entremets, rôtis, desserts,
et différentes espèces de vins qui entraient dans
le menu du jour. Chacun alors pouvait se ré-
server pour le mets qu'il estimait le plus. Ce
repas, auquel assistait une société choisie, était
fort amusant par l'enjouement que répandait le
maître de la maison, et où le nombre des convives ne s'élevait pas au-delà de quinze ou seize.
Voilà une belle notice littéraire ; je vois que je
perds la tête, et que la fumée gastronomique
m'entraîne loin de mon sujet.

LOUIS-STANISLAS-XAVIER.

L'écrivain de l'époque qui mérite le plus
d'égards et de ménagemens.

J'ai l'honneur, etc.

LETTRE XXXV.

Paris, 1823.

De l'Académie royale des Inscriptions. — Notice sur M. Dacier.

MONSEIGNEUR,

Puisque vous voulez que je continue à vous donner des renseignemens sur les savans qui se sont chargés d'embrouiller le peu de connaissances qui sont parvenues jusqu'à nous touchant les temps anciens, je vais continuer de satisfaire votre curiosité. Je ne sais s'ils gagnent à être comparés aux doctes membres de votre université; mais ce que je puis affirmer, c'est que, pour l'honneur de leur savoir, ils valent mieux à examiner de loin que de près; il n'en est pas toutefois de même de nos littérateurs, dont j'ai commencé à vous exhiber les titres à la gloire

Les illustres de notre Académie des inscriptions et belles-lettres sont les Dacier, les Langlès, les Pougens, les Quatremère, les Gail, les Barbier. Au milieu de ces noms, couverts de la vieille poussière des temps gothiques, je pourrais placer ceux de Talleyrand, de Montesquiou, de Blacas, de Dambray et d'Hauterive; mais en vérité, je n'ai pu découvrir les titres scientifiques de ces messieurs, et je crois que c'est par erreur qu'on leur a donné un fauteuil, car il n'y a d'antique chez eux que leurs parchemins, encore assure-t-on que plus d'un, au lieu d'en avoir de vieux, n'en a que de vieillis. Hors cette Académie, on compte encore quelques noms qui ne sont pas sans illustration : ce sont les Dulaure, les Roquefort, les Van-Praët, les Champollion. Je tâcherai de vous faire connaître pourquoi les uns sont *en dedans* plutôt que les autres, et pourquoi quelques-uns seront toujours dehors.

L'Académie royale des inscriptions et belles-lettres était jadis composée de quarante fauteuils ; maintenant elle se borne à trente, et les honoraires des dix membres supprimés sont répartis à mesure des décès sur les dix académiciens les plus anciennement inscrits sur le tableau. Vous voyez que l'Académie a des petits soins pour ce qui est ancien ; rien de plus juste. La chronique, qui a toujours du penchant à faire joindre l'épithète scandaleuse à son nom, assigne une singulière cause à cette diminution de fauteuils. On prétend que personne ne doit espérer d'entrer à l'Académie, s'il n'est agréé par un triumvirat composé de MM. D. S. de S. et Q. de Q. Si on a le malheur de leur déplaire, les portes sont fermées à jamais. Si on est agréé par ces petits despotes littéraires, qui parce qu'ils ont, à tort ou à raison, définitivement assigné la place du *forum* sans aller à Rome, croient devoir se modeler sur Néron plutôt que sur Marc-Aurèle ; il faut encore, avant de voir s'ouvrir le sanctuaire, jurer de faire toujours chorus avec le triumvirat. Pour revenir donc à la suppression des dix fauteuils mentionnée plus haut, on dit qu'un jeune candidat bien savant, bien pensant, bien parlant, fort aimé, fort bien né, fort protégé, se préparait à forcer les portes de l'Académie au premier décès. Le trio sentait sa faiblesse contre les protections du jeune savant, et cependant ne voulait pas l'avoir pour collègue. On se remua, on intrigua et on réussit. L'autorité crut que personne ne connaissait mieux ce qui était convenable aux savans que les savans eux-mêmes, et l'Académie fut réduite. Le jeune candidat resta à la porte.

Mais passons aux individus.

M. DACIER.

Parmi les savans les mieux *rentés* de l'époque, on remarque M. Dacier. Voici d'abord le tableau de ses revenus; nous ferons ensuite l'énumération de ses services, ce qui sera bientôt fait.

Administrateur de la bibliothèque du roi, 6000 fr.; conservateur des manuscrits à la même bibliothèque, 6000 fr.; secrétaire perpétuel de l'Académie des Inscriptions, 6000 fr.; frais de bureau, 4000 fr.; membre de la classe, 3000 fr.; comme ayant passé soixante ans, et membre de l'Académie française, 3000 fr.; les jetons de présence à 20 fr. Il y en a une par semaine par chaque section. Membre des quatre commissions de la troisième classe, à 2,400 fr. par commission.

Maintenant, parlons des titres de M. Dacier. Au sortir de ses études, il fut employé par St.-Palaye à la recherche des matériaux relatifs à son grand Dictionnaire. Chargé ensuite de l'éducation du fils de M. de....., alors secrétaire

perpétuel de l'Académie et qui en était le tyran,
il fit la cour à la fille, et l'obtint en mariage. Son
beau-père le fit bientôt entrer à l'Académie,
sans qu'il ait jamais rien produit, et l'envoyait
souvent à sa place pour tenir le secrétariat. Le
beau-père tomba malade, et le gendre s'habitua et habitua peu à peu les autres à le voir remplir les fonctions de beau-père. Aussi, après
la mort de celui-ci, il fut élu d'une voix unanime. C'est que les académiciens d'alors n'é-
taient pas intrigans. En est-il de même de nos
jours?..Ils étaient alors entièrement consacrés au
silence du cabinet. Encore une fois, en est-il de
même aujourd'hui. Le seul ouvrage de M. Dacier est un Mémoire sur la matrone d'Ephèse,
inséré dans le 41ᵉ. volume des Mémoires de la
troisième classe. C'est une conception défec-
tueuse et remplie d'erreurs. A la vérité, les titres de cet académicien seront très-nombreux,
si on veut admettre comme ouvrages les nombreux éloges de ses confrères qu'il a composés,
dit-on. Toutefois prenez ceci pour une médisance enfantée par un candidat indigne.

J'ai l'honneur, etc.

LETTRE XXXVI.

Paris, 1823 *.

La fille d'un officier supérieur, livrée à la prostitution.

MONSEIGNEUR,

Une femme, qui n'était connue que des libertins de Paris, est devenue tout d'un coup le sujet de la conversation de beaucoup de salons de Paris : c'est la Lévêque, propriétaire et fondatrice du lieu de prostitution le plus renommé du Palais-Royal. Voilà le fait.

Une jeune personne fort jolie, répandue dans la bonne société et fille de M. ....., offi-

---

* L'Éditeur, embarrassé pour le placement de cette lettre, l'avait rejeté à l'année 1823 ; mais depuis l'impression des lettres antérieures à cette année, quelques indices lui ont fait présumer qu'elle devait être de 1820.

cier supérieur, entraînée par une mauvaise connaissance et de détestables conseils, abandonne
subitement la maison paternelle. Bientôt, abandonnée par ceux mêmes qui l'avaient séduite,
elle chercha, dans la prostitution, les moyens
de soutenir son existence. Une fruitière lui
donna le conseil de s'enregimenter dans une
bonne maison, et l'adressa à la femme Lévêque.
Celle-ci, en matrone consommée, après avoir
tâté la postulante voyant en elle un morceau
assez frais à offrir aux bien-payans, se hâta de
la présenter à la police où la jeune fille déclara
ce qu'elle voulait être.

La famille de la jeune échappée était cependant à sa recherche; il y avait à peine vingt-
quatre heures que la déclaration était faite,
qu'un ami du père se présenta dans les bureaux
de M. Anglès. A l'inspection de la liste des
prostituées, il reconnut que celle qu'il cherchait
était déjà sous les bannières de Vénus.....

Le réclamant, accompagné d'un exempt de
police, se rend en hâte chez la Lévêque. Celle-
ci, désespérée de perdre une cliente sur laquelle
elle avait fondé de grandes espérances de gain,
réclama du moins une somme assez légère pour
indemnité de nourriture et d'habillemens. L'ami
du père de la jeune personne, entraîné par l'in-

dignation, oublia qu'il faut souvent acheter par
un peu d'or le mystère qui doit couvrir les éga-
remens de la jeunesse, et refusa de payer. La
Lévêque, qu'on n'effraie pas facilement, ne
voulut pas rendre la jeune fille, et la mit sous
clé. Grand débat; le réclamant s'obstine, la
maq..... crie plus haut que lui; l'agent de police se conduit gauchement, et le temps se passe
sans conclusion.

Cependant la Lévêque, qui ne se fait pas illusion sur son métier, sent bien que quand
même le droit serait pour elle, l'opinion la for-
cera à céder. Ne voulant donc rien perdre,
elle met le temps qu'entraînent les pourparlers
à profit, et la jeune personne est prostituée...

Cette affaire fait grand bruit; l'esprit de parti
s'en empara; les uns s'en servent pour attaquer
la police; celle-ci, par ses agens, cherche à at-
ténuer l'effet qu'elle produit sur l'esprit public
en calomniant, s'il est possible, la jeune personne, et en affirmant qu'elle eut de tous temps
des dispositions vicieuses. Quoi qu'il en soit, la
famille outragée aura long-temps à gémir, et
la Lévêque en sera quitte pour une réprimande
et huit jours de clôture.

Puisque j'ai abordé ce sujet, il faut que je

vous dévoile toute l'infamie de ces lieux horribles, qui voient chaque jour tout ce qu'il y a
de jolies filles dans la classe des artisans devenir les victimes de l'avidité d'exécrables cor-
ruptrices, et de la brutale débauche d'infâmes
libertins.

. . . .

. . . .

. . . .

Je suis, etc.

~~~~~~

LETTRE XXXVII.

Paris , 1823.

Martainville. — Félix Nougaret. — Chazet , *l'inévitable.* —
Jouy. — F....lle. — Amédée de Pastoret. — Abel Hugo.

MONSEIGNEUR ,

Je vais aujourd'hui vous donner quelques
notices littéraires selon mes promesses, et pour
vous indemniser de ce qu'elles pourront avoir
d'ennuyeux , je vais les faire précéder de quelques anecdotes qui sont assez piquantes.

Anecdotes.

Martainville , auteur du *Grivoisiana* , du
Pied de Mouton et de *Tapin*, avait fait une
pièce nouvelle, et l'avait soumise à la censure.
Il la recommanda à son ami Félix Nougaret, en

19

le priant de se dépêcher de la faire passer. « Cet ouvrage, ajouta-t-il, est sur un sujet pastoral, et ne peut pas fournir la moindre *allusion*. — Peut-être, mon.... on ami; on.... on peut en trouver. — Pas une, te dis-je; l'action se passe au village, et des amours de paysan ne présentent rien qui ait rapport à la politique. — N'importe, mon cher, répliqua Nougaret en nasillant et en bégayant, il peut il y y avoir des allusions. Je e..... suis pay.. pay.. pay.. é pour trouver des allu.. u.. usions, et il faut que j'en en... cherche. » Malgré sa longue liaison avec Martainville et les raisons alléguées, Nougaret examina sévèrement la pièce, crut y reconnaître une satire contre les mariages faits par le gouvernement, et la pièce ne fut pas jouée pour l'instant.

—Alissan de Chazet (surnommé *l'inévitable*), fut possesseur de la fortune de sa mère à l'âge où l'on connaît peu le prix de l'argent. Aussi, en quelques années, dépensa-t-il tout son patrimoine. Il logeait chez lui plusieurs amis qui vivaient à ses dépens, puisaient de l'argent dans le secrétaire, prenaient son linge, et se servaient de son tailleur. Chazet avait deux cabriolets également au service de ses amis, et il était souvent huit jours à ne savoir où étaient

allés domestiques, chevaux et voitures. M. Joui,
ainsi que quatre ou cinq gens de lettres, particulièrement des vaudevillistes, étaient ses commensaux d'habitude.

La fortune, et plus encore les événemens
de 1814, ont brouillé à jamais ces amis insé-
parables, et cependant quelques-uns en usaient
si librement, qu'il arrivait souvent à Chazet de
ne retrouver chez lui ni linge, ni habits, ni cabriolet, ni même d'argent. M. Joui était au
nombre des délicats.

— Parlons de l'illustre F.....

« F..... peut encore augmenter son destin,
» Le héros du distique est le roi du quatrain. »

F..... est fils d'un dentiste du roi, homme
très-riche. Maître de bonne heure d'une fortune
considérable et de plusieurs maisons, il commença par ébrêcher sa fortune en faisant la
cour aux actrices et danseuses de l'Opéra.

Non content de faire brûler son encens sur
l'autel de ces divinités, il leur présentait encore
des distiques, et des poëmes qu'il éleva quelquefois jusqu'à l'octave.

F..... avait appris la musique, et jouait passablement de la basse. Il était fort lié avec un
sieur Valmal....., sorte de poète et musicien,

qui, si on en croit la chronique, vécut long-
temps à ses dépens.

Valmal..... faisait partie des amateurs qui
composaient l'orchestre de madame de Montes-
son. Dans ses visites chez cette dame, il connut
une de ses femmes-de-chambre, nommée Julie, fille d'un gendarme, née au Cateau-Cam-
brésis. C'était une blonde de six pieds de haut,
grosse à proportion et de formes très-prononc-
cées. Valmal..... enleva cette fille qu'il conduisit
chez lui. Fort avare de son naturel, il s'en
dégoûta bientôt. Comme il fallait s'en débarrasser décemment, il lui promit de la faire épouser par un homme fort riche, à la condition
qu'elle aurait toujours soin de lui, et lui conti-
nuerait ses bontés quand le caprice le raméne-
rait vers elle. Le marché fut promptement con-
clu. La première fois qu'il rencontra F.....,
Valm..... lui conta, confidentiellement, qu'il
avait chez lui une demoiselle charmante, dont
les parens lui avaient confié la garde, et qui
était une des plus belles femmes de la capitale.
Il n'oublia rien pour en faire l'éloge.

F..... avait toujours été amateur de choses
remarquables. Il s'empressa de rendre visite à
son ami; et, fort émerveillé des vertus de la
jeune personne, il ne cessa d'en parler, mul-

tiplia ses visites, et eut soin, surtout, de les rendre en l'absence du tuteur prétendu. Julie,
c'était le nom de l'innocente, rendait compte
à son patron de ce qui se passait; et quand F.....
en fut venu à demander la permission de donner des preuves de son amour, on tint conseil
pour délibérer sur ce qu'on avait à faire dans
cette occurrence.

Le jour est choisi; un rendez-vous donné;
Valm..... est caché; l'ordre est intimé à Julie de ne pas s'effaroucher des tendresses du
galant, et au moment où le pauvre diable se
croit le plus heureux des hommes, Valmal.....
entre en criant, pestant et disant qu'il était infâme de trahir ainsi les droits de l'amitié, de su-
borner une jeune personne dont il répondait à
ses parens, et qu'il allait dénoncer cet oubli
des convenances aux tribunaux et au public.

Pendant ce temps, F....., qui s'était remis
et de sa stupéfaction et de ses transports amoureux, courait après Valm....., en disant : Mon
ami, j'épouse! j'épouse! j'épouse, si tu veux.

Enfin, abandonnant sa colère, Valmal.....
dicte des conventions anti-matrimoniales, qui
furent acceptées; et F....., enivré de son triomphe, emmena l'objet de son amour. Ils vécurent
ensemble pendant deux ans; mais l'amour

s'étant considérablement refroidi par suite de quelques intrigues réciproques, on se quitta pour ne jamais se revoir.

Au milieu de tout cela, F....., trop bon pour ses amis, voyait diminuer sa fortune; il vendit rentes et maisons, et fut obligé, pour éviter des poursuites de créanciers peu patiens, d'aller se réfugier en Angleterre, où il arracha, comme faisait M. son père, les dents qui troublaient le repos des lords et des lady d'outre-mer. Depuis, il revint en France et continua à s'illustrer à force de quatrains.

Notices littéraires.

Le comte AMÉDÉE DE PASTORET.

Je vous apprendrai sans doute, monseigneur, aussi-bien qu'à l'auteur du *Dictionnaire des anonymes*, que M. le comte de Pastoret a débuté par un poëme sur les *Troubadours*. Ce noble écrivain s'est contenté, pendant long-temps, d'applaudissemens domestiques. Deux petites cousines lui ont supposé l'esprit d'un lutin, parce que, sans sortir de sa chambre, il leur avait fait un voyage, en prose et en vers, en Normandie.

M. de Pastoret ambitionne d'autres palmes que celles de Chapelle. C'est dans la partie la plus sombre de la cavée des romantiques que l'on dit qu'il travaille depuis quelque temps. Espérons qu'avant peu il enfantera quelque monstre bien confectionné, qui le placera entre M. Victor Hugo, et le vicomte d'Arlincourt.

ABEL HUGO,

Auteur romantique qui me rappelle toujours madame Vautrin représentant Charlotte.

M. A. Hugo s'est constitué l'historien de la dernière guerre d'Espagne. C'est sous la dictée même de quelques lieutenans, voire même de capitaines revenus de cette campagne meurtrière, qu'il a écrit ses Annales, d'où il suit nécessairement qu'elles sont d'une exactitude et d'une impartialité sans exemple jusqu'à ce jour. Aussi, quand des colonels et des lieutenans-généraux oseront réclamer contre ses assertions, il leur répondra que ce n'est pas eux, mais bien lui qui a fait la campagne.

Ah! monseigneur, ne dormez-vous pas.
Je suis votre dévoué, etc.

~~~~~~

LETTRE XXXVIII.

Paris, 1823.

Pigault-Lebrun. — De Gallia.

MONSEIGNEUR,

Voici quelques anecdotes littéraires ; dans
quelques jours j'aborderai les anecdotes théâtrales, et le scandale sera grand dans ....*

Votre secrétaire, avec lequel j'ai déjeuné il
y a trois jours, m'a appris que vous veniez de
lire tous les ouvrages de notre aimable Pigault-
Lebrun. Le moment est donc favorable pour
vous entretenir de cet écrivain, et c'est ce que
je vais faire.

Pigault, gai, vif, spirituel, eut une jeunesse
fort agitée : il fit de tout, tâta de tout, et fut
bien reçu partout. Auteur, acteur, clerc de procureur et soldat, il mania tour-à-tour la plume

* Ici était le nom de la résidence du prince ★★★.

et le mousquet, et on assure même qu'il fut un instant officier recruteur.

Dans un âge plus mûr, M. Pigault, devenu romancier célèbre, se livra à des spéculations singulières; ce que son imagination lui faisait gagner en lui inspirant les folies de *l'Enfant du Carnaval*, son imagination le lui faisait perdre en le jetant dans des entreprises que le bon sens n'avait pas toujours digéré, et les écus du bon Pigault s'évaporaient en son ou en fumée. Depuis quelque temps, M. Pigault s'est fait historien; cette fois, c'est une folie de l'âge mûr, du moins elle ne sera ruineuse que pour le libraire.

Voici une anecdote qui honore son caractère.

Victor Augier, jeune avocat de Valence, vint à Paris passer quelque temps avec son ami Magallon. Admis dans la société, il y remarqua une personne charmante; il s'informa de la famille à laquelle elle appartenait, et on lui apprit que c'était la fille de notre aimable romancier Pigault-Lebrun. Il l'a vit deux ou trois fois encore avec plus d'intérêt, et finit par en devenir amoureux. Il pria la maîtresse de la maison de vouloir bien parler de lui à M. Pigault, et de le sonder sur ses intentions relatives à sa fille. Le romancier, toujours original, demanda, dès que la con-

versation fut entamée, qu'on allât au fait, et aussitôt qu'il connut la demande, il répondit qu'il se
trouvait honoré du choix qu'on faisait de sa fille ;
mais qu'il n'avait aucune dot à lui donner, et
que, semblable aux filles de la Normandie, elle
n'avait que son *chapel de roses*. Augier, qui
n'était nullement conduit par des vues d'intérêt, dit qu'il préférait une femme aimable à la
fortune, et que dès-lors les arrangemens seraient bientôt faits.

Enchanté de cette action de son gendre futur, Pigault l'invita à un dîner où se trouvaient
Michot, des Français, et sa femme, tante de la
future, une autre tante et un parent. Au dessert, Pigault se lève, et prenant Augier par la
main, il le présente, en disant : Voici un garçon d'honneur qui demande à être mon gendre ; je lui ai fait savoir que je n'avais rien à
donner à ma fille, il a préféré le bonheur à
la fortune, et il la prend sans dot.

« C'est un peu sec, reprit Michot ; moi, je
lui assure 100,000 francs, dont je lui remettrai
moitié après la cérémonie. — Quant à moi,
dit l'autre tante, je possède beaucoup de diamans et une grande quantité de vieille argenterie ; je ne porte plus les uns, et ne me sers
guère de l'autre. En conséquence, je donne à

ma nièce mon écrin et un service complet.

» Allons, mes amis, je ne veux pas être en
reste, dit Pigault; comme père de la mariée, je
compléterai les 200,000 francs, soit en linge,
soit en argent. Soyez heureux, mes enfans, et
aimez bien vos bons parens... Parbleu! ce co-
quin-là, ajouta-t-il, est-il heureux; il croyait
n'avoir qu'une jolie femme, et le voilà qui
trouve une jolie femme et une jolie dot. »

— Vous avez connu Monvel, et, si bien je
me rappelle, vous l'avez beaucoup aimé. Voici
une aventure qui me rappelle son nom sans me
rappeler son mérite.

M. de Gallia, fils puîné de Monvel, s'avisa de
changer de nom pour prendre celui de M. de
Gallia. Ses titres à la gloire sont quelques mauvais vers et de la prose détestable qu'il a présenté
au roi et aux princes de sa famille. Il déposa
l'un de ses recueils au bureau du *Mercure*, en
1819 ou 1820, pour le faire annoncer et recevoir sans doute un doux tribut d'éloges. Im-
patient de ne pas entendre la renommée quotidienne répéter son nom, il assiégea les portes
du silencieux journal : il s'y présenta un jour où
les rédacteurs se trouvaient réunis pour entendre la lecture des articles qui devaient composer
le prochain numéro, et alors s'établit le colloque
suivant avant qu'il eût quitté l'*incognito*.

Le Directeur. « J'ai, messieurs, à vous offrir un excellent article sur certain M. Gallia, fils de Monvel, brave homme qui a changé de nom. Le rédacteur de l'article ne pouvant venir, il m'a chargé de vous en donner lecture.

Un Rédacteur. « Il faut convenir que ce M. de Gallia est un grand sot d'avoir pris un nom insignifiant pour en rejeter un qui a des droits à la gloire. Monvel, bon écrivain, est l'auteur de plusieurs pièces estimées, et malgré son manque de dents, on le regarde comme un des meilleurs tragiques; quand on a l'honneur d'appartenir à un homme aussi distingué, on est un grand sot de se faire appeler autrement que son père.

M. de Gallia, se levant : Mais si ce M. de Gallia avait ses raisons pour cela?

Le Rédacteur. Il n'en aurait pas moins été un grand sot, et ses ouvrages le prouvent.

M. de Gallia. Eh bien, monsieur, si c'était moi qui fût M. de Gallia....

Le Rédacteur. Cela ne me ferait nullement changer de sentiment.

A ces mots, M. de Gallia prend son chapeau, et dit, en ouvrant la porte : « Hé bien, monsieur, nous verrons!...... » Il sort, et depuis, oncques on n'en a entendu parler.

Votre dévoué, etc.

~~~~~~

LETTRE XXXIX.

Paris, 1823.

Aignan. — Barré. — Béranger. — Roquefort. — Duvicquet.
— Maltebrun.

MONSEIGNEUR,

Théâtres, ministères, tribunaux, tout enfin
s'est donné le mot pour vous sevrer de scandale : tout va au mieux, les mœurs s'épurent,
les politiques se taisent, et les filles de l'Opéra
se convertissent. La littérature nous reste, et
c'est elle qui va faire les frais de cette épître ;
cependant je me ravise : ce ne sera pas toujours
la littérature, mais bien les littérateurs.

M. AIGNAN.

Ce littérateur est des bords de la Loire. Ré-
formateur un peu exalté, il se montra chaud

partisan de la révolution. Sous l'empire, il devint l'aide-de-camp de M. de Ségur, grand-maître des cérémonies, et en cette qualité, fut un des ordonnateurs des nombreuses flagorneries dont on encensait le souverain. Depuis la restauration il est libéral. Assez bon poëte, il a le malheur d'avoir fait trop d'emprunts aux poëtes ses devanciers ; aussi certain épigrammatiste l'a-t-il qualifié, dans une boutade, de cosaque de l'Institut. « M. Aignan, dit un biographe qui n'est pas charitable, est regardé comme un publiciste, parce qu'il a été un collaborateur de *la Minerve française;* les bons articles ne sont pas de lui. »

BARRÉ.

Ce fécond auteur de vaudevilles a été nommé cent fois sur la scène, et cependant n'a jamais pu faire un vaudeville..... à lui seul. Depuis trente ans il chante, et toujours le grand homme du jour a reçu son tribut; un de ses confrères lui écrivit un jour :

> Vous chantiez la révolution,
> V'là c' que c'est que d'être... un luron;
> Vous avez chanté Pétion,
> Marat, Robespierre;

Puis, leur jetant la pierre,
Vous célébrez Napoléon :
V'là c' que c'est que d'être... un luron.

Aussi, le 18 brumaire et la restauration, le
roi de Rome et le duc de Bordeaux ont trouvé
la muse de M. Barré toujours prête à entonner
le chant de félicitation.

BÉRANGER.

Ce chansonnier, qui s'avise de faire des vers
aussi philosophiques que ceux de Voltaire, plus
harmonieux que ceux de J.-B. Rousseau et de
Casimir Delavigne; en un mot, cet Anacréon
moderne apprit à lire dans un imprimerie. Pendant vingt ans il fut commis à 15oo francs, et
en 1822 on le destitua pour avoir publié un recueil de chansons, où quelques sots puissans
étaient voués au ridicule. Les puissans ne di-
rent pas : Nous sommes bafoués, vengeons-
nous; mais ils crièrent : Dieu, la morale et le
roi sont blessés, punissons l'audacieux. Et Béranger fut jeté dans un cachot... Si M. Béranger brille dans la chanson, ce n'est pas là seulement que se bornent ses succès. Rival heureux
de Catulle et de Parny, il cache à l'admiration

du public un recueil manuscrit qui le placerait
au premier rang parmi nos poëtes.

ROQUEFORT.

Savant crasseux, qui préfère le vieux chenil
du vieux Silène à la salle des séances de l'Académie. Il connaît l'histoire de France mieux que
qui que ce soit; les langues anciennes et étrangères lui sont familières; il déchiffre aussi facilement les vieilles chartres que je lis un *a b c;*
et avec tout cela, il n'est ni pensionné, ni académicien. Ah! MM. tels et tels, si bien pen-
sionnés, si bien dotés, si bien vantés, que
n'avez-vous son savoir, vous mangeriez à dix
râteliers.

M. de Roquefort est auteur d'un *Glossaire
de la langue romane* fort estimé.

DUVICQUET.

Successeur de Geoffroy, il a son ton tran-
chant, quelquefois son talent et toujours sa par-
tialité. On l'accola un jour à un abbé qui a
long-temps travaillé pour les journaux , dans

une épigramme qui se représente à ma mémoire :

> Bon Duvicquet, loyal abbé Mutin,
> Vous résolvez le plus grand des problêmes :
> C'est de donner de la main à la main
> Ce que jamais vous n'avez eu vous-même.

Cette épigramme fut tracée au crayon sur un
Journal des Débats, où notre critique, contre
son habitude, avait distribué la gloire à pleine
main.

MALTEBRUN.

Encore un journaliste ; son affaire sera bientôt faite, et c'est ma mémoire encore qui le
saluera.

> Maltebrun sait par cœur tout ce qu'on écrivit,
> Maltebrun cite tout, et le livre et la page ;
> Si l'on eût imprimé quatre fois davantage,
> Il aurait, Maltebrun, quatre fois plus d'esprit.

Je suis, etc.

LETTRE LX.

.... 1823.

Lafayette. — Royer-Collard. — Benjamin Constant. — Foy. —
Dupont de l'Eure. — D'Argenson. — Kœclin. — Daunou.
— Lafitte.

MONSEIGNEUR,

J'ai fait de vaines démarches pour avoir les
renseignemens que vous désirez avoir sur les
Dombrowski qui sont entrés au service de
France. J'espère cependant que d'ici à peu de
jours je parviendrai à vous satisfaire, et je
pense que vous ne doutez nullement de mon
empressement à satisfaire vos désirs.

Pour vous en donner la preuve, je vais essayer de vous faire connaître l'opinion qui
s'est formée sur les membres les plus influens
de notre opposition constitutionnelle.

Lafayette.

Principes républicains ; loyauté politique ; son caractère a toujours été au-dessous de sa position ; aussi a-t-il toujours été dominé par les événemens sans pouvoir en diriger aucun. Il n'a conservé de l'ancien régime que l'habitude de toujours promettre et jamais refuser. C'est un donneur d'eau bénite.

Royer Collard.

Homme sage et modéré, qui ne s'est démenti de son admirable conduite que lorsqu'il tint le pouvoir en main.

Benjamin-Constant.

Dialecticien serré quoique verbeux ; meilleur écrivain politique que bon orateur ; auteur de romans bien froids ; homme d'état souple, qui ferait des concessions au pouvoir, si le pouvoir en faisait à la liberté, et qui conséquemment serait, sans s'en douter, facilement entraîné.

20.

Foy.

Orateur admirable ; replique prompte et vigoureuse. Ses discours sont comparables à un feu de fil bien nourri , et son silence est souvent interrompu par des coups de canon qui abasourdissent l'attaquant. Si les Orléans avaient un parti, on le soupçonnerait de pencher de ce côté.

Manuel.

Orateur divin. Napoléon valait une armée , et Manuel est une opposition à lui tout seul.

Dupont de l'Eure.

Bon , sage et vrai constitutionnel, M. Dupont est un des hommes les plus estimables de France.

D'Argenson.

Libéral aussi solide dans sa marche constitutionnelle qu'il est devenu silencieux.

Koéclin.

Manufacturier qui fait vivre cinq cents familles. Son amour pour l'humanité est la source de son amour pour la liberté qui, selon lui, est la source de toute prospérité.

DAUNOU.

Littérateur estimé, M. Daunou est de l'opposition depuis trente ans. Ex-oratorien, il siégea à la Convention et s'opposa à la mise en jugement de Louis XVI : c'est un homme que le côté gauche peut opposer à ceux qui cherchent à assimiler les libéraux aux régicides.

LAFITTE.

Ce riche banquier après avoir jeté l'argent par les fenêtres pour secourir les malheureux de son opinion, fut tant de fois trompé qu'il tira les cordons de sa bourse pour empêcher à tout venant d'y puiser ; malheureusement dans cette opération le tact lui manqua et il tira trop fort. — On lui reproche d'être le fondateur de l'aristocratie financière ; c'est un reproche bien léger, mais on lui en a fait de bien plus importans, et il en est un qui est si odieux, inventé sans doute par Satan et mis au jour dans le faubourg Saint-Germain, que je re-

nonce à vous le faire connaître , quoique ce
soit une chose bien propre à vous faire juger.
jusqu'où, chez nous, on pousse l'animosité de
parti. . . . .

. . . .

Voici une anecdote singulière , et qui me
paraît , sinon fausse par le fond , du moins calomnieuse dans son application. Un soldat
suisse de la garde royale montra, un jour,
une montre magnifique à son camarade de
lit ; du camarade à la chambrée ; de la chambrée à l'état-major à galon de laine, et de
celui-ci aux officiers : la nouvelle ne fut pas
longue à se communiquer, et bientôt un sous-
lieutenant demanda à examiner le bijou. Sa richesse l'étonne et fait naître ses soupçons , et
bientôt le colonel est instruit qu'un des gardes
possède une montre d'une richesse telle qu'il
n'y a qu'un vol qui puisse la lui avoir procurée.

Un conseil de guerre est convoqué, les portes
de la caserne sont fermées, le coupable arrêté,
et au milieu de la cour, les juges debout et le
rapporteur sur un tambour, vont procéder au
jugement. Un jeune marquis suisse est donné
pour défenseur au coupable et c'est avec peine
qu'il décide celui-ci à parler. Voici la révéla-
tion de cet homme.

Étant aux Champs-Élysées, un soir, il est accosté par un individu richement habillé, qui, après un moment de conversation, lui fait d'infâmes propositions. D'abord révolté, il accepte néanmoins, dans l'idée de le punir par ce qu'il appelle une *volée*, et après l'avoir attiré dans un lieu écarté, il tire son sabre, le menace et se prépare ou du moins fait mine de se préparer à le châtier.

L'individu effrayé prie, supplie et offre une montre pour se dégager. Il était séduisant de savoir l'heure de la retraite et le soldat accepta. Voilà comment il prétendit posséder la montre.

Notre suisse fut condamné ; on montra la montre à plusieurs horlogers et deux déclarèrent parfaitement la connaître, ajoutant qu'elle appartenait à M. L. : grand étonnement.... On va chez M. L. et on ne trouve que madame qui ignore de quoi on veut parler ; même ignorance chez monsieur, et le bijou qui valait quelques milliers de francs, est déposé chez un notaire ou une main cachée le fit disparaître.

Assez pour aujourd'hui, monseigneur, et croyez-moi votre dévoué serviteur.

~~~~~~

LETTRE LXI.

Paris, 1822.

M. de Martignac.

MONSEIGNEUR,

Je vais vous entretenir aujourd'hui d'un homme qui commence à faire quelque bruit et qui ne tardera pas , du moins est-ce l'opinion publique , à parvenir au ministère ; c'est de M. de Martignac.

Ce magistrat eut une jeunesse assez vive , et tandis qu'il suivait ses cours à Paris, grâce à quelques amis et une maîtresse qu'il aima beaucoup, il négligea ses études et s'aliéna momentanément l'amitié de sa famille. Les têtes du midi sont chaudes et la famille Martignac est des rives de la Garonne. M. Martignac père prit la chose au vif et chargea un de ses amis de sévir contre le jeune étourdi , que cette voie était loin de ramener. L'intermédiaire heureusement sentit ce que cette marche avait de vicieux et prit sur lui de lui donner une autre direction. Il biaisa , n'étourdit pas le jeune homme de sermons irritans , tâcha de gagner son amitié , et après deux années parvint à décider notre aimable gascon à retourner dans sa province.

A Bordeaux, le jeune Martignac fréquenta le barreau et se lia intimement avec un avocat dont la réputation commençait à s'étendre : cette liaison acheva de le remettre au mieux avec ses parens que son retour, sous le toit paternel, avait disposés à l'indulgence.

L'avocat, ami du jeune Martignac, ayant été appelé dans un département voisin pour y soutenir les droits d'une jeune femme riche et belle, dont des *convenances* avaient uni le sort à un mari qui ne lui convenait nullement ; il emmena avec lui Martignac autant pour être aidé de son travail que pour lui donner une distraction à la fois agréable et utile. Un divorce était le point en discussion ; le mari le repoussait , la femme le réclamait avec chaleur, et si d'un côté le bon droit appuyait la demande, de l'autre, les sages précautions prises par la

loi rendaient la cause épineuse. Nos deux
jeunes avocats travaillèrent assidûment , la
jeune dame vint souvent échauffer leur zèle et
les convaincre de la bonté de ses motifs : enfin
le plaidoyer allait grouper tous les argumens,
détruire toutes les objections , mettre en évi-
dence le bon droit, quand le metteur en œuvre
tomba grièvement malade. Grand chagrin
dans la famille de la jeune dame : la cause ,
déjà vingt fois remise , ne peut plus être reculée ! Comment faire.

Le malade avait conçu une opinion très-fa-
vorable pour le jeune Martignac; il l'appelle ,
et lui dit : « Mon jeune ami, il m'est impossible de rédiger mon plaidoyer, et toute une
famille est dans la désolation ; il faut me remplacer : vous êtes imbu de cette cause ; nous
avons discuté, recherché ensemble tout ce qui
lui est contraire ou favorable , c'est donc à
vous de me suppléer. » Martignac, effrayé de
débuter par une cause aussi importante, refuse;
mais bientôt vaincu par des instances réitérées,
il cède et se met en travail.

Le grand jour arrive ; le jeune avocat bal-
butie les premiers mots de son exorde, se ras-
sure bientôt et prononce, avec chaleur et noblesse, un plaidoyer qui enlève tous les suf-

frages, que ceux des juges confirment bientôt,
en prononçant la dissolution du mariage. La
jeune dame remercie son défenseur en rou-
gissant, et celui-ci court cacher sa joie et son
émotion dans les bras de son ami qui , bientôt
convalescent, ne l'arrête plus à son chevet et
le renvoye à sa famille.

M. de Martignac avait fait sensation dans
la ville de....; il paraît même que la jeune
dame n'avait pas été insensible à la grâce , à
la jeunesse, à l'éloquence du jeune avocat.
Aussi, au retour de son ami, M. de Martignac
ne fut pas peu étonné de l'entendre lui parler
de mariage ; il prit d'abord la chose comme
une plaisanterie, mais enfin il se laissa présenter et bientôt devint l'heureux et fortuné
époux de la jeune dame dont il s'était montré
le si bon défenseur.

.   .   .   .

.   .   .   .

.   .   .   .

J'ai l'honneur, etc.

~~~~~~

LETTRE XLII.

Janvier 1823.

Athénée des dames. — Mesdames Sartory, d'Avot, de Bonnay, Pélicier, Schulze, Colliquet. — M. Cartier-Vinchon.

MONSEIGNEUR,

Vous croyez peut-être que les hommes ont seuls ici l'honneur de fonder, composer et constituer des sociétés savantes. Désabusez-vous et sachez que les dames ont marché sur leurs traces et que nous avons un *un Athénée des dames.*

Ce fut à la Saint-Louis dernière que quelques dames qui se qualifièrent du titre un peu welche de *patronesses*, fondèrent une société littéraire dont le but était l'encouragement des lettres, et dont le résultat fut de bons déjeûners et quelques soirées un peu tumultueuses.

Parmi les zélées, on remarqua mesdames baronne Pélicier, vicomtesse de Bonnay, baronne Colliquet, d'Avot, Schulze, Sartory, etc., auteurs de vers musqués, de romances bien plates et de romans à-peu-près inconnus. On vit dans cette réunion une chose assez singulière, c'est que ces dames qui, en fondant leur académie, avaient sans doute voulu narguer les hommes et élever autel contre autel, prirent pour secrétaire M. Cartier-Vinchon qui porte culotte et qui ressemblait à un petit coq au milieu de ses nobles épouses : ce n'était pourtant pas un sultan : il aurait vainement jeté le mouchoir.

Les premières séances de ces dames furent un peu tristes ; on bâilla, et pour obvier à un tel inconvénient, un jeune officier de la garde, fils d'une des *patronesses*, ne trouva rien de plus simple que de choisir des spectateurs parmi l'état-major de son régiment.

On avait pensé que des lectures ne suffisaient pas pour attirer la foule, et on avait sagement pensé ; car la salle des séances resta souvent vide et celles où on installa un piano et des tables d'écarté devinrent de véritables étouffoirs.

Quand on vit que de nombreux visiteurs arrivaient régulièrement les samedis, jour de réunion, on songea à fonder l'établissement, et toute personne qui avait montré son nez à l'Athénée, reçut la visite d'un petit domestique grec d'origine, qui, avec la souplesse d'un esclave turc, vous présenta une petite invitation de signer la liste de souscription. Ceci n'était que le préalable, car avec une révérence encore plus profonde que celle de son entrée, il vous invitait ensuite à acquitter les six mois pour lesquels on venait de souscrire, et c'était une bagatelle de 50 francs. Ce qui était une farce vraiment piquante, c'est qu'à peine aviez-vous desserré les cordons de votre bourse, qu'il vous délivrait un billet d'admission, où il était dit : *qu'après un libre ballotage vous étiez admis, etc.*

Quand la foule parut se porter à l'Athénée, les dames *patronesses* devinrent difficiles pour les admissions; aussi cite-t-on tel marquis bien connu et admis en cour, qui reçut leur *veto*, et ceci n'est pas étonnant : ces dames avaient tellement remué ciel et terre, qu'une aimable princesse songea à leur accorder sa protection.

Cependant comme l'accord ne peut guère durer dans un état où le sceptre démocratique est remis à des mains féminines, la discorde vient de s'introduire parmi les fondatrices, et

en voici le sujet . . . .
. . . .
. . . .

(L'éditeur a cru devoir supprimer les détails qui se trouvaient ici ; ils étaient vraiment scandaleux ; ne voulant pas cependant priver le lecteur de tous renseignemens, il en a recueilli quelques-uns qu'il joint ici sans ordre et sans liaison.)

La littérature fut totalement abandonnée pour l'écarté et le piano. A dix heures du soir il n'était plus question que du jeu et de la musique.

Comme on avait besoin de se rafraîchir, un buffet de limonadier était installé, et l'on donnait des glaces, des limonades, moyennant une rétribution égale à celle des cafés.

Les séances publiques avaient lieu le samedi de chaque semaine. Les présidentes se réunissaient dans la semaine, mais c'était pour régler les opérations du samedi, s'occuper des admissions, etc. A l'occasion d'un ballotage, une des dames fondatrices parut ne plus présenter les mêmes titres à l'estime de ses collègues, et on voulut l'éliminer. Une scène qui avait eu lieu en séance publique avait donné lieu à cela. Plusieurs patronesses voulurent

donner leur démission, d'autres s'y opposèrent ;
à la quatrième séance, la dissention était complète dans l'intérieur.

Dans les dernières assemblées il n'y avait
plus ni littérature, ni musique, ni danse, mais
quatre à cinq tables d'écarté dont on s'occupait
exclusivement.

Il y avait des noms très-recommandables
sur la liste de souscriptions. On avait surpris
de hautes protections.

M. Cartier-Vinchon avait une sorte de haute-
police dans l'Athénée ; c'était le champion de
ces dames. Il surveillait avec une égale vigilance la littérature, l'écarté et le buffet de ra-
fraîchissemens.

M. Cartier-Vinchon, homme de six pieds,
très-gros, très-fort et de quarante ans, était on
ne peut mieux choisi pour diriger cette entreprise.

Il gérait la caisse et ne devait de comptes
qu'en assemblée générale. Il était chargé des frais
d'établissement. Il avait loué un très-beau local
place Vendôme et s'y était réservé un logement commode pour lui et sa famille. Il y avait
une fort bonne cave ; et comme le scrutin de
ballotage durait quelquefois long-temps, on
était convenu d'y dîner, ce qui avait lieu,

moyennant 6 francs par tête, sans le vin de Champagne.

Hommes et femmes, tout le monde, pourvu que ce fût parmi les abonnés, y pouvait dîner. M. Cartier-Vinchon tenait cette table, et malgré sa prudence, on dit qu'il y eût des scènes effroyables à la suite des *extra* de vin de Champagne.

L'Athénée des dames fut dès-lors calomnié ; on alla jusqu'à le qualifier de tripot ; et les dames s'en étant écartées, il mourut un jour incognito.

J'ai l'honneur, etc.

21

~~~~~~

LETTRE LXIII.

.... 1824.

Désaugiers — La Roture.

Monseigneur,

Vous connaissez de réputation le gros D....
qui a chanté la république, qui a chanté l'empire, qui chanta Wellington et qui chantera
Pluton. Eh bien! ce bon gros gascon auquel les
bons déjeûners ne sont pas indifférens, reçût
un jour, de la munificence d'un bon prince,
un fort beau vase en argent pour le récompenser de ses *flons-flons* et de ses *lanla landeri-
rettes*. Un ami du vaudevilliste entra au moment où celui-ci, en contemplation devant le
cadeau, n'existait plus que pour voir et palper,
et improvisa les couplets suivans.

AIR : *Rendez-moi mon écuelle de bois.*

As-tu vu mon écuelle d'argent,
 As-tu vu mon écuelle,
Dit Buteux en se rengorgeant ;
Ah! qu'elle est large! ah! qu'elle est belle!
As-tu vu mon écuelle d'argent,
 As-tu vu mon écuelle.

D'où te vient cette écuelle d'argent,
 D'où te vient cette écuelle ;
Chez le czar ou chez le régent
As-tu fait le polichinelle ★ :
D'où te vient cette écuelle d'argent,
 D'où te vient cette écuelle.

D'où te vient cette écuelle d'argent,
 D'où te vient cette écuelle ;
De Paris Regnault délogeant ★★ ,
A-t-il oublié sa vaisselle :
 D'où te vient, etc.

D'où te vient cette écuelle d'argent,
 D'où te vient cette écuelle ;
Bonaparte, esclave indigent,
N'a plus de quoi payer ton zèle :
 D'où te vient, etc.

★ M. . . . . passe pour imiter polichinelle avec une supériorité marquée.
★★ M. . . . . était très-souvent admis, dit-on, chez Regnault-de-Saint-Jean-d'Angely.

21.

D'où te vient cette écuelle d'argent,
  D'où te vient cette écuelle ;
A ses amis, Arnault songeant *,
Te l'envoya-t-il de Bruxelles :
  D'où te vient, etc.

Je la tiens cette écuelle d'argent,
  Je la tiens cette écuelle,
D'un roi trop bon, trop indulgent,
Qui prend des chansons pour du zèle :
  Je la tiens, etc.

Qu'on lui donne une écuelle d'argent,
Qu'on lui donne une écuelle,
Dit le prince, puisqu'en mangeant,
Pour chacun sa verve étincelle :
  Qu'on, etc.

Il aurait cent écuelles d'argent,
  Il aurait cent écuelles,
Si l'on en gagnait en changeant
De héros, d'amis et de belles :
Il aurait cent écuelles d'argent,
  Il aurait cent écuelles.

Puisque j'ai commencé en chantant, je fini-rai de même, et je vais vous prouver que le génie est roturier.

* M. . . . . . était très-souvent admis, dit-on, chez Regnault-de-Saint-Jean-d'Angely.

LES ROTURIERS.

CHANSON HISTORIQUE.

La roture est digne de mépris;
　　La naissance
　　Donne la science;
Quand on est né duc, comte ou marquis,
On sait tout sans avoir rien appris.

Le Pinde obéit aux lois d'*Horace*,
Jusqu'à nous sa gloire a tout franchi;
Faut-il que le maître du Parnasse
Ait reçu le jour d'un affranchi!
La roture, etc.

Avec chagrin je vois dans Athènes
Un orateur illustrer son nom;
Quelle honte d'être un *Démosthènes*,
Quand on a pour père un forgeron!
La roture, etc.

Virgile trace ses Géorgiques,
A quoi le ciel va-t-il donc songer
D'enrichir de talens poétiques
Qui? le fils d'un pauvre boulanger?
La roture, etc.

Depuis trois mille ans on cite *Homère,*
En vain, moi, j'en cherche la raison,
On ne sait pas quel était son père,
Peut-il être de bonne maison?

La roture, etc.

Toujours vrai, toujours inimitable,
Et donnant ses leçons à propos,
Esope est le prince de la fable,
Fils d'esclave, il portait des fagots!

La roture, etc.

De *Piron* j'admire le génie;
Mais quel malheur! grands dieux, est le sien,
Le gaillard fit la Métromanie,
Et son père était un pharmacien!

La roture, etc.

L'auteur d'Émile écrit en silence,
Son talent a droit de m'affliger.
Eh quoi! c'est le dieu de l'éloquence
Et son père était un horloger!

La roture, etc.

Il est vrai que le divin *Molière*
Lu partout, connu du monde entier,
Par méprise reçut la lumière
Dans la boutique d'un tapissier.

La roture, etc.

Rollin charme, il instruit la jeunesse;
Plus d'un maître fut son écolier;
Du bon Rollin, plaignons la bassesse,
N'est-il pas le fils d'un coutelier!

La roture, etc.

Tout couvert de palmes immortelles
Fléchier tonne, épouvante les rois;
Mais son père faisait des chandelles,
Peut-on voir un talent plus bourgeois?

La roture, etc.

Voyez dans les champs de la vaillance
Comme *Chevert* se couvre d'honneur;
S'il triomphe et s'il sauve la France,
Il n'en est pas moins fils d'un tailleur.

La roture, etc.

Bois, *Quinault*, dans l'onde aganipide,
A ta couronne ajoute un fleuron;
Je sais fort bien que tu fis Armide,
Mais rougis, n'es-tu pas né mitron?

La roture, etc.

Un poète d'un talent immense,
Rousseau qui dans l'ode est le premier,
Eh bien! n'a t-il pas l'impertinence
De naître le fils d'un cordonnier?

La roture, etc,

Mais j'aperçois l'étonnant *Voltaire*,
Combien de lauriers chargent son front,
Et c'est dans l'étude d'un notaire
Qu'il s'élance sur le double mont !

La roture est digne de mépris, ·
    La naissance
  Donne la science,
Quand on est né duc, comte ou marquis,
On sait tout sans avoir rien appris.

~~~~~~

LETTRE LXIV.

Paris, 1824.

De Forbin. — Kératry. — Esnaux. — Aimé Martin. —
Remusat. — De Guignes. — Dictionnaire chinois.

MONSEIGNEUR,

Je vous ai envoyé il y a quelque temps quelques notices littéraires, ensuite des notices politiques, puis des chansons sont venues m'interrompre. Je vais reprendre ma petite série de médisances anodines, le tout, pour la plus grande
gloire de la littérature et l'amusement de votre
sérénité.

DE FORBIN.

Ses œuvres sont :
Charles Barimore ; c'est deux ou trois cents

fusées sentimentales, lancées les unes après les autres. — *Le voyage dans le Levant* est aussi estimé des connaisseurs que les voyages de M. de Montulé. — Le jeune Michalon avait exposé une superbe vue de Taormina, avant que M. de Forbin en dessinât une autre qu'il a enveloppée dans quatre cents pages, intitulée *voyage en Sicile.*

Comme peintre, M. de Forbin ne s'avise jamais que de nous montrer à travers une longue meurtrière des ciels resplendissans de feux. Son tableau d'Inès de Castro est ce qu'il a fait de mieux, et cette fois il a supérieurement fait.

KÉRATRY.

Il a fait des feuilletons, des essais sur les beaux-arts, les *Inductions physiologiques et morales*, etc., etc.

Cet écrivain est doué de tous les avantages physiques de Pelisson et descend en ligne directe d'une précieuse de l'hôtel de Rambouillet. Il a enrichi la langue de Racine de toutes les métaphores que peuvent fournir la chimie, l'anatomie et la thérapeutique modernes. Cet homme disserte sur l'âme en physicien et parle physique comme un idéologue, ce qui fait que beaucoup de femmes le croient un plus grand homme encore que M. Aimé Martin. Comme philosophe, il appartient à la secte qui dit que la nature nous a planté un nez au milieu du visage, parce que nous devions un jour porter des lunettes.

ESNAUX.

Il n'a encore donné que des brochures et des articles dans plusieurs journaux de l'opposition. C'est un de ces fous qui rêvent aux gouvernemens à bon marché ainsi qu'au règne de la justice et des lois. M. Esnaux prépare, dit-on, un morceau d'histoire fort important et se délasse de ce travail en tuant des mouches en ville ou chez lui : Peut être que dans sa folie simulée, Brutus s'amusait à écarteler des hannetons.

AIMÉ MARTIN.

Produit industriel de l'industrielle ville de Lyon, M. Aimé Martin a commencé par exploiter le madrigal et l'a su tirer de plus loin encore que feu Dumoustier. On prétend que ses fades complimens ont mis sa Sophie dans un état de défaillance qui résiste depuis dix ans aux anti-spasmodiques les plus puissans. Étrange phénomène ! C'est la main d'un athlète ou d'un spadassin * redoutable qui a tracé tant de niaiseries sentimentales. — Mais ce phénomène s'explique : l'auteur des lettres sur la chimie n'a jamais pu apprendre la langue d'Horace, tandis qu'il a saisi à merveille toutes les démonstrations de son maître en fait d'armes.

. . . .

. . . .

. . . .

—Je vous envoie le Dictionnaire chinois que vous me demandez : j'ai eu quelque peine à me le procurer, mais j'ai gagné une anecdote qui peut lui servir de préface.

Napoléon, dans les dernières années de son règne, pensa qu'il serait aussi utile pour la France qu'honorable pour lui de faire faire une bonne grammaire et surtout un dictionnaire chinois ; dès que le projet fut connu, les journaux ventèrent l'excellence de cette entreprise, tous les synologues de l'Europe se briguèrent l'honneur d'y travailler, et M. Mantucchi, de Vienne, M. Klaproth de Berlin, Hagger, de Naples, s'en

* Spadassin.

disputèrent la direction ; il n'y eut pas jusqu'au très-petit M. Rémusat qui n'est pas l'ex-préfet du palais, qui se mit sur les rangs.

Forcé de quitter Berlin pour ses opinions politiques , M. Klaproth se réfugia à Paris et devint l'ami et l'apôtre de M. Remusat, qui un moment se crut sûr de la victoire et pensa que gloire et pensions allaient être la récompense du savoir que le bon M. Klaproth allait lui prêter. Mais il comptait sans son hôte ; une rumeur épouvantable s'éleva dans la république savante, et journaux et brochures vomirent un tel déluge de plaintes, de criailleries, etc., que Napoléon plus effrayé de ce *houra* scientifique que d'une charge de dix mille cosaques, fut sur le point de renoncer à son projet. Cependant, comme il était un peu tenace par caractère, il prit la résolution de ne plus rien écouter et de confier la confection du dictionnaire et de la grammaire à M. de Guignes (fils de l'ancien académicien, et lui-même correspondant de l'institut), lequel avait résidé pendant trente ans à Kanton, en qualité de consul français. Les synologues qui jusqu'alors s'étaient entre-déchirés, se réunirent tous pour accabler cet élu, et ils prétendirent que M. de Guignes, ayant résidé constamment à Kanton, ne pouvait et ne

devait connaître qu'un mauvais dialecte chinois fort éloigné de la langue mère.

Napoléon n'écoutait plus rien, mais le ministre chargé de faire exécuter, trembla que
si des bévues étaient commises, elles lui
fussent attribuées, et il prit la résolution de
causer personnellement avec M. de Guignes,
pour tâcher de découvrir la vérité. Après lui
avoir exposé ses craintes, il demanda au savant
quels étaient les argumens qu'il pouvait opposer
à ses adversaires : Monseigneur, répliqua M. de
Guignes, il est vrai qu'à Kanton il existe un dialecte à l'usage du peuple, mais dans toutes les
maisons un peu riches on y parle le pur chinois ; chez nous, en France, dans nos villes
méridionales, il existe aussi un dialecte, mais
le préfet, l'évêque et les autorités parlent français aussi bien qu'à Paris. La vice-royauté de
Kanton est toujours accordée au mandarin que
l'empereur veut récompenser, c'est donc toujours un homme de mérite qui la remplit, et
comme par mes fonctions je n'avais de rapport qu'avec lui et les autorités supérieures,
vous avouerez que j'étais obligé de parler pure-
ment le chinois ; de plus, lorsque l'ambassade
hollandaise voulut pénétrer dans l'intérieur de
l'empire, je fus désigné pour interprète, et en

cette qualité , j'ai harangué même l'empereur.
Au surplus, ouvrez des concours ; que mes an-
tagonistes soient mis en ma présence, et je me
soumettrai à tout examen. — Quand on connut
cette proposition, les synologues se turent, et
M. de Guignes commença son travail ; au surplus , il eut le bon sens de s'entourer de toutes
les lumières, et ceux même qui l'avaient le plus
vivement attaqué , se virent fréquemment con-
sultés par lui.

Le dictionnaire fut achevé; il coûta des sommes énormes ; la munificence impériale le dis-
tribua à tous les corps enseignans de l'Europe ,
aux bibliothèques, aux savans et même le gouvernement anglais, malgré l'état de guerre, en
reçut plusieurs exemplaires.

Ce dictionnaire chinois me rappelle un trait
de la politique de ces asiatiques qui, peut-être,
vous est inconnu. Lorsque l'Angleterre envoya lord Maccarteney en Chine , le gouvernement de ce pays, qui voit un espion dans tout ambassadeur , adopta une mesure qui désola le
pauvre lord. Depuis Kanton jusqu'à Pekin, il
eut une garde-d'honneur très-nombreuse, dont
chaque membre était armé de drapeaux, dont
la réunion l'empêchait d'apercevoir les sites ,
la direction des chemins, des montagnes et des

rivières, la nature de la culture, et même à peine put-il entrevoir, la forme des maisons. Cela n'empêcha pas notre anglais de publier une relation très-détaillée de ce qu'il n'avait pas vu; mais quelques compagnons de voyage montrèrent le bout de l'oreille.

Votre dévoué, etc.

LETTRE XLV.

Paris, 1823.

Du clergé impérial.

MONSEIGNEUR,

Je conçois que quand vous avez lu la *Quotidienne* et le *Courrier français*, le *Drapeau blanc* et le *Constitutionnel*, vous soyez embarrassé pour vous former une idée claire de ce que nous entendons par jésuites, pères de la foi, haut et bas clergé, prêtres assermentés, dissidens, petite église, etc., etc. Je conçois aussi qu'en lisant les apologies des uns et les satires des autres, il vous soit difficile de vous former une opinion sur notre clergé; je possède une petite collection de pièces très-précieuses et inédites, dont la réunion vous éclairera, et je vais successivement vous faire passer

22

sous les yeux les différens morceaux qui la composent.

La pièce que je joins à cette lettre est l'ouvrage d'un royaliste chaud, je dirais presque exagéré. Son écrit fut livré à l'impression en 1818; mais à peine était-il dans les mains de l'ouvrier, que des intrigues sourdes parvinrent à en arrêter l'impression; on brisa la composition, et c'est par un miracle qu'une partie du manuscrit est tombée entre mes mains.

De la nécessité de faire des épurations dans le clergé français.

« Les étrangers que le sort des armes a portés dans notre patrie, et qui, ne pouvant pas distinguer les diverses opinions qui nous divisent, n'ont vu en nous qu'*un peuple*, ont dû se former une bien triste idée de notre caractère ! Nous nous laissons d'abord subjuguer par une poignée de cannibales qui, en proclamant la souveraineté du peuple, anéantissent tous nos droits, précipitent de son trône et portent sur un échafaud un roi juste et bon, dont le seul crime fut de ne vouloir pas punir quelques factieux; ces cannibales font retentir les airs des noms de *liberté* et d'*égalité*, et, secourus par

ces leviers populaires, ils plongent dans les ca-
chots les citoyens paisibles, font tomber leurs
têtes et s'engraissent de leurs dépouilles. Ils
succombent enfin, mais notre apathie laisse
passer les rênes de l'État dans les mains de
quelques êtres dépravés, et la débauche honteuse remplace la fureur révolutionnaire. Quelques années s'écoulent, et nos décemvirs sont
renversés par un audacieux insulaire qui couvre
la France de ses satellites, fait régner le plus
insolent despotisme et finit par ensevelir nos
armées dans les sables brûlans de l'Espagne et
sous les neiges de l'antique Moscovie. Cet
homme de sang est chassé ignominieusement,
nous ressaisissons nos droits, la liberté refleurit
sous un gouvernement protecteur et sous l'égide
des lois; mais ce même homme qui n'avait été
exilé qu'en apparence, revient en mariant sa
cause à celle des bourreaux de 93 : la révolte
et la trahison le précèdent, la guerre civile et
la guerre étrangère sont les présens qu'il nous
apporte, et nous tombons de nouveau sous le
double despotisme d'un soldat corse et sous la
domination des niveleurs révolutionnaires;
cette horde abjecte a l'insolence de prétendre
établir un gouvernement *constitutionnel* sous
un despote, ennemi constant de toute liberté

et dont la voix fait mouvoir les armées de l'État qu'il prétend gouverner : et quelques français ont la bonhomie de donner dans des embuches aussi grossières. Enfin cet ennemi de la France et du monde est de nouveau renversé ; mais ses satellites nous entourent encore, ils sont partout ; ils se cachent sous l'habit des guerriers et pénètrent jusqu'aux pieds du souverain ; à l'ombre des autels on en voit d'une main hypocrite, montrer aux fidèles le signe de notre foi, et prostituer ainsi le ministère saint qui leur est confié.

» Le gouvernement protecteur de nos droits et de nos libertés, paraît cependant sentir à la fin, mais trop tard, la nécessité de purger les administrations et tous les emplois publics, de ces hommes de sang, reste impur de nos fatales discordes ; de ces hommes dont le patriotisme a sa source dans les rapines, et qui, sous la démagogie du comité de salut public comme sous le despotisme du Corse, ont mesuré leur zèle et ce *civisme* dont ils font aujourd'hui leur parure, au poids de l'or qui leur était distribué.

» Un autre soin, non moins important, appelle l'attention du gouvernement. Notre régénération ne saurait être complète si la religion n'était pas rétablie : elle seule est le véritable

appui des rois, elle seule est la véritable base
de la civilisation ; dans la religion la jeunèsse
trouve une école de mœurs, et la vieillesse une
source intarissable de consolations : la religion
enfin offre peut-être le seul moyen d'arrêter les
progrès du torrent révolutionnaire, en appelant.
les Français à des idées plus calmes et mieux
en harmonie avec les devoirs que prescrit la
loi naturelle.

» Mais pour arriver à ce grand but, ne le dis-
simulons pas, il faut de grandes mesures ; cette
religion sainte languit, confiée à trop de mains
mercenaires et souillées de récompenses hon-
teuses. *L'esprit révolutionnaire a volé des tribu-
nes de la convention et du club des jacobins
jusque dans le sanctuaire où l'humble lévite
adressait des vœux à l'éternel, et des membres.
du clergé français ont été rebelles à l'évangile
autant que le comité du salut public l'a été à
l'humanité et à son légitime roi.* Nous déclarons donc qu'il est impossible de rétablir la religion et d'épurer la morale avec le secours des
êtres avilis et méprisés, qui souillent de leur
présence le clergé actuel ; nous pensons au contraire que leur coopération ne ferait que retar-
der les bienfaits que l'enseignement d'une morale pure pourrait apporter. Nous nous sommes

élevés contre la prétention qu'avaient les jacobins d'établir un gouvernement constitutionnel
sous un chef militaire, prétention qui nous paraît absurde. Eh bien ! nous le déclarons ici; nous
trouvons aussi absurde la prétention qu'a le
clergé de rétablir la morale et de relever la religion, s'il n'éloigne pas de lui les membres indi-
gnes qui sont encore dans ses rangs. Le crime
peut-il jamais faire entendre l'accent de la vertu?..

» Les phases de notre malheureuse révolution
ont assez fait connaître les hommes; il n'est pas
de vice qui, sous l'un des gouvernemens qui
nous ont asservis depuis plus de vingt années,
n'ait passé pour une vertu, aussi n'est-il pas un
seul mauvais français, rebelle à ses devoirs ou
ennemi de l'humanité, qui, sûr d'obtenir des
récompenses, ne se soit montré à découvert.

L'homme privé fut bien coupable quand il
servit d'instrument aux ennemis de son pays et
quand il employa pour soutenir le despotisme
la force qui lui avait été donnée pour s'y opposer; mais combien fut plus coupable encore
le ministre des autels appelé à nous communiquer la parole divine, à adoucir nos mœurs,
à nous rendre moins imparfaits, lorsque, fou-
lant aux pieds le plus sacré de ses devoirs, il
a prostitué son saint ministère, en appelant le

secours d'un Dieu de paix en faveur de la ty-
rannie et de l'oppression.

» Quel est le français catholique, quel est
l'honnête homme qui n'a pas rougi de voir des
membres du clergé prodiguer au tyran le plus
insolent qui jamais ait pesé sur les nations,
des louanges que la flatterie et l'adulation
n'eussent osé jamais adresser aux meilleurs des
rois? de lui voir donner les noms d'*envoyé
de Dieu*? d'entendre comparer sa mère (ô
honte!)..... à la mère du rédempteur du
monde! cette femme.....

Ce sont pourtant ces mêmes hommes qui,
en mars 1814, lorsque, malgré leurs sacriléges
vœux, un gouvernement légitime et paternel
vint remplacer les fureurs démagogiques d'un
soldat impie, ce sont ces mêmes hommes qui
osèrent s'empresser au devant du meilleur des
rois et l'insulter de leurs louanges hypocrites,
appeler l'anathême sur ce qu'ils avaient divi-
nisé la veille et sur ce qu'ils devaient encore di-
viniser le lendemain.

» Ce sont les mêmes hommes qui ont salué
le Corse à son retour de l'île d'Elbe, lorsqu'il
revenait plonger la France dans les horreurs de
la guerre civile et de la guerre étrangère ; qui
ont fait retentir les temples saints de leur bannal

Te Deum, pour rendre à Dieu de solennelles actions de grâce de l'*heureux événement qui venait de rendre à la France le héros protecteur de sa gloire*, qui ont voulu *payer un tribut de reconnaissance bien dû à leur bienfaiteur*, en entonnant le *Domine salvum fac imperatorem nostrum Napoleonem*. *

» Ce sont les mêmes hommes qui, lorsque Buonaparte est rentré à Paris, se sont empressés d'aller lui offrir leurs hommages, d'aller lui vendre les secours du Dieu dont ils souillent le sanctuaire, qui se sont hâtés d'arrêter que *les N, les couronnes, les abeilles et tous les emblêmes de l'Empire français que le dernier gouvernement avait fait disparaître, seraient de suite remplacés à la grille du cœur de la Basilique métropolitaine de Paris*. **

» Ce sont les mêmes hommes qui ont osé dire à Buonaparte : « Sire, nous venons de » rendre, à la tête de notre clergé, de solen-» nelles actions de grâce pour l'heureux retour

---

* Journal du département du Nord, 27 mars; Journal de Paris, 31 mars, à l'occasion du *Te Deum* chanté à Lille, le 26 mars, en présence de Ney et de Drouet-d'Erlon.

** Journal de Paris, 2 avril.

» de V. M. dans sa capitale. V. M. nous avait
» accoutumés aux prodiges, celui ci semble sur-
» passer tous les autres. En nous ravissant d'ad-
» miration, il nous remplit d'espérance. V. M.
» qui a rétabli la religion en France, veut sans
» doute continuer à en être le plus ferme ap-
» pui. Elle peut se confier à la fidélité du cler-
» gé de N....., etc. * »

» Et qu'avait-il fait, l'homme de l'Ile d'Elbe,
pour obtenir ces hommages spontanés? Il s'é-
tait assis sur le trône de son Roi ; ces prêtres
auraient aussi bien prodigué leurs encens au
dey d'Alger, au roi de Maroc, si l'un de ces
deux despotes se fût emparé du gouvernement.
Le grand point, pour quelques membres du
clergé, c'était de recevoir son traitement ; peu
importait ensuite de chanter le *Te Deum* pour
un roi chrétien ou pour un chef de bandits, élevé dans la croyance des musulmans ou ne pro-
fessant aucune croyance.

» Buonaparte, qui a mis une partie du clergé
dans cet état abject, voulut encore l'attacher
plus fortement à son nouveau despotisme, et
pour y parvenir il se servit d'un moyen infail-

* Adresse des vicaires-généraux du diocèse de N.....
le siége vacant. (Journal de Paris, 2 avril.)

lible ; il sanctionna une ordonnance du roi, du 6 novembre 1814, qui avait accordé une indemnité de 200 francs par an au desservant qui, à défaut de prêtre, faisait le service dans deux paroisses, et il fit écrire aux chefs du clergé, par son ministre Carnot, « que S. M. I. se pro- » posait d'employer tout son zèle pour que les » affaires ecclésiastiques se terminassent à la sa- » tisfaction générale. »

  » Alors les concerts de 1813 reprirent leur divine harmonie et la France se vit inondée de lettres pastorales, de mandemens où des évêques, des archevêques, des vicaires géné- raux rivalisaient de bassesse. Qui n'a pas été révolté en lisant les mandemens honteux des évêques de....... et de.......? * Qui n'a pas rougi d'entendre l'évêque de...... faire reten- tir les voûtes des temples saints de ces paroles sacriléges : « Napoléon est remonté sur le trône ! » l'armée retrouve en lui son héros, et la France

---

* L'un de ces prélats est auteur d'un Mandement que l'on peut intituler : *La poétique des flagorneurs*. Dans ce Mandement, publié en 1814, au retour des Bourbons, il s'exprime ainsi : « Lorsque l'élan des cœurs était com- primé, et que nulle représentation ne pouvait être que dangereuse, il n'y avait qu'une voie pour faire entendre la vérité au tyran, *celle des éloges exagérées.* »

» reconnaît ce génie puissant qui la tira de l'a-
» narchie; nous n'avons pas oublié nous-mêmes
» qu'à peine saisi des rênes du gouvernement,
» il rouvrit les temples de la religion, releva
» ses autels, rappela ses ministres et rendit à
» Sion son culte et ses solennités. Ministres
» d'un Dieu de paix, dont les anges pleurent
» amèrement sur la discorde et la désolation
» des peuples, nous bénirons le seigneur d'a-
» voir inspiré à notre illustre souverain les dis-
» positions religieuses qu'il manifeste, etc. * »

» Ce n'est pas tout, il en est qui ont excité
les citoyens à s'armer pour la cause de Buonaparte; on a vu un prêtre, à Rennes, donner
sa bénédiction à un *arbre de la liberté* et rappeler ainsi les beaux jours de quatre-vingt
treize; on en a vu un autre, à Gueret, après
avoir entonné le *Domine salvum fac imperatorem*, adresser aux gardes nationales une exhor-
tation véhémente en faveur de la couleur tricolore, *ce signe du ralliement, de la valeur et
du civisme.* **

» Mais ce fut surtout à l'illustre saturnale du

---

* Lettre pastorale du 19 avril 1815; Journal de Paris,
7 mai suivant.
** Patriote de 89, 15 juin 1815.

champ de Mai, que les français religieux éprouvèrent un vif sentiment d'horreur, lorsqu'ils
virent un comte de B****, archevêque de.....,
que son roi avait daigné élever au rang des pairs
de France; un cardinal de B**** et quatorze
évêques donner la religion en spectacle sur des
tréteaux élevés par des mains révolutionnaires
encore fumantes du sang du roi martyr, et appeler le secours de l'Éternel pour le succès des
armes du brigand qui venait consolider sa puissance usurpée, pour mettre la France sous son
joug de fer ou pour la livrer à des mains étrangères.

» Les mêmes hommes sollicitent cependant
aujourd'hui les faveurs de la cour, de cette
cour qu'ils ont outragée pendant un si long
temps ! Les mêmes hommes sont aux genoux
du Roi, de ce roi qui, malgré leurs vœux sacriléges, a reconquis le trône où régnaientses
ancêtres; de ce roi qu'ils devraient ne jamais
approcher, tant le crime et l'hypocrisie doivent
craindre de paraître odieux à la vertu et à la
noble loyauté !

» Loin de nous, comme on le voit, l'idée
de dire que tous les ecclésiastiques se soient
souillés des bassesses que nous venons de si-
gnaler ; non, il en est, et c'est heureusement

un grand nombre qui sont restés constamment
purs au milieu de la corruption qui s'était glissée
dans leur ordre , et c'est en leur faveur que
nous osons élever notre voix timide; ils languissent ces hommes vertueux confinés dans
les dernières fonctions, tandis que la pourpre
décore des hypocrites orgueilleux; la religion ,
les mœurs, la saine raison demandent que le
clergé soit épuré ; l'intérêt et la dignité du
trône le demandent encore ; à la suite d'une
révolution aussi affreuse que celle qui vient
d'ensanglanter la France et l'Europe entière ,
il faut tout refaire, tout recréer, tout réorga-
niser; une demi-mesure amènerait bientôt une
nouvelle désorganisation. Il est nécessaire ,
osons le dire , que l'édifice religieux soit re-
construit...... »

LETTRE XLVI.

Paris, 1824.

De la conduite de Rome avec les rois de France.

MONSEIGNEUR,

Voici une seconde pièce de mon recueil sur le clergé ; celui-ci traite des rapports de Rome avec la France et ne parle que par des faits historiques. Livré, comme le précédent, à l'impression, il eut un sort semblable, quoiqu'aucun intérêt particulier ait pu faire désirer sa suppression, qu'on attribue à un ministre puissant.

Des rapports établis entre le Pape et la couronne de France.

Il passe pour constant que saint Pierre s'éleva de la profession de simple pêcheur à la dignité de premier évêque de Rome ; cependant cela n'est écrit nulle part, et si le fait est vrai, saint Pierre eût mérité d'être réprimandé ; car, suivant la première épitre de saint Paul aux Corinthiens, *il ne devait point y avoir de dignités ecclésiastiques dans l'église.*

Quoiqu'il en soit, les premiers successeurs de saint Pierre prêchèrent le mépris des richesses et reconnurent qu'ils ne devaient avoir rien de terrestre, parce que Dieu avait dit : « Quittez » tout et suivez moi, votre royaume n'est pas » de ce monde. » Voilà pourquoi ils quittent leur nom pour prendre celui d'un saint.

Jusqu'à l'avènement de Constantin (an de J.-C. 306.) les évêques de Rome ne possédèrent rien en propre, et le palais de saint Jean de Latran, que ce prince leur donna, forma long-temps tout leur patrimoine *.

Après le partage du monde connu en deux empires (an de Jésus-Christ 330), les évêques de Rome reçurent leur dignité des em-

---

* Le pape Adrien Ier. prétendit, long-temps après la mort de Constantin, que l'acte par lequel ce prince avait donné le palais de Latran, consentait aussi la donation de Rome et d'une portion de l'Italie, et il défendit de douter de l'authenticité de cette donation, sous peine d'être déclaré hérétique.

pereurs d'Occident auxquels ils étaient soumis.

Cet état de choses paraît avoir subsisté jusqu'au règne de Pépin-le-Bref qui, vers le milieu du huitième siècle, leur donna quelques terres dans l'exarchat de Ravenne, pour reconnaître le service que lui avait rendu le pape Zacharie *, en déclarant que la couronne devait lui appartenir à l'exclusion du roi légitime.

Vingt ans après, Charlemagne, fils de Pépin, fut couronné empereur d'Occident par le pape Léon III, et donna au saint siége la Sicile, la Corse et la Sardaigne.

L'insolence des papes s'accrut en raison de leur puissance temporelle : évêques de Rome, ils n'avaient encore prétendu à aucune prééminence sur les autres évêques, et ce ne fut que dans le onzième siècle que le célèbre Hildebrand, plus connu sous le nom de Grégoire VII, se proclama premier pontife souverain, s'attribua exclusivement le titre de pape et déclara que l'autorité des rois était soumise à celle des évêques, et que l'autorité des évêques était soumise à celle du pape.

---

* Tous les patriarches prenaient le nom de papes. « C'est, dit Voltaire, un nom grec commun à tous les prêtres. » *Essai sur les mœurs*, chap. 31.

Ce pontife mit aussitôt en pratique cette doctrine monstrueuse. Quelques marchands italiens avaient été rançonnés par des Français; ils se plaignirent au pape et celui-ci demanda une indemnité au roi de France, Philippe Ier.; ce prince ne répondit point à une proposition aussi ridicule, alors le pape eut l'impertinence d'écrire une lettre circulaire aux évêques de France. « Votre roi, leur dit-il, est moins roi
» que tyran, il passe sa vie dans l'infamie et
» dans le crime; s'il ne se corrigeait pas, les
» Français, frappés d'un anathême général,
» refuseraient de lui obéir, à moins qu'ils
» n'aimassent mieux abjurer la foi chrétienne. »
Après ces paroles, venait la menace de l'excommunication. Le roi dévora cet outrage et eût la faiblesse d'envoyer des ambassadeurs à Rome, pour assurer le pape de son respect et de son obéissance.

Voilà donc le roi de France devenu le vassal de l'évêque de Rome; celui-ci accrut encore son pouvoir temporel par la donation que la comtesse Mathilde fit de ses états, au saint siége, s'en réservant seulement l'usufruit sa vie durant; donation qui ne se trouve nulle part, mais dont les papes ont défendu de contester l'authenticité. La comtesse Mathilde possédait

23

la Toscane, Mantoue, Parme, Reggio, Plaisance, Ferrare, Modène, une partie de l'Om-
brie et du duché de Spolette, Véronne, des
possessions éparses depuis Viterbe jusqu'à Or-
viette, et une partie de la Marche d'Ancône.

Philippe I.ᵉʳ fut une seconde fois excommunié par le successeur de Grégoire VII; ce pape
prêchait aux Français l'horrible folie des Croisades; le roi se croyant maître chez lui, voulut
s'y opposer; Urbain l'excommunia et le menaça
de délier les Français du serment qu'ils avaient
fait à leur roi : on partit pour la terre sainte.

Il était tout simple que les évêques suivissent
la doctrine des papes, qui les plaçait au-dessus
des rois; l'un d'eux, Pierre Lachâtre, avait été
nommé à l'évêché de Bourges, malgré l'exclusion prononcée contre lui par le roi Louis le
Jeune; ce roi voulut soutenir ses droits, alors
Pierre Lachâtre mit en interdit les domaines
royaux de son évêché; de là suivit une guerre
civile qui ne finit que par une négociation, en
reconnaissant l'évêque et en priant le pape de
faire lever l'interdit.

Cela se passait vers le milieu du douzième
siècle. Quarante ans après, le pape Innocent III
rendit le saint siége encore plus redoutable aux
têtes couronnées, et renchérissant encore sur

les maximes posées par Hildebrand, il proclama que le pape était le souverain maître de
l'univers; que les princes, les magistrats, les
évêques n'avaient d'autre autorité que celle
qu'il voulait bien leur accorder.

Depuis cette époque, les pontifs romains se
sont arrogé le droit de juger toutes les actions
des rois de France. En 1199, Philippe Au-
guste épousa Agnès de Méranie; cette union
ne plût pas au pape Innocent III; il excommunia le roi et mit la France en interdit.

En 1226, Louis le Lion, père de St.-Louis,
fut nommé roi d'Angleterre par la chambre des
pairs; Innocent III excommunia et le roi nommé et la chambre des pairs, prétendant qu'à lui
seul était réservé le droit de donner un trône
qui lui appartenait.

Ces excommunications avaient pour but de
constituer le roi de France en état de vassa-
lité envers le pape, et elles étaient levées aussitôt que celui qui en était frappé avait réitéré
sa très-humble soumission au souverain pontife. Cet état de choses était aussi humiliant
pour la Couronne de France que pour la véritable religion fondée sur les dogmes de l'évangile; le roi Saint-Louis voulut y mettre un
terme dès les premières années de son règne.

Des évêques avaient osé fulminer des censures
et des interdits; le roi les fit punir par la saisie
de leur temporel et ils rentrèrent dans le devoir.
Il fut aussi en imposer à la cour de Rome. Grégoire IX excommunia l'empereur Frédéric II et
donna l'empire au comte d'Artois, frère de St.-
Louis; ce roi, sage et juste, refusa ce don et
donna pour raison que le pape n'avait pas eu,
le droit de le faire.

On a pu croire pendant le règne de Philippe-
le-Bel que ce prince avait eu l'intention de se
soustraire et de soustraire ses sujets au joug avi-
lissant de la cour de Rome. En l'an 1302, il
avait imposé une taxe aux ecclésiastiques; ceux-
ci s'en plaignirent au pape Boniface VIII qui,
de suite, excommunia le Roi et défendit aux
ecclésiastiques de lui payer aucune taxe; Philippe répondit à la bulle qui contenait cette défense par un ordre exprès de ne laisser sortir
aucun argent du royaume sans une permission
signée de lui; dans le même temps, l'évêque
de Pamiers conspira contre son roi et le pape
aussitôt le fit son légat à la cour de Philippe.
Ce sujet revêtu d'une dignité qui, selon la doctrine papale, le mettait au-dessus de son souverain, vint braver Philippe jusques dans sa

cour et le menacer de mettre son royaume en interdit : Philippe le fit saisir.

La cause de cet évêque fut plaidée publiquement et le chancelier de France, Pierre Flotte alla à Rome rendre compte du procès à Boniface à qui il eut le courage de dire *que le royaume de France était de ce monde et que celui du pape n'en était pas.*

Ces paroles du ministre d'un souverain réel à un souverain imaginaire, offensèrent vivement le pontife ; il écrivit de suite un bref à Philippe : « Sachez, lui dit-il, que vous nous » êtes soumis dans le temporel comme dans le » spirituel. »

Le roi répondit : « A Boniface, prétendu » pape, peu ou point de salut ; que votre très- » grande fatuité apprenne que nous ne sommes » soumis à personne pour le temporel. »

Le pontife lança bulles sur bulles, qui toutes déclarent que le pape est le maître des royaumes ; que si le roi ne lui obéit pas, il excommuniera le royaume et le mettra en interdit. Boniface comptait un peu trop sur l'imbécillité des hommes ; il espérait que les Français seraient assez lâches pour sacrifier leur roi à la crainte d'être privés injustement de sacremens. Il se trompa, on brûla sa bulle ; la France s'éleva

contre le pape, mais le roi fit la faute énorme
de ne pas profiter d'une aussi belle occasion de
rompre avec la papauté.

Le pontife appela au secours de son amour-
propre blessé, les armes de l'empire d'Allemagne, et par une bulle qu'il lança, en 1303,
il fit don du royaume de France à l'empereur
Albert d'Autriche : « Par la plénitude de notre
» puissance, dit-il dans cette bulle, nous vous
» donnons le royaume de France qui appar-
» tient de droit aux empereurs d'occident. »
Tout cela ne fit rien sur le cœur des Français;
ils restèrent constamment fidèles à leur souverain; Boniface en mourut *de rage* dans la
même année *.

Depuis cette époque jusqu'à la fin du sei-
zième siècle, il ne paraît pas que les pontifes
romains aient excommunié aucun des rois de
France. En 1589, Sixte Quint sortit de cette
léthargie ; non-seulement il excommunia Henry III, mais encore, d'accord avec le clergé de
France et la Sorbonne, il le fit déclarer déchu

* L'expression n'est point forcée ; tous les historiens
rapportent que Boniface, ne trouvant plus de moyens
propres à servir sa vengeance, mourut dans des convul-
sions effroyables.

du trône et délia les Français du serment de fidélité.

Toutes ces atrocités auraient suffi sans doute pour inspirer aux Français la plus profonde horreur pour la cour de Rome ; mais la vraie cause de cette indignation vigoureuse et intarissable qu'ils portent et ont toujours porté à cette cour se trouve dans les persécutions que trois papes firent subir à ce roi, l'amour des Français et le modèle des bons princes. Le vaillant Henri IV n'était encore que roi de Navarre, lorsque Sixte Quint fulmina contre lui une bulle dans laquelle il l'appelle : « *génération batarde et détestable de la maison de Bourbon* », et le déclare hérétique, relaps, ennemi de Dieu et de la religion, indigne, lui et ses successeurs, de posséder jamais aucune principauté.

Grégoire XIV, en héritant du trône de Sixte Quint, hérita aussi de ses fureurs contre Henri IV ; il envoya une armée au secours de la ligue, armée sainte, disent les bulles, mais qui, soit dit en passant, ne laissa en France que les traces des plus horribles dissolutions.

Clément VIII suivit la doctrine de ses deux prédécesseurs ; il donna une bulle pour engager les Français à élire un roi, et envoya un légat à Paris pour demander qu'on jurât de ne jamais recevoir Henri de Navarre, quand même il abjurerait l'hérésie. Enfin, après l'abjuration de ce prince, après son entrée à Paris, le pape lui refusait constamment l'absolution, aucun ordre religieux ne priait pour lui; il fut défendu aux curés de mettre son nom dans les prières et il fallut que le parlement fît rentrer le clergé dans le devoir, en ordonnant par un arrêt, que tous les curés rétabliraient dans leur missel la prière pour le roi; à la fin, cependant, le pape consentit à donner l'absolution, mais il infligea en même temps au grand Henri une pénitence ignominieuse; le légat du pape lui donna la discipline en la personne de deux cardinaux.

Nous pourrions terminer ici le tableau des vexations prodiguées à la couronne de France par suite de ses liaisons avec la cour de Rome; mais on pourrait croire que depuis que les ténèbres ont cessé de régner, une autre conduite a été tenue envers la couronne; achevons donc ce tableau.

Nos rois jouissaient du droit de percevoir les revenus des évêchés vacans en France et de conférer les bénéfices jusqu'à la nomination du nouvel évêque; ce droit se nommait *régale*;

mais quelques églises s'en prétendaient exemptes. Le concile de Lyon, tenu en 1274, avait reconnu la régale dans les siéges qui, de temps immémorial, y étaient soumis ; mais il avait défendu de l'introduire ailleurs. Le concile n'avait point le pouvoir de rendre ce décret; d'après ce principe, Louis XIV, en 1673, déclara le droit de régale inaliénable et imprescriptible dans tous les archevêchés et évêchés du royaume.

Le clergé de France se soumit, à l'exception des évêques d'Aleth et de Pamiers ; non-seulement ils refusèrent de connaître la *régale*, mais ils prodiguèrent les censures et les excommunications à ceux qui la reconnaissaient. La foudre ne cessait de sortir du sein de leurs églises. Les parlemens y répondaient par d'autres foudres; le désordre et la confusion régnaient partout. On ne voyait d'un côté qu'excommunications lancées pour soutenir l'opinion du concile de Lyon, et de l'autre que proscriptions, exil, emprisonnemens pour le maintien de l'autorité royale.

Le pape Innocent XI, au lieu de s'établir médiateur de cette querelle misérable et scandaleuse, se constitua juge suprême et prétendit faire fléchir le sceptre de France sous la puissance du bâton pastoral ; à peine daigna-t-il répondre aux lettres du roi, et loin de se montrer disposé à concilier les intérêts du trône et de l'autel, il s'arma de toute sa puissance et porta l'imprévoyance jusqu'à menacer le monarque des foudres de l'église.

Louis XIV n'était pas de caractère à se laisser intimider ; il procédait avec les ménagemen les plus délicats et couvrait la résistance la plus juste, des formes les plus polies. Au moment où le bref du pape fut connu, le clergé était assemblé à St.-Germain ; il manifesta hautement son attachement au roi et lui adressa une lettre où il protestait de sa ferme résolution de défendre la majesté du trône si le pape se permettait quelque entreprise contre les droits du roi ou sa personne.

Le pape, loin de modérer son courroux, le laissa s'exhaler plus vivement encore, et par un bref nouveau il excommunia les grands vicaires de Pamiers, fidèles au roi. Il déclara nulles les confessions faites ou à faire à des prêtres obéissans au souverain ; il annulla jusqu'aux mariages. Ce fut alors que Louis XIV convoqua la fameuse assemblée de 1682, où, entre autres propositions, il fut décidé *que les princes n'é-*

taient point soumis pour le temporel à la puissance ecclésiastique.

Innocent XI cassa tout ce que l'assemblée avait fait. Cette querelle aurait pu avoir des suites fâcheuses; Louis le Grand se contenta de faire saisir Avignon, il méprisa la cour de Rome assez pour ne pas daigner rompre avec elle; à la vérité, aucun pape n'avait encore posé sur le front d'un soldat révolté, la couronne de St.-Louis.

Il était réservé à notre âge de voir le Pontife romain, désertant la capitale du monde chrétien, venir répandre l'oing du seigneur sur un individu obscur, sorti des rochers stériles de la Corse et élevé par la bienfaisance des rois dont il envahissait le trône. Nous l'avons vue cependant cette *parade,* décorée du nom de cérémonie ; nous l'avons vue et la postérité ne pourra point y croire; mais cette religion, dont les dogmes sont si purs, n'a point prêté son appui à une cause impie, les mains sacrilèges de quelques-uns de ses ministres repoussaient le Dieu de nos pères du sanctuaire dans lequel ils sanctifiaient le crime ; vainement ils ont insulté a la couronne des rois en la posant sur le front d'un tyran, le tyran a été frappé par la foudre vengeresse et la couronne du bon Henri brille d'un nouvel éclat sur le front vénérable de ses descendans.

L'évêque de Rome a fait, pendant *les temps d'erreur et d'amertume qui viennent de s'écouler* *, tout ce que lui a demandé Buonaparte jusqu'au moment où celui-ci a eu l'idée de le dépouiller de son temporel. Buonaparte croyait le connaître parfaitement, et pour égayer la fin de ce tableau, nous allons rapporter une conversation qui eut lieu entre ce despote et l'un de ses généraux, peu de temps avant la fameuse époque du couronnement.

Buonaparte annonce au général qu'il veut se faire sacrer et couronner par le pape.

Le général.

Si j'étais à votre place, je laisserais le vicaire de J.-C. sur son siège et ferais faire ma besogne chez moi et d'autorité privée. Nous ne sommes plus dans ce temps où la sainte Ampoule était un article de foi. Cette formalité au surplus n'est pas de toute nécessité ; on règne fort bien sans cela.

---

* C'est ainsi que le pape appelle le règne de Buonaparte, dans son allocution du 4 septembre 1815, pièce vraiment curieuse, rapportée dans le Journal des Débats du 30 du même mois.

Buonaparte.

Voilà raisonner en soldat ; oubliez-vous que dans ces vingt-cinq millions d'hommes auxquels je vais donner des lois, dix-huit millions au moins imbécilles, cuistres et bonnes femmes, ne me croiraient pas légitime souverain , si l'oing du seigneur n'arrivait jusqu'à moi. Dans des circonstances aussi décisives , il ne faut point négliger de parler aux yeux de la multitude. L'éblouir, c'est lui ôter la réflexion.

Le général.

Je sais tout cela comme vous ; mais permettez-moi de vous dire que vous feriez beaucoup plus de tort à vos affaires, si, en demandant l'aveu du Saint-Père, vous n'en obteniez qu'un refus.

Buonaparte.

Que dites-vous? un refus? le pape ne l'oserait. Les biens de ce monde le touchent bien autrement que ceux du ciel; je connais Pie VII, je l'ai mesuré pendant le concordat, c'est un Italien fin, rusé...... Je veux vous prouver que le père des fidèles ne m'inquiète pas, que je sais le pétrir à mon gré. Non, je ne me ferai point sacrer à Reims. Un simple archevêque ne m'imposera pas. Si l'empereur des Français ne doit s'incliner, ce ne doit être que devant le vicaire d'un Dieu. Je vous jure que je serai sacré dans ma capitale et que Pie VII fera le voyage de Rome à Paris pour présider cette cérémonie. De grandes promesses sous plusieurs rapports, de grands honneurs rendus, soit sur sa route, soit à Paris, en voilà plus qu'il n'en faut pour amener le saint homme * !

L'événement a trop prouvé que Buonaparte ne se trompait pas.

Ce même pape, dans son allocution du 4 septembre, annonce que le cardinal Consalvi, envoyé par lui à Paris, fut reçu par le roi très-chrétien *avec ces démonstrations d'intérêt et d'amour pour nous que nous devions attendre de ses hautes vertus.*

Il nous semble qu'on ne doit attendre des démonstrations d'intérêt et d'amour de quelqu'un, que lorsqu'on lui a rendu des services. Or, quels services le pape a-t-il rendus au roi de France ? Est-ce en faisant un concordat avec Buonaparte ? Est-ce en couronnant cet usurpateur que le pape croit avoir gagné la bienveillance du roi légitime ?

* Cette conversation est extraite des *Mémoires secrets sur Buonaparte.*

Le pape parle beaucoup aussi du patrimoine
de saint Pierre, et cela, pour donner un air d'an-
cienneté aux usurpations de ses prédécesseurs ;
car il est avéré que saint Pierre n'eut pour tout
patrimoine que ses filets. Il réclame également
la province d'Avignon, « Cette province, dit-
» il, reste encore séparée de son légitime sou-
» verain, mais nous espérons que nos peines
» ne seront pas infructueuses et *nous ne pou-*
» *vons douter* que le roi très-chrétien ne mette
» le comble à sa gloire en nous remettant en
» possession. »

Par l'exposé de ce qui eut lieu pendant des
siècles qu'on juge du mérite de la réclamation
et du droit qu'on doit y faire.

J'ai l'honneur, etc.

~~~~~~

LETTRE XLVII.

Paris , 1824.

Achat des *Tablettes universelles*. — Cause de cet achat. — M. le prince de T..., auteur de la Chronique qui faisait leur succès. — M. de T... et le baron C..., ou les dindons reconnaissans. — Répartie sans réplique.

MONSEIGNEUR ,

Depuis quelques jours il n'est bruit ici que de l'affaire des Tablettes universelles : les libéraux font grand bruit, les royalistes rient sous cape, et ce qu'il y a de certain , c'est que les véritables rieurs doivent être le sieur C..... et les libraires B... qui ont tout le profit de l'affaire; quant à M. So...... de la R... qui a payé trois ou quatre cents abonnés qui n'ont jamais existé que dans l'imagination des anciens propriétaires, il pourrait fort bien être le dindon de la farce. Je n'entrerai pas dans le détail de ce marché ; les journaux français auxquels vous êtes abonné, vous auront instruit de cette affaire ; mais il est une cause secrète dont personne ne parle et qu'il vous sera agréable de connaître.

Depuis quelque temps les *Tablettes universelles* renfermaient à chaque numéro une petite chronique qui désespérait les ministres ; leurs pensées y étaient pressenties, leurs plans éventés et leur tactique mise à découvert, et l'idée primitive d'acheter les *Tablettes*, dût sa naissance au désir de mettre fin à cette chronique indiscrète.

Ses auteurs apparens étaient MM. Th...., F. B.... et deux ou trois autres jeunes littérateurs qui recevaient chaque mois 12, 15, 1800 fr. et même jusqu'à cent louis pour sa rédaction. Son auteur véritable était le prince de T.... que son bon sens a jeté dans une sage opposition et que son bon goût pour l'or et le pouvoir rejettera peut-être dans un sens opposé le jour où on lui offrira un porte-feuille de président, ou pour mieux dire, la présidence des portefeuilles. Deux ou trois fois par semaine, les jeunes littérateurs cités plus haut se réunissaient dans le cabinet de Son Exc., où se trouvait aussi très-souvent M. de Bar....., et là, on tra-

24

vaillait à la chronique à peu près comme les convives du Caveau travaillent à un vaudeville.

Puisque je vous ai parlé du prince de T...., je vais vous raconter deux anecdotes qui le concernent et qui portent bien son cachet.

A l'époque où un parti voulut reprendre sous œuvre l'instruction publique pour introduire dans l'éducation ces principes qui font de l'homme une machine essentiellement obéissante et nullement pensante, un célèbre naturaliste dont l'habit est brodé de palmes académiques, fit à la chambre des pairs un rapport où l'apologie des jésuites, comme corps enseignant, était à chaque phrase, quoique leur nom ne parût nulle part.

Le prince de T. que l'ennui avait chassé dans la salle des conférences, s'y promenait, lorsqu'il vit M. C.... qui se retirait après avoir fini son rapport. Le prince l'appelle et lui dit : M. C..., vous êtes un savant naturaliste et j'ai une question à vous adresser. M. C....., qui pressentait sans doute quelque sarcasme, cherchait à éluder la conversation, lorsque T...., insistant avec beaucoup de sérieux, lui dit : Dites-moi quel est le plus reconnaissant des animaux? A cette question que le successeur de Linnée aurait volontiers qualifiée de sotte, il répondit brusque-

ment : c'est le chien.—Non, non, vous n'y êtes
pas, repartit M. de T., et M. C...., entraîné par
l'amour de la science, allait exposer les faits à
l'appui de son opinion, lorsque le rire sardo-
nique du prince arrêta l'essor scientifique du
baron qui se sentit pris au piège. — Ne voyez-
vous pas que ce sont les dindons, dit le prince
en reprenant son sérieux ! Rappelez-vous donc
que depuis que les jésuites les ont introduits en
France, ils ne cessent de demander le rappel
des bons pères.—Le rire devint universel, et le
naturaliste en défaut sentit que toute l'éloquence de son rapport aurait bien du mal à
triompher d'une épigramme.

On raconte encore qu'un grand prince, qui,
à une époque funeste, fut obligé de quitter sa
résidence pour se réfugier à ****, voulant au
moment où divers partis s'agitaient pour amener
un changement dans le ministère, écarter le
prince de T.... du centre des affaires, lui dit :
Je vous félicite M. de T.... ; vous allez jouir
d'un temps superbe pour vous rendre à votre
terre de V.... ; au surplus, je fais comme vous
et je vais passer quelques jours au château de
F....—Mais je ne vais nullement à V.... ; je ne
sais qui a pu accréditer ce bruit.—A cinq ou six
reprises différentes, le prince avec une ténacité

sans exemple, et M. de T.... avec un sang-
froid désespérant, abordèrent et repoussèrent
la question. Enfin M. de T.... auquel sa finesse
avait fait pénétrer les intentions de son inter-
locuteur, se promit bien de couper court à tout
ce qui pourrait remettre la conversation sur un
sujet qui commençait à lui déplaire.

En effet, le prince, voulant revenir à son
but, demanda tout-à-coup à T..... : « Combien y a-t-il d'ici à V..... » T....., après un
moment d'hésitation qu'il feignit d'employer à
calculer la distance, répondit : « Ma foi, je ne
pourrais au juste vous dire le nombre de lieues;
mais ce que je puis vous affirmer, c'est qu'il y
a deux fois plus de chemin que d'ici à G****. »

La réponse fut sans réplique, et T..... n'alla
pas à V.....

J'ai l'honneur, etc.

LETTRE XLVIII.

............1824.

Revue littéraire. — Jay. — Jouy. — Tissot. — Arnault père.
— Arnault fils. — Casimir Delavigne. — Dulaure. —
Thiers. — Félix Bodin. — Norvins. — Étienne. — Benja-
min Constant. — Viennet. — Lanjuinais. — Lemercier.
— Aignan. — Léon Thiessé. — Kératry.

MONSEIGNEUR,

Je vous ai amplement instruit des *on dit* du
public sur nos savans; je vous ai souvent entretenu aussi de nos littérateurs : je crois cependant
devoir revenir sur cette classe féconde en sujets
de causeries.

Nos littérateurs, à l'exemple de la nation, se
sont divisés en deux portions; mais la différence
qui existe entre la nation et la littérature, c'est
que la première est partagée en deux partis
dont l'un est à l'autre comme dix est à cent,

tandis que la littérature offre deux coteries qui n'ont pas entre elles une différence sensible. Les royalistes sont assez bons poètes, mais cerveaux brûlés et ignorant les règles du goût; les libéraux sont logiciens, graves à vingt ans, profondément instruits, mais exclusifs, intolérans même entre eux. Malgré cette direction différente dans la culture des produits de l'esprit, chacun, dans chaque genre, peut offrir des champions redoutables. C'est ainsi que les libéraux opposent aux Lamartine, aux Soumet, aux Ancelot, le vigoureux Delavigne, le malin Viennet. A leur tour les royalistes, quand on cite Jay ou Manuel, Etienne ou Benjamin Constant, se présentent en portant en triomphe Châteaubriant et de Bonald, Marchangy et Lamenais...... Je m'arrête pour relire les noms que ma plume vient de tracer et je me demande pourquoi ces noms plutôt que tant d'autres se sont présentés? Ne serait-ce pas parce que je les vois périodiquement proclamés chaque matin par nos gazettes blanches, rouges et tricolores, et ne cédais-je pas malgré moi au torrent qui porte au sommet du Parnasse les réputations qu'il engloutira bientôt dans les gouffres qui sont à ses pieds et qui communiquent au fleuve d'Oubli. C'est ce que j'examinerai tout-à-l'heure et en même temps vous trouverez l'explication d'un mot dont je me suis servi en parlant des deux portions qui divisent notre littérature et qui a dû vous paraître déplacé : c'est l'expression *coterie*.

Les littérateurs libéraux, si vous consultez certaines gazettes, offrent au plus une vingtaine de noms : ce sont Jay, Jouy, Arnauld (père et fils), Tissot, Casimir - Delavigne, Thiers, Dulaure, Félix Bodin, Norvins, Etienne, Benjamin Constant, Viennet, Lanjuinais, Lemercier, Aignan, Léon Thiessé.

Voyons quels sont ces messieurs :

JAY.

Il a fait quelques éloges et discours très-remarquables et une Histoire de Richelieu ; il travaille à tous les journaux libéraux, à une biographie et à deux ou trois entreprises dites nationales : il a aussi noirci quelques pages qui sont entrées dans les tristes *Ermites* dont la *prison* avait flétri la verve et que la *liberté* n'a pas revivifié. — HISTOIRE DE RICHELIEU. On prétend qu'il n'a fait que donner un habit neuf à un vieil ouvrage auquel il a emprunté la marche et la forme, beaucoup d'opinions, des réflexions excellentes, etc. Que lui appartient-il donc? Le style, qui est quelque chose, il est vrai; mais dans le siècle où nous vivons, est-ce un grand mérite de bien écrire en prose?—Les articles de journaux?...... — Ils sont rares...... —- Les articles biographiques, les fragmens qu'il donne pour quelques entreprises nationales?..... — Ils sont plus rares encore. — Mais cependant le nom de M. Jay est sans cesse répété?..... — Voilà le mot de l'énigme : dans le siècle où nous sommes, on veut beaucoup faire parler de soi; on veut gagner beaucoup d'argent, et pour parvenir à ce but, il faut travailler à beaucoup d'objets. De là on entreprend beaucoup; de là on fait peu de chose, parce qu'on a trop à faire; de là on se fait aider. Les aides sont des jeunes gens laborieux; l'habitude du travail leur a appris à écrire assez correctement : on trouve donc la besogne faite; on passe son temps à relire ce qu'ils ont fait et à ajouter quelques phrases qui constituent ce qu'on appelle le cachet, et on livre, sans s'en douter, tant l'illusion de l'amour propre est forte, comme de soi, ce qui est le labeur d'un autre..... Vous êtes dans l'aisance, historien de Richelieu! eh bien, renoncez à la gloriole du journaliste, repoussez loin de vous le lucre que produit sans

vraie gloire de faciles compilations, et enfermez-
vous dans le silence du cabinet. Là se fécondera
ce talent dont vous doua la nature, et bientôt
votre nom brillera de la gloire qui fait resplendir ceux des de Thou, des Mezerai, des Ro-
bertson.

JOUY.

C'est l'auteur de *l'Ermite de la Chaussée-
d'Antin*, de *Sylla*. S'il n'avait fait que cela, je
ne protesterais pas contre la renommée qui, chaque matin, le proclame un des grands moralistes
et écrivains de l'époque. Mais M. de Jouy aussi
a voulu de la gloriole et de l'argent; et lui aussi
a concouru à une biographie et autres compilations; et lui aussi s'est fait aider; et lui aussi
s'est contenté de mettre son cachet au travail
de ses élèves et de son secrétaire; et lui aussi
prostitue un beau talent..... Voyez *l'Ermite
en province*, la *Biographie des contemporains*, etc. Ce n'est pas que les ouvrages cités
ci-dessus comme titres de sa gloire, soient irré-
prochables : *Sylla*, par exemple, n'est pas une
tragédie : c'est l'histoire mise en tableau. Mais
M. de Jouy, faites-nous souvent des tableaux
comme cela, et n'en doutez pas, ils vous rap-

porteront plus de gloire et d'argent que les meilleures compilations que puisse féconder votre talent.

TISSOT.

Il a traduit avec succès les *Bucoliques*, c'est son plus beau titre de gloire. Avec de la chaleur, de la facilité et toutes les qualités d'un talent véritable, il se livre trop aux déclamations; l'habitude d'écrire dans des journaux sur des choses très-belles, telles que la gloire, la liberté et le bonheur des peuples, mais qui ont le malheur de n'être plus que des canevas de lieux communs, l'entraîne dans une lice où il se fatigue et s'épuise sans fournir de carrière brillante. Bon professeur, il s'est fait journaliste médiocre, et cela parce qu'on fut injuste envers lui. Voilà comme ceux qui osent tout, flétrissent les talens et privent la France littéraire de chefs-d'œuvre pour peupler la France politique d'écrivailleurs que quelques lustres feront oublier.

ARNAULT père.

L'auteur de *Marius* compile depuis quelques années : c'est une manie qui gagne tout le mon-

de, et si le Créateur s'était avisé de nous créer
quelques mille ans plus tard, il est probable
que l'esprit du jour nous eût fait rester dans le
néant; car quand on compile, il est difficile de
faire quelque chose avec rien. La proscription
est un des échelons de la renommée de M. Arnault. On l'a indemnisé de ses malheurs en le
plaçant sur un beau piédestal. *Germanicus* si
bien choyé à Bruxelles, si diversement accueilli
à Paris, est un des titres littéraires sur lequel
l'auteur compte le plus pour aller à la postérité; ne serait-ce pas, malgré les beautés qui rè-
gnent dans cette pièce, une de ces prédilec-
tions qu'un père porte toujours à ses enfans
malheureux.

ARNAULT fils.

C'est un excellent fils qui peut-être quelque
jour étouffera son père.

CASIMIR DELAVIGNE.

Poète admirable, tragique de belle espérance;
comique assez faible, c'est avec ce dernier titre
qu'il veut passer aux siècles futurs, et il trouve
des milliers d'échos qui, par leurs bravos, l'en-

couragent dans son travers. Pour avoir écrit
quelques scènes heureuses en vers admirables,
dans les *Comédiens* et surtout dans *l'École des
vieillards,* on a proclamé M. Delavigne le premier poète comique vivant*, et on a oublié que
Duval et Andrieux vivaient , que Casimir-
Bonjour, Desgny et quelques autres traçaient
des scènes vivifiées par cette verve comique
dont feu Molière avait si bonne dose, et M. Delavigne si peu. *Les Vêpres siciliennes* firent
négliger les *Messéniennes,* et *l'École des vieillards* a fait oublier les *Vêpres.* Ce n'est pas
ainsi que jugeront nos neveux : ils placeront
l'auteur de l'*École des Vieillards* après l'auteur
du *Méchant;* celui des *Vêpres,* à côté de l'auteur de *Tancrède ,* mais non de *Zaïre;* et
celui des premières *Messéniennes,* à côté de
J.-B. Rousseau.

DULAURE.

Savant estimable que l'esprit de parti a mis
sur le trottoir et que son talent eût enseveli,
dans un autre temps, sous vingt in-4°, et entre
deux Bénédictins. En écrivant l'Histoire de
Paris, il nous a fait une Histoire de France qui

---

* Voir les journaux du temps.

en vaut bien une autre, mais qui est peut-être un peu trop saturée de déclamations philosophiques.

THIERS.

Jeune écrivain qui a fait une incursion dans les Pyrénées, dont on lit le journal avec beaucoup de plaisir. Amateur éclairé, il a jugé nos peintres avec succès, quoique quelquefois il se soit montré d'un goût bizarre. Il s'est associé pour écrire l'histoire; trop jeune encore pour une telle entreprise, espérons qu'il donnera *seul* une édition revue, en 1840.

FÉLIX-BODIN.

Voilà une réputation bien promptement élevée; est-elle solide? Je l'ignore, mais ce que je vois, c'est qu'elle est étayée par une douzaine d'éditions d'un petit livre bien plat, quant au format. Ouvrons le livre. C'est du Mably.... Non, c'est du Thouret...... Mais non, c'est du Dubos.... Messieurs, répond le libraire, c'est tout ce que vous voudrez; mais moi je soutiens que c'est de l'or en barre. M. Félix-Bodin est est l'inventeur-fondateur des Résumés, invention moderne, qui fera beaucoup d'ignorans et qui mourra malgré tous les efforts de dames Étoile et Quotidienne et de M. Drapeau-blanc. Ne concluez pas de tout ceci que M. Bodin soit sans talent : dans vingt ans il aura une réputation réelle, et celle dont il jouit aujourd'hui est le résultat de sa profession de journaliste : il encense, on l'encense, et si j'étais du métier, je dirais : *Asinus asinum fricat.*

NORVINS.

C'est le premier historien du siècle, a dit *le Constitutionnel;* c'est un vrai Montesquieu, a dit *le Courrier français;* c'est un grand génie, a dit *le Pilote,* et tout le monde a répété, c'est un grand écrivain. Rien ne le prouve; quelques essais le font espérer, et je le croirais presque, si je ne lui gardais rancune pour m'avoir endormi, en m'expliquant en vers l'immortalité de l'âme.

ÉTIENNE.

Déterrez-moi de vieilles comédies faites par quelques jésuites (car ce sont ceux-là qu'il faut dépouiller; on est toujours sûr d'y trouver talent, argent ou puissance). Faites-moi encore deux ou trois *Deux gendres,* et malgré toutes les clameurs, je vous campe, après Molière et Regnard, au-dessus de Destouches et Dufresny. De long-temps on ne vous soufflera cette place.

BENJAMIN CONSTANT.

Il y a trois ou quatre talens dans cet écrivain. Romancier, il est froid et s'est plu à faire de son héros un homme qui vous tient toujours le cœur dans un étau, sans jamais y laisser pénétrer d'émotions douces. Tragique, il disserte, n'agit pas, ne saurait pas même émouvoir messieurs du lustre. Législateur, il a des vues sages, des principes sains, mais peut-être trop de facilité à détourner leurs conséquences de la direction qui leur est naturelle. Orateur, il est fin, adroit, mais trop entortillé, et quand il dit une vérité dure au pouvoir, il l'environne de trop d'adoucissans. C'est néanmoins un des hommes les plus remarquables de l'opposition.

VIENNET.

Quelques jolis vers font espérer beaucoup ; homme de peu d'intrigue et de beaucoup de véracité, il serait au-dessous de sa place, si plusieurs de ses amis ne disposaient pas de quelques-unes des trompettes de dame Renommée.

LANJUINAIS.

Janséniste politique, dont je ne comprends pas toujours les écrits, et dont je n'ai pas compris la conduite en 1815.

LEMERCIER.

Héritier de la rudesse de Crébillon, il a quelques parcelles de son génie et une bizarrerie littéraire qui deviendra proverbiale.

AIGNAN.

Fabricant de vers, il ramasse les débris des autres et parvient à en faire du neuf. Il s'est fait éditeur, commentateur et *illustrateur*. C'est la manie du jour, mais du moins elle ne devrait pas se rencontrer chez un écrivain qui n'a pas besoin de monter à califourchon sur un grand homme pour que son nom parvienne jusqu'à la cinquième génération.

LÉON THIESSÉ.

En fondant les défuntes Lettres Normandes, il fonda sa réputation ; mais cette fondation est tellement amincie depuis quelque temps, que s'il ne reprend sa bâtisse en sous œuvre, l'édifice pourra bien crouler. En attendant il l'étaye avec le Mercure et le Constitutionnel.

KÉRATRY.

Homme d'un grand talent, qui par une surabondance de métaphysique dans la pensée, une redondance sans bornes dans l'expression et de la lourdeur dans le style, nous rappelle un peu ces écrivains ridicules qui inondèrent de leurs productions la fin du règne de Louis XIV. C'est une preuve vivante que le talent, je dirais presque le génie, ne suffit pas seul pour faire un grand littérateur.

Mais c'est assez, Monseigneur, pour une fois : ma prochaine épître s'occupera des littérateurs que la clique libérale tient dans l'obscurité : viendront ensuite les écrivains monarchiques, et vous aurez passé en revue tout notre Parnasse.

Votre dévoué, etc.

25

~~~~~~

LETTRE XLIX.

Paris, 1824.

Ch. Pougens. — Andrieux. — Cauchois-Lemaire. — Boulay
de la Meurthe. — Esneaux. — Roquefort. — Regnault-
Warin. — Duval. — C. Bonjour.

MONSEIGNEUR,

Je vous ai promis dans ma dernière lettre
bien des choses, et pour ne pas passer pour un
gascon, je vais essayer de m'acquitter de mes
dettes dans celle-ci. Aussi bien ma tâche ne sera
pas très-difficile : je vous ai promis de vous expliquer pourquoi je qualifiais la littérature de
clique. Je me suis engagé à vous faire connaître
pour quelle cause tel homme de mérite semble
rester dans les bourbiers du Parnasse, tandis
que tel autre écrivain qui pense par autrui et
qui se sert de la plume comme tel autre d'un

rabot, tient le haut du pavé et escalade, chaque matin, les cimes les plus élevées du double mont : lisez mes petites notes biographiques, et tout vous sera expliqué.

Ch. Pougens.

Savant infatigable, érudit sans pédanterie, c'est encore un de nos littérateurs les plus distingués et un de nos philosophes les plus aimables. Aveugle depuis quarante-cinq ans, il n'a pas cessé depuis cette époque de se livrer aux travaux les plus fatigans que savant puisse entreprendre : aussi est-il parvenu à terminer, seul, un Dictionnaire étymologique de la langue française, ouvrage qui aurait effrayé trois bénédictins, et peut-être usé leur vie. Pour tant de travaux, M. Pougens ne demande aucune récompense : il ne désire qu'une chose, l'impression de son ouvrage, chose qui ne peut être entreprise que par l'Etat. L'obtiendra-t-il?..... C'est une question qui n'en devrait pas être une, et si au lieu de vivre en ermite au fond du riant vallon de Vauxbuin, M. de Pougens avait élu son domicile dans le bureau d'un journal, il est hors de doute que son nom répété chaque matin, ses travaux vantés sept fois chaque semaine,

25.

aplaniraient sa demande, et fût-ce même la renommée libérale qui eût embouché la trompette
en sa faveur, elle aurait trouvé moyen de faire
retentir son nom et ses titres jusque sous les
lambris ministériels. Ne croyez pas cependant
que M. de Pougens soit dédaigné des journalistes : sa qualité d'académicien et son iné-
puisable bonté qui rend tout le monde son
tributaire, force les cliques à ouvrir leur pro-
fane sanctuaire à son éloge : mais si on prononce son nom, on se hâte d'étouffer l'écho,
et on agit avec lui comme avec un homme avec
lequel on s'acquitte d'un devoir. Il y a peu
de temps qu'un charmant opuscule qu'il publia lui valut dans tous les journaux un tribut
d'éloges. Je me trouvais un jour au salon de rédaction du..... quand un jeune apprenti journaliste qui se croit des droits à la renommée,
parce qu'il a publié mille et une épîtres adressées
à Casimir-Delavigne, entra; il prend et parcourt
la feuille du jour; le dépit se peint sur son visage
(sans doute parce qu'il ne trouvait pas son
nom), et il s'écrie : mais où diable ont-ils dé-
terré ce Pougens qui remplit toutes leurs colonnes. Qui a jamais entendu parler de lui?. ..
— Monsieur, lui répondis-je, il y a quarante
ans qu'il travaille.... — Ah! j'entends, c'est un

de ces écrivains qui travaillent cinquante ans
et meurent inconnus. Pauvre diable !... Et l'im-
pertinent, pirouettant, alla griffonner son propre
éloge dans un coin et en obtint l'insertion pour
le lendemain.

M. de Pougens est auteur de plusieurs petits
ouvrages où brillent une imagination d'une fraî-
cheur remarquable, une philosophie douce et
aimable, et enfin un style et un savoir comme
on en rencontre peu de nos jours.

ANDRIEUX.

Conteur aimable et philosophe, professeur
adoré de ses élèves, auteur comique du premier rang, M. Andrieux voit rarement son nom
et ses ouvrages occuper les colonnes de nos
renommées quotidiennes : il n'est pas de la clique. A-t-on à citer un poète comique, son nom
est oublié, et on ne parle que de Casimir. Veut-
on parler d'un conteur aimable, on oublie le
Doyen de Salamanque, et on cite Viennet ou
tel autre dont les titres se bornent à un vieux
conte emprunté à un poète mort, dont il a
rajeuni les rimes.... Et pourquoi cela, me de-
manderez-vous? C'est que M. Andrieux n'est
pas journaliste, et que, quand bien même il le
deviendrait, sa conscience littéraire lui défen-

drait des éloges de complaisance , grands mo-
teurs des réputations du jour.

Cauchois Lemaire.

Celui-là est journaliste et vit au centre de
la clique, et cependant il n'est vanté, prôné,
que lorsqu'il publie quelque chose, et rarement
on trouve le moyen de rappeler son nom dans
les longs entr'actes que sa paresse interpose entre chacune de ses publications. La cause de
ceci tient à un caractère qui ne sait pas se plier
à toutes les petites complaisances de coteries, et
il en résulte que tout en le voyant, l'aimant, le
fréquentant, on le néglige, parce qu'on a peu de
chose à espérer de lui. Cauchois Lemaire a une
grande finesse d'esprit, un style agréable et beaucoup plus de talent réel que l'essaim de jeunes
débutans qui assiégent le Parnasse et les journaux, et qui, à force de répéter leur nom eux-
mêmes, sont parvenus à l'apprendre aux échos.

Boulay, de la Meurthe.

Cet écrivain, cet homme d'état est bien supérieur à la plupart de nos grands hommes du
jour : il a fait ses preuves comme écrivain ; il a

fait ses preuves comme législateur, et cependant personne ne songe à lui : il n'est pas journaliste.

Esneaux.

Cet écrivain politique a peu produit, mais il a montré du courage et chacun devrait l'apprécier. Cependant on le laisse dans l'oubli, et certes il est, comme penseur et comme écrivain, bien supérieur aux Bodin, aux Thiessé, aux Tiers, dont la réputation est au plus haut degré de gonflement. Mais, comme je vous l'ai déjà dit, M. Esneaux perd son temps à tuer des mouches au lieu de s'occuper à faire l'éloge des imberbes de notre littérature.

Roquefort.

Aussi savant que Dulaure, travailleur plus consciencieux que beaucoup de ses confrères, M. de Roquefort n'est ni de la clique, ni même, je crois, d'aucune société savante : c'est que la bouteille où il puise parfois ne lui a jamais fait rêver que Norvins eût hérité de Montesquieu et que de Jouy fût le successeur d'Addisson.

REGNAULT-WARIN.

Il y a dans ses ouvrages de politique ou d'histoire, des pages, même des chapitres qui ne seraient pas désavoués par les Jay et les Benjamin Constant ; ses romans valent mieux que les onze douzièmes de ceux qu'on publie chaque jour ; sa conversation est pleine de charmes et avec tout cela, messieurs les journalistes l'accueillent fort mal et messieurs les libéraux le dédaignent. On oublie l'harmonie et la vigueur habituelle de son style pour lui reprocher quelques expressions hasardées qu'on appellerait neuves et hardies dans tout autre. Ceux qui admirent le Pathos métaphysique de Kératry, lui reprochent durement de se perdre quelquefois en discussions métaphysiques qui, il est vrai, peuvent être quelquefois déplacées, mais jamais sans mérite. Regnault-Warin, doué d'une vaste imagination, d'une facilité étonnante, eût été le premier homme de la *clique*, si son caractère eût été entreprenant et souple ; mais timide, sans amour pour la gloire, sans avidité pour l'argent, il ne veut travailler que pour vivre, et comme il vit de peu, il travaille peu ; et comme il travaille avec une facilité rare, il dédaigne

même de relire ses productions. A la sortie de
notre révolution, il trouva que le sort des Bourbons avait été digne de pitié, et comme à cette
époque régnait la manie des romans historiques, il maria la fiction à l'histoire et publia
son *Cimetière de la Madeleine.* Le gouvernement d'alors, encore un peu agité de la fièvre
révolutionnaire, y vit un ouvrage de parti et
mit l'auteur au Temple ; les royalistes virent dans
la pitié donnée aux individus, le regret de la
royauté et crurent avoir acquis un nouvel apôtre ; enfin depuis que le parti libéral s'est formé, M. Regnault-Warin qui s'y rattachait par
sa manière de voir, en a été écarté, parce qu'on
lui a reproché une pente au royalisme : qu'on
lise cependant ce *Cimetière* et on n'y trouvera
autre chose que de la pitié pour des personnes
royales, exprimées par un républicain. En 1814,
les royalistes ne s'y sont pas trompés, et M. Regnault-Warin a été mal vu par eux.

Depuis vingt ans, Regnault-Warin, républicain par principes, constitutionnel par expérience, a cru à chaque gouvernement, à chaque
ministère nouveaux, que le bien allait dominer
toujours trompé, toujours déçu, il est devenu
d'une incrédulité sans exemple, et peu confiant
dans les hommes, sans ambition, sans estime

pour leur opinion, il s'est écarté de tous, a loué
ou blâmé selon sa conscience et non selon la
bannière qu'on avait adoptée : aussi, repoussé
des uns parce qu'il dédaigne leur opinion, des
autres parce qu'il ne veut pas les louer sans res-
triction, il vit en ours, malgré les sentimens de
bienveillance qui lui sont naturels, et n'a jamais
fait la plus petite démarche pour avoir un éloge.
Il vient de publier un ouvrage qui lui aurait fait
beaucoup d'honneur si on eût daigné le lire,
mais l'intrigue s'en est mêlé et en a étouffé l'ouvrage. Ceci est une petite anecdote qui mérite
que je vous la raconte.

M. Regnault était grand admirateur du général Lafayette; il voulut consigner l'expression
de ses sentimens, et répugnant de publier l'histoire d'un homme vivant, il rédigea des *Mémoires* POUR SERVIR A LA VIE *du général Lafayette,* et il adjoignit à cet ouvrage des consi-
dérations sur l'assemblée constituante. A peine
ce livre parut-il, que des gens qui avaient
aussi de leur côté rédigé des mémoires, s'agitè-
rent, et on voulut tuer l'ouvrage. On entoura le
général et on lui fit désavouer un livre que ni le
titre ni la préface ne lui attribuaient. On fit dire
au général qu'il n'avait pas même eu connaissance de l'ouvrage et qu'il n'en avait appris

l'existence que par les journaux. Le général fit
en cela une grande imprudence, car on pouvait produire des écrits datés de 1821, où il
était question d'écrire la vie du général, écrits
qu'il connaissait et auxquels il avait répondu : de
plus, quelqu'un pouvait dire : « J'ai été de la part
de M. Regnault prendre des notes chez le général, je puis montrer ma lettre d'entrée ; j'ai
trouvé le général dans son lit, j'ai causé lon-
guement avec lui des événemens de sa vie et
j'ai pris sous sa dictée la note des ouvrages qu'il
fallait consulter. » Le général n'ignorait donc
pas après cela qu'on écrivait sa vie : ses notes,
ses démentis dans les journaux étaient donc inutiles et erronés, et il a cédé dans cette circonstance comme dans tant d'autres à l'influence de
ceux qui l'entourent et qui ont tant de fois in-
flué sur les déterminations de son esprit si sain
et de son caractère si droit. En un mot, si au lieu
d'avoir affaire à un écrivain qui, par le dédain
qu'il a pour l'opinion des hommes, s'est laissé
sacrifier, le général eût rencontré un intrigant,
ou même seulement un homme d'un caractère
plus tenace, un scandale eût eu lieu, et certes le
littérateur s'en serait mieux tiré que l'homme
historique. Au reste l'ouvrage est plein de mérite et, réduit à moitié, ce serait un des morceaux

biographiques les plus remarquables de l'époque.

Regnault-Warin est du reste un homme de lettres dans la force du terme ; sans fortune et ne possédant que sa plume, il commence sans cesse et ne finit rien, et lorsque le fond de sa bourse le presse, il broche ou compile ; paresseux, ou pour mieux dire ami du *far niente*, il passe son temps à lire ou à se promener, et malheur au libraire qui imprime ses ouvrages avant qu'ils soient complètement finis. S'il continue, il arrivera à la fin de sa carrière sans un ouvrage complet, et quand Apollon lui demandera compte des talens dont il l'a doué, il ne pourra présenter que des pages, que le fleuve d'oubli absorbera malgré leur mérite.

DUVAL.

Poète comique, supérieur à nos jeunes débutans, et dont on ne parle plus depuis qu'un habile versificateur s'est avisé de faire de longs dialogues en vers, qu'il a divisés en actes et en scènes et qu'il a qualifiés du titre de comédie, malgré Thalie et les conseils de quelques amis.

C. Bonjour.

Voici un jeune homme qui promet à notre scène un poë‘e comique plus vigoureux que Delavigne. et qu'on daigne à peine encourager : il faut que par un coup de maître, il force les trompettes quotidiennes à faire bruire son nom.

Voilà, monseigneur, une monotonie de choses qui doit vous fatiguer ; je continuerai cette nomenclature un autre jour, et en attendant je vais, pour faire diversion, aborder les écrivains monarchiques, et je vous promets que ma prochaine lettre sera aussi impartiale que les précédentes.

~~~~~~

LETTRE L.

Paris, 1824.

Châteaubriant. — Marchangy. — Lamartine. — Ancelot. — Soumet. — Victor Hugo. — *Journal des Débats.* — *Quotidienne.* — *Gazette.* — *Drapeau blanc.*

MONSEIGNEUR,

Je vous dois aujourd'hui une revue des écrivains monarchiques. En première ligne, vous verrez un noble vicomte; les deuxième, troisième et quatrième lignes sont à peu près désertes; mais les derniers degrés sont encombrés d'une multitude de prétendus écrivains, dont la réputation ne s'étendra pas au-delà d'un lustre, et dont je me garderai bien de faire répéter le nom au-delà du Rhin.

M. DE CHATEAUBRIANT.

C'est plus qu'un homme de talent : comme
écrivain, c'est un génie. Du reste, mauvais
logicien, penseur faible, mauvais politique,
historien peu consciencieux ; il fait des tableaux
sans vérité qu'il colorie d'une manière admirable. Le plus grand des torts de cet écrivain,
est d'avoir déserté la littérature pour la politique. Ses ouvrages étaient bons, ses brochures
ne valent rien, et je donnerais tous ses écrits
polémiques pour son *René*, que je trouve bien
supérieur à *Attala*. Un des autres torts de M. de
Châteaubriant, est d'avoir cherché à briser l'i-
dole qu'il n'avait pas mieux demandé que d'en-
censer. Après des éloges sentis et nullement de
complaisance, après une dédicace louangeuse,
l'auteur du *Génie du Christianisme* a voulu
traîner Napoléon dans la boue, et tout cela
pour devenir ministre.. . . . .

. . . .

. . . .

MARCHANGY.

La *Gaule poétique* a placé ce magistrat au
nombre des bons écrivains vivans, et il est le

premier qui ait donné des exemples de ce genre romantique, dont il sut éviter les défauts, et qu'on a travesti de nos jours d'une manière si lugubrement grotesque. M. de Marchangy serait probablement de quelques degrés plus haut dans l'opinion publique, s'il n'avait pas eu le malheur de perdre son temps à faire de pitoyables réquisitoires.

LAMARTINE.

Écrivain ténébreux et mystique, qui a revêtu d'une poésie admirable les incompréhensibles écrits de nos théologiens. Je dis, en parlant de sa poésie, qu'elle est admirable, parce que tout le monde le répète; cependant je ne le dirai avec conviction, que lorsqu'il sera admis que les passages suivans sont justes dans l'expression, harmonieux et bien pensés.

« Laisse-moi *lire dans ta paupière.*—Le gé-
» missement d'un *sein qui respire* se mêle au
» *bruit plaintif* d'une *onde qui soupire* à *flots*
» *armonieux.* — Des rameaux *éplorés.* — Des
» astres *pieux.* — Le doux bruit des ruisseaux
» sous l'ombrage *roulant.* — ..... » Mais je
m'arrête. M. de Lamartine n'a encore publié que trois petits volumes, et j'en formerais un

gros de tous les passages ou expressions qui m'ont choqué.

M. de Lamartine vend chèrement ses vers, et je doute qu'il fasse, comme Delille, la fortune de ses libraires. Si j'en croyais même la rumeur publique, je dirais presque qu'il pourrait bien les ruiner s'il publiait souvent des *Mort de Socrate*.

ANCELOT.

Versificateur sage, et tragique peu nerveux; son théâtre sera négligé dans dix ans.

SOUMET.

Il a fait quelques tragédies qui brillent par la richesse et l'harmonie de la versification, mais où le génie de Melpomène n'a empreint aucune de ses traces.

VICTOR HUGO.

Il nous promettait un poète; mais le mauvais goût s'est emparé de sa muse, et ses essais ont été de plus en plus empreints de cette affectation dans la tournure de la phrase et dans l'expression, qui est l'ennemie de la bonne poésie. Comme romancier, quoique son *Han d'Islande* soit plein de tableaux dégoûtans, on y trouve beaucoup de talent, et peut-être qu'un second essai obtiendrait un résultat plus satisfaisant, que le premier, pour la réputation de l'auteur. . .

. . . .

. . . . *.

Maintenant que cette longue nomenclature où le scandale n'est pas épargné, doit vous avoir fatigué, je vais vous dire un mot de l'esprit de coterie qui domine les littérateurs royalistes. Parmi les journalistes libéraux on compte beaucoup de gens appartenant à la haute classe de la société et de la politique ; parmi les royalistes ce n'est pas de même ; ce sont, ou de bons littérateurs ou de jeunes débutans qui exploitent le culte des muses, comme les fermiers-généraux exploitaient les vingtièmes et la gabelle.

Le *Journal des Débats* est assez juste dans sa critique, qui d'ailleurs est presque toujours saine et de bon ton. *La Quotidienne*, acariâtre comme une vieille femme, mêle la politique à

---

* La fin de cet article et les suivans ressemblant plus à une satire qu'à un jugement impartial, les éditeurs ont cru devoir supprimer tout ce qui était étranger à la littérature.

tout, et répète sans cesse : « Nul n'aura d'esprit que nous et nos amis. » La *Gazette*, jadis vivifiée par les articles de M. de Jouy, compte un écrivain spirituel, et un essain de jeunes aspirans à la gloire, qui peuplent ses colonnes de louanges en faveur de gens inconnus. *Le Drapeau blanc*, livré, je crois, à M. de Beauchamps, a été long-temps l'arène où M. de La Menais daignait descendre. C'est aujourd'hui une entreprise exploitée par des réputations naissantes. Aussi, que de jugemens *tintamares* et que d'arrêts cassés par la postérité du lendemain.

Dans une prochaine lettre, monseigneur, je continuerai ma revue, et la suivante complétera le tableau ; après quoi, j'exploiterai le théâtre français et l'opéra qui m'ont offert depuis quelque temps de nombreux tableaux grivois *.

Je suis, monseigneur, etc.

---

* Cette lettre est la dernière que le *chroniqueur* du prince de *** ait tracée : la mort est venue le surprendre au moment où son esprit satirique allait prendre un essor plus étendu que jamais. Quelques anecdotes trouvées dans les notes qu'il prenait, afin de moins fatiguer sa mémoire, vont être réunies ci-après, afin de compléter ce recueil.

26.

~~~~~~

ANECDOTES.

M. le colonel D....., aujourd'hui major-gé-
néral, gouverneur militaire d'une province des
Pays-Bas, venait, en 1814, de donner sa démission de colonel du 16ᵉ. chasseur (régiment
français). Se promenant à cheval, aux environs
de Strasbourg, absorbé par les réflexions que
faisaient naître en lui les événemens qui venaient de bouleverser l'empire, il se tenait,
quoiqu'il fut fort beau cavalier, dans une attitude qui n'annonçait nullement en lui une de
ces *vieilles moustaches* qui avaient soumis l'Europe : passant devant un groupe d'officiers
prussiens, l'un d'eux, vrai gascon de la Ger-
manie, dit à ses camarades : « Je fais le pari que
» je vais dire à ce Français qu'il est un j... f.....,
» qu'il ne détourne pas la tête, et qu'il continue
» de cheminer. » Le pari fut accepté, et l'enjeu
un bon dîné à l'hôtel du Saint-Esprit. Le jeune

fanfaron s'avance vers M. D....., et lui dit :
« J'ai parié, monsieur, que vous étiez un j...
» f.....—Vous avez perdu, » répondit fort tranquillement le colonel démissionnaire, et descendant de cheval, il s'avança vers l'un des
officiers, lui demanda son épée, que celui-ci
lui remit en le regardant avec un air d'étonnement, et se mit en garde. Il n'y avait pas à reculer : le Prussien croise le fer et tombe mortellement blessé. Le colonel D..... regarde alors
fièrement les autres officiers qui ne donnaient
aucun signe d'hostilité, remonte sur son cheval
et continue son chemin avec le plus grand sang-
froid, et même sans regarder derrière lui.

— Le riche et laid M. D...., qui a dans ce
moment un procès si considérable à soutenir
contre des héritiers qui se prétendent dépouillés;
M. D..... eut un jour le caprice de coucher avec
mademoiselle B..... de l'un de nos premiers
théâtres. Les arrangemens furent faits, et deux
superbes boutons de diamant furent les épingles du marché. Le jour, ou pour mieux dire,
le soir est pris, et Br....., qui était en assez
mauvaise disposition, s'achemina vers le lieu du
sacrifice. Elle entre, et, nouvelle Danaé, se

trouve brusquement nez à nez avec son moderne Jupiter. Il n'était pas séduisant, à ce qu'il paraît, car se retournant brusquement, elle s'en alla sans que rien pût la retenir, et laissa le pauvre M. D..... dormir tête à tête avec son oreiller. Le lendemain, mademoiselle B..... n'étant pas mieux disposée, songea à rendre les boutons de diamant. Ne voulant pas faire la commission elle-même, elle alla trouver la danseuse E....., qui est fort jolie, et la pria de lui servir d'envoyé extraordinaire. Celle-ci accepta, et le lendemain on la vit parée des boutons qu'elle s'était chargée de remettre à M. D..... Il paraît que celui-ci n'avait pas voulu les reprendre, et s'était consolé, dans les bras de E......, des humilians caprices de B.....

— On dit que Talma, malgré les nombreux applaudissemens que sa présence excite, ne dédaigne pas les approbations du lustre. On assure qu'il paie annuellement à l'entrepreneur de la *claque* 5oo francs ; mademoiselle Mars donne 3oo francs, et mademoiselle Duchesnois rien. C'est une singulière entreprise que celle des applaudissemens, et il paraît qu'elle est lucrative, car un nommé S....., qui l'a exploitée en grand, est devenu propriétaire d'une fort belle maison, et de 10,000 livres de rente. L'entrepreneur est le général, et la bande des applaudisseurs est organisée en campagnies et escouades.

— Peu de temps après que *l'École des Vieillards* eut été représentée aux Français, on joua cette pièce sur le théâtre de société de Doyen, rue Chantereine. Une actrice, mademoiselle Verteuil, y obtint un succès prodigieux. On en parla avec tant d'éloges, que M*** eut la curiosité d'y aller, et elle fut tellement jalouse du talent de Verteuil, qu'elle alla, dit-on, chez M. de Lauriston, et fit des observations si pressantes sur les abus qui naissaient de ces théâtres de société, qu'une décision ferma les théâtres de la rue Transnonain et de la rue Chantereine. Mademoiselle Verteuil ne joua plus, et la vanité de M*** ne fut plus blessée.

—Madame d'H*****, femme si connue dans le dernier siècle par son amabilité et son esprit, avait conçu la plus tendre amitié pour Saint-Lambert, l'auteur des *Saisons*. Elle vécut pendant plus de trente ans avec lui, et pendant cette agréable liaison, elle eut, matrimonialement, plusieurs enfans, parmi lesquels le baron d'H..., ex-préfet.

En 1812, on publia un in-12 intitulé : *Révélations indiscrètes du dix-neuvième siècle.* On y rendait compte de la vie de plusieurs célèbres personnages. Madame d'H*** ne pouvait manquer d'y avoir sa place. M. le baron se fâcha, avec raison, de ce que l'on disait qu'il pouvait fort bien n'être pas le fils de son père. En conséquence, il écrivit au ministre de l'intérieur, et l'on fit saisir le livre, sous le prétexte qu'il contenait des anecdotes scandaleuses, et on avait raison pour le second motif. Ceci se passait à l'époque de notre expédition de Russie ; c'est au même moment que, pour amuser les Parisiens, M. Et*** consentit à devenir le sujet de toutes les causeries, pour une comédie dont on lui revendiquait l'invention, et dont, au moins, il était le metteur en œuvre ; il aurait pu faire cesser tout caquet en faisant cet aveu ; mais le gouvernement avait besoin d'occuper l'opinion publique, et M. Et*** se voua aux besoins de la patrie. M. Et*** a, dit-on, été généreusement récompensé ; quant à l'auteur des *Révélations indiscrètes*, il obtint la permission de faire

circuler librement son livre , moyennant cent
quatre-vingt-sept cartons , et on lui remit tous
les exemplaires. Les cartons furent faits , mais
le scandale n'en continua pas moins : on les
mit en place sans enlever ce qu'ils devaient
remplacer. Qu'on juge de l'avidité du public à
rechercher ces nouveaux exemplaires. Pendant
ce temps, nous nous enfoncions au milieu de
la Russie, sans que les bons Parisiens s'en oc-
cupassent.

— Les Dombrouski étaient trois frères, polo-
nais ; ils vinrent servir sous nos drapeaux, et se
distinguèrent par leur courage. L'aîné se maria
en Suisse, et amena sa femme à Paris. Après
avoir passé par tous les grades, il parvint à
être nommé général, officier de la Légion-
d'Honneur et baron de l'empire.

Après s'être distingué par des traits de bravoure à l'armée d'Espagne, il y mourut malheureusement. Etant entré dans un lieu de prostitution, il remarqua, sur les genoux d'un jeune
lieutenant, une petite personne qui lui convenait beaucoup. Il la demande d'une manière
impérative ; le lieutenant lui répondit : « Général, à l'armée je suis votre très-humble servi-

teur; mais ici nous sommes tous égaux, et votre pouvoir cesse. » Enflammé de colère, Dombrouski défie le jeune lieutenant, et tombe bientôt percé d'un coup d'épée.

N'étant pas mort au champ d'honneur, sa veuve n'avait pas de droits à une pension, mais seulement à une dotation située en Westphalie, que Napoléon lui avait donnée antérieurement.

Pendant qu'elle faisait des démarches à ce sujet, elle fit la connaissance de M. de Marchangy, fils d'un notaire des environs de Nevers, alors substitut du procureur impérial. Il fit la cour à la baronne, et s'occupa beaucoup d'appuyer ses droits.

Madame Dombrouski s'adressa au maréchal Ney, protecteur de son mari. Celui-ci, par ses bons offices, parvint à faire entrer madame Dombrouski dans 12,000 francs de pension. La mort de ce maréchal a dû lui être bien sensible.

Sitôt qu'elle eut obtenu sa pension, elle partit avec M. de Marchangy pour son pays, et ils s'y marièrent. On dit que son époux, excellent littérateur et savant peu profond, préfère le culte des muses à la société de Cujas et Barthole; mais que c'est par amour conjugal qu'il s'est jeté dans le tourbillon qui l'a porté au point le plus élevé de la route qu'il parcourt. Si cette version est vraie, la veuve Dombrouski mérite donc le reproche de nous avoir privés de bons ouvrages, de littérature, pour nous enrichir de méchans réquisitoires; bien plus, elle calcule fort mal, car en suivant ses goûts, son époux chargé de moins d'honneurs et plus de gloire, serait peut-être plus haut grimpé sur le Parnasse, où déjà il occupe une belle place, et il serait certain que son nom passerait à la postérité la plus reculée, par la raison que le nom d'Homère est venu jusqu'à nous, tandis que celui de l'homme qui demanda la mort de Calas et de Lally, est déjà oublié.

FIN.

TABLE.

FIN DE LA TABLE.

www.ingramcontent.com/pod-product-compliance
Lightning Source LLC
Chambersburg PA
CBHW070758030726
47504CB00003B/603